椿ノ恋文

츠바기 연애편지

츠바키 연애편지

오가와 이토 장편소설

권남희 옮김 椿ノ恋文

위즈덤하우스

일러두기
포포가 쓴 편지들의 원본은 '포포의 편지'로 묶여서 책의 뒷부분에 실려 있습니다.

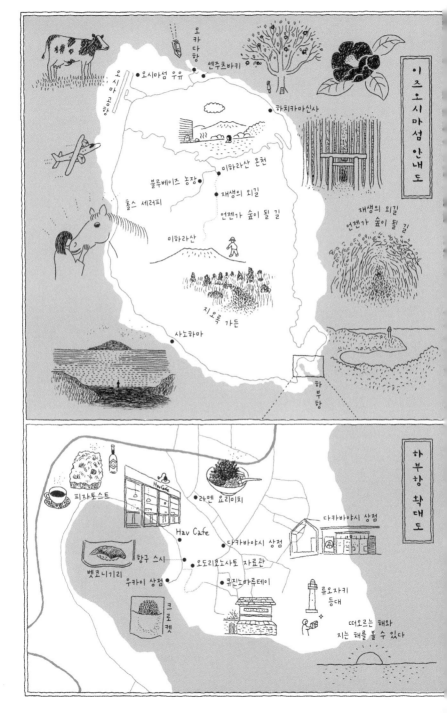

이즈오시마섬 안내도

오카항
센주쿄바키
오시마섬 우유
오시마 공항
하치카마신사
블루베이즈 농장
홈스 세러피
미하라산 온천
재생의 외길
언젠가 숲이 될 길
미하라산
재생의 외길
언젠가 숲이 될 길
지오록 가든
사노하마
하부항

하부항 확대도

피자토스트
라멘 요리미치
다카바야시 상점
Hav Cafe
다카바야시 상점
항구 스시
오도리요노사토 자료관
벳코니기리
우카이 상점
큐진노마루테이
크로켓
류오자키 등대
떠오르는 해와 지는 해를 볼 수 있다

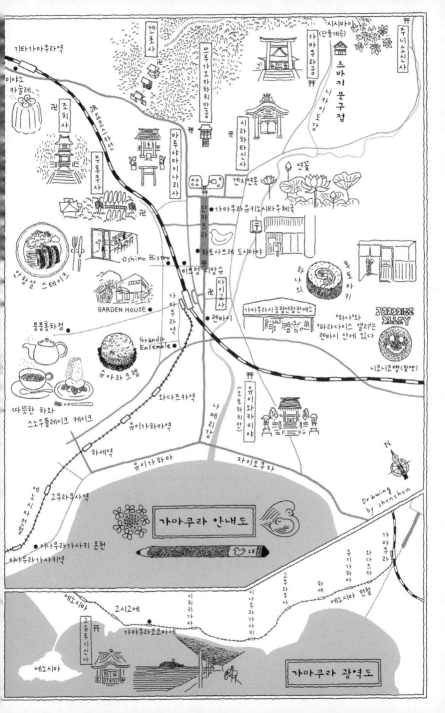

등장인물 소개

포포
에도시대부터 대필을 가업으로 이어온 츠바키 문구점의 11대 대필가. 본명은 하토코다. 미츠로와 결혼하면서 모리카게 가의 일원이 됐다.

미츠로
아내와 사별하고 딸 큐피와 함께 고향인 가마쿠라에 내려와 식당을 차렸다. 과거의 아픔을 딛고 다시 찾아온 행복을 만끽하는 중이다.

큐피
미츠로와 미유키 사이에서 태어난 딸. 포포와 미츠로, 두 사람 결혼의 1등 공신으로 포포를 무척 따른다.

바바라 부인
포포의 옆집에 살았던 온화한 노부인. 포포에게 가족과 같은 의지처가 되어준다. 지금은 남프랑스에 머물고 있다.

빵티
초등학교 교사인 포포의 친구. 대필 의뢰를 통해 남작과 인연을 맺게 됐다.

남작
선대의 친구이자 빵티의 남편. 겉보기엔 무뚝뚝하지만 속은 따뜻하다.

선대
츠바키 문구점의 10대 대필가이자 포포의 할머니. 선대의 죽음으로 포포는 다시 고향 가마쿠라로 돌아와 츠바키 문구점을 운영하게 되었다.

미유키
미츠로의 전부인이자 큐피의 엄마. 묻지마 살인 사건의 희생자가 되어 세상을 떠났다.

코우메와 렌타로
미츠로와 포포 사이에서 태어난 남매. 코우메는 둘째 딸, 렌타로는 아들로 셋째다. 이제 막 초등학교에 입학했다.

수 국

신세를 진 여러분께,

올해도 벚꽃이 피는 계절이 돌아왔습니다.

여러분, 건강히 잘 지내시는지요?

보수 공사를 마친 단카즈라(가마쿠라의 쓰루오카하치만궁 신사

참배길. 차도보다 한 칸 높은 보도 – 옮긴이)에는 요즘 벚꽃이

아름답게 피어 있습니다.

보고가 늦었습니다만, 저희 집에 새로운 식구가 생겼습니다.

6년 전에는 둘째 딸 코우메(小梅)가 태어났고,

그 이듬해에는 장남 렌타로(蓮太朗)가 태어났습니다.

그 덕분에 저희 가족은 이제 다섯 식구가 됐습니다.

장녀 큐피, 즉 하루나(陽菜)는 올봄에 중학교 3학년이 됩니다.

임신, 출산, 육아라는 인생에서 중요한 일이

연달아 두 번이나 찾아와, 기쁜 한편으로 정신없이

혼란스러운 날들을 보내왔습니다.

그동안 대필업을 소홀히 하여 여러분께 불편을 끼쳐드린 점,

진심으로 사과드립니다. 하루하루가 우주여행 같은

날들이었습니다만, 코우메와 렌타로가 이번에 나란히

초등학교에 입학했습니다. 그동안 저희의 성장을 따뜻한

시선으로 지켜봐주신 분들께 감사의 마음을 전합니다.

오랜 휴식을 마치고 올봄부터 대필 작업을 다시

시작할 준비를 하고 있습니다. 이 편지가 여러분께 도착할

즈음에는 대필 의뢰를 받을 수 있을 것입니다.

대필할 일 있으시면 언제든 츠바키 문구점에 오셔서

말씀해주세요. 잘 부탁드립니다.

지금부터 가마쿠라는 신록이 점점 짙어지겠지요.

눈이 부시도록 아름다운 한때를 음미하러 저희 가게에

들러주신다면 무척 기쁘겠습니다.

여러분을 다시 만날 날을 진심으로 기대합니다.

츠바키 문구점 주인

아메미야(모리카게) 하토코

몇 번이고 되읽으며 사소한 실수나 잘못된 표현, 비문은 없는지 검토했다. 심사숙고 끝에 일단 프린터로 한 장을 인쇄해보았다. 종이 색은 벚꽃이 연상되는 연한 핑크로 골랐다.

대량으로 인쇄한 종이 다발은 프린터의 여열이 가신 후, 큐피가 문구 상자로 썼던 하토사브레의 노란색 특대 상자에 향(香) 종이와 함께 넣었다. 며칠 동안 그대로 두면 종이 다발에 은은한 향이 밴다.

받는 사람이 봉투를 열었을 때 은은하게 풍기는 부드럽고 그윽한 향을 느껴준다면 그것이 내가 보내는 작은 선물이 될 것이다.

봉투는 봄 햇살이 연상되는 달걀색 양형 2호(162×114mm)를 사용하기로 했다. 받는 사람 이름은 만년필로 손수 썼다. 다만 보내는 사람 주소는 내 손글씨를 고무도장으로 만들어, 받는 사람 글씨 색과 같은 블루블랙 잉크로 스탬프를 찍었다. 내 이름만은 손글씨로 한 통 한 통 따로 썼다.

성을 예전 성인 '아메미야'로 할지 미츠로 씨와 같은 '모리카게'로 할지 고민했다. 어느 쪽이든 상관없긴 하지만, '하토코'라고만 쓰는 것은 너무 사적인 느낌이 들었다. 망설인 끝에 괄호 안에 모리카게를 넣고 아메미야를 앞에 썼다.

미츠로 씨와 결혼할 때, 나는 별다른 고민 없이 원래 그런 것이니까, 하고 아메미야에서 모리카게로 성을 바꾸었다. 그에 맞춰 은행 계좌나 신용카드의 이름도 변경하려 했지만, 도중에 포

13

기하고 말았다. 시간이 많이 들고 비용도 부담스러웠을 뿐만 아니라, 지금까지의 내 인생이 모두 백지로 돌아가는 듯한 기분이 들어 정신적으로도 큰 스트레스를 받았기 때문이다.

지금까지 아메미야 하토코로 살아온 내 인생은 무엇이었을까 하는 의문이 생겼다. 왜 결혼했다는 이유만으로 부부 중 한 사람의 성으로 통일해야 하는지 이해할 수 없었다. 같은 성을 사용하면 가족의 유대가 깊어진다는 생각은 오히려 가족의 유대를 우습게 보는 게 아닌가 싶었다.

그래서 어느덧 돌아보니 원래 성인 아메미야를 주로 쓰고 있었다. 다만, 아이들 학교 관계와 관련된 일에서는 혼란이 생기지 않도록 모리카게를 사용한다.

이렇게 아내인 나만 성 때문에 휘둘리는 것이 못마땅하기도 하지만, 그렇다고 내가 지금 이 문제를 주먹을 불끈 쥐고 정치적으로 뭘 어떻게 바꿀 수도 없는 노릇이다.

어쨌거나 아메미야(모리카게) 하토코는 지금 육아와 집안일 등 눈앞의 잡무에 쫓겨 산발한 머리로 하루하루를 열심히 살아가고 있다. 선택적 부부 별성에 찬성하지만, 법률을 바꾸기 위해 재판을 할 만한 여유는 전혀 없는 상태다.

밋밋한 A4 용지에 향이 살짝 배니 꽤 괜찮은 느낌이 났다. 핑크색의 일반 용지가 예쁘게 치장하고서 대외용 표정으로 새침하게 미소를 짓는 듯했다.

향 종이에 사용한 것은 백단, 장뇌, 정향, 계피 등의 천연향료뿐이다. 종이에 얼굴을 가까이 대고 스읍 하고 숨을 들이마시기만 해도 마치 커다란 존재가 부드럽게 머리를 쓰다듬어주는 듯한 기분이 들었다.

밤낮을 가리지 않고 육아에 쫓기는 생활 속에서 이렇게 지극히 사소한 숨 돌리기조차 너무나 소중하다는 것을, 육아의 소용돌이에 푹 빠진 뒤에야 깨달았다. 마라톤 급수소 한 귀퉁이에 놓인 좋아하는 간식이 잠깐이나마 고통을 덜어주는 것과 같은 느낌일지도 모른다.

편지에 붙이는 우표 가격은 지난 8년 동안 두 번이나 인상되었다. 소비세 증세 때문이어서 어쩔 수 없긴 했지만, 갖고 있는 80엔짜리 우표에 일일이 추가분 우표를 붙여야 하는 게 번거롭다.

현재 규격 편지의 경우 25그램까지는 84엔, 50그램까지는 94엔이다. 이번에는 A4 한 장 분량이라 25그램 이하로 여유가 있어, 84엔짜리 멋진 우표를 찾을 수 있을지 고민이다.

흔히 볼 수 있는 84엔짜리 우표는 매화 그림이다. 하지만 매화는 계절을 앞서거나 뒤늦게 가서 어울리지 않는다. 무엇보다도 우표가 너무 사무적이고 심심한 느낌이다.

우표함을 열어보니 국세 조사 백 년 기념으로 제작된 우표 시트에 가족 여섯 명이 그려진 귀여운 그림의 우표가 있었다. 우리 집은 현재 5인 가족이지만, 장래에 한 명 더 생길지도 모르고 미유키 씨도 우리 가족의 일원이다. 그러니 인원수에 크게 신경 쓰지 않기로 했다.

그래서 이번에는 이 우표들을 중심으로 붙이기로 했다. 스티커 형의 우표가 붙이기 더 편하지만, 어쩔 수 없었다.

세 아이가 학교에 간 틈을 타 집중해서 우표 붙이기 작업을 했다. 봉투 각을 맞추고, 우표 칸에 딱 들어가도록 신경 써서 한 장씩 정성껏 우표를 붙였다. 편지 전체를 얼굴이라 한다면 우표는 입술. 입술에서 삐져나온 립스틱만큼 흉한 것은 없다.

우표를 붙이면서, 큐피의 도움을 받아 결혼 보고용 종이비행기 편지를 만들던 기억이 떠올랐다. 그때는 무모하게도 직접 활자를 짜서 활판인쇄로 서면을 만들었다. 그렇게 수고가 많이 드는 작업은 이제는 도저히 할 수 없고 그럴 엄두도 내지 못한다.

활판인쇄는 자태가 아름답고 온기도 있지만, 인쇄 기술이 진보한 지금은 프린터로 깨끗하고 빠르게 예쁜 글씨를 인쇄할 수 있으니, 그보다 나은 선택은 없다. 세 아이 엄마로 바쁘기 짝이 없는 지금의 나는 그렇게 합리적으로 생각한다.

"다 – 했다."

마지막 한 통까지 깔끔하게 우표를 붙였다. 나 혼자만의 시간을 갖는 것이 기뻐서 들뜬 나머지, 혼자 소리 내어 말했다.

이제 종이를 네 번 접어서 봉투에 넣고 봉하면 멋지게 완성된다. 그 작업은 아이들이 잠든 뒤 밤에 해야 한다.

다음 날, 오랜만에 시내로 나갔다.

내게 시내는 가마쿠라의 단카즈라 주변을 말한다. 고작 시마모리 서점까지다. 우라에키(가마쿠라역 서쪽 출구를 지역 사람들은 우라에키라고 부른다 - 옮긴이) 쪽에는 몇 년째 제대로 간 적이 없다. 바바라 부인과 예사로 가든(가마쿠라역 서쪽 출구에 있는 가든 하우스라는 레스토랑 - 옮긴이)에 갔던 것도 지금 생각하면 믿기지 않는다. 지금의 나에게 가든은 시부야나 하라주쿠처럼 머나먼 곳이다.

전철을 타고 가마쿠라 밖으로 나간 경우는 한 손으로 꼽을 정도다. 그마저 아이들 행사와 관련된 것뿐, 내 의지로 가고 싶은 곳에 간 적은 거의 없다.

하치만궁(쓰루오카하치만궁 신사 - 옮긴이)을 등지고 단카즈라를 서둘러 걸어가는데 옛날 기억이 떠올랐다. 막 초등학교 1학년이 된 큐피를 사이에 두고 미츠로 씨와 셋이 손을 잡고 단카즈라를 걷던 것이 벌써 몇 년 전인지. 그 무렵, 아직 어렸던 큐피는 생각해보면 콩 찹쌀떡 같은 존재였다. 동그랗고, 귀엽고, 옆에 다가가면 달콤한 향이 나고, 말랑말랑한 몸은 꼭 껴안으면 너무나 부드러웠다.

그날, 나와 미츠로 씨는 정식으로 혼인신고를 하고 부부가 되었다. 나는 큐피의 엄마가 되어, 그날부터 우리는 가족으로서 첫걸음을 내디뎠다. 미츠로 씨의 아내가 된 것보다 큐피의 엄마가 된 것이 내 인생에서 가장 극적인 사건이었다.

혼인신고 한 날 식사를 했던 제브라에서 결혼기념일마다 가족끼리 축하하자고 말했지만, 실행한 것은 1주년 기념일이었던 그다음 해뿐이었다. 연년생으로 아이들이 태어난 뒤로 제브라는 커녕 가족끼리 외식조차 제대로 못하고 지금에 이르렀다. 그렇기에 큐피와 미츠로 씨와 셋이 오붓하게 가족이 된 것을 축하한 그날은 지금 생각해도 정말 소중한 추억이다.

이런 추억도 지난 몇 년간은 너무 바빠서 떠올릴 여유조차 없었다.

츠바키 문구점 대필 재개를 알리는 편지는 유키노시타 우체국에서 보냈다. 여기서 보내면 하치만궁과 말 탄 무사 그림의 풍경 소인을 찍어준다. 와카미야대로에서 조금 더 가면 있는 가마쿠라 우체국 풍경 소인은 바다와 대불이지만, 역시 내게 가마쿠라는 단연코 하치만궁이다.

시계를 보니 아직 시간이 조금 있었다. 오랜만에 하치만궁 계단을 올라가 본궁 앞에서 기도를 드리고 싶기도 했지만, 안타깝게도 나는 배가 고파 죽을 지경이었다.

그대로 하치만궁을 등지고 니노도리이('하늘 천' 자 모양의 기둥 문으로, 단카즈라에는 세 개의 문이 있다. 니노도리이는 두 번째 문 – 옮긴이)를 지나온 뒤 다시 뒤돌아 하치만궁에 절을 하고, 건널목을 건너 시마모리 서점 앞을 지나, 바다 쪽으로 걸어갔다. 온메사마(다이교지 절의 별칭 – 옮긴이) 정원을 슬쩍 보고 향한 곳은 가마쿠라시 농협 연합 판매소, 렌바이였다.

아이들에게 줄 선물로 파라다이스 앨리에서 팥빵, 즉 니코니코빵을 사 가야겠다는 건 핑계고, 본심은 후토마키(굵은 일본식 김밥 - 옮긴이)를 꼭 먹고 싶었다.

하나 씨의 후토마키.

소문은 여러 사람에게 들었다. 렌바이의 파라다이스 앨리 바로 맞은편에 얼마 전 '하나'라는 작은 화과자점이 생겼다. 화과자도 맛있지만, 그곳의 후토마키가 일품이라고 했다. 평판은 아이들 친구 엄마나 츠바키 문구점 단골손님들에게 자주 들었지만, 좀처럼 이곳까지 올 기회가 없었다.

드디어 들어간 가게는 아담하지만 따스함이 감돌았다. 앞에 서 있던 여성(아마 하나 씨)도 청초하여 이 사람 손으로 만든 음식은 틀림없이 맛있을 거라는 확신이 들었다.

평소 미츠로 씨는 정기적으로 렌바이에 가서 야채 등을 구매하지만, 이른 아침 시간대가 아니면 품절이라 하나 씨가 가게를 여는 11시 이후에 렌바이에 가는 일은 좀처럼 없다. 그래서 미츠로 씨도 아직 하나 씨의 가게에서 파는 후토마키를 먹어본 적이 없다.

우선 내가 먹을 후토마키를 확보하고, 미츠로 씨와 아이들에게는 경단을 사 가기로 했다.

가게가 아담해서인지 잔돈을 받는데 심부름하러 온 아이 같은 기분이 들었다. 이런 사소한 쇼핑에도 묘하게 흥분되어 히죽거리는 것을 진정할 수 없었다.

렌바이를 나와서 무심코 건널목 끝을 봤는데 새로운 디저트 가게가 문을 열었다. 머리로는 알고 있었지만, 실제 눈으로 확인하니 숙연해졌다. 전에는 그곳에 단추 가게가 있었다. 이름은 아마도 후지 단추.

가마쿠라는 의외로 변화가 많다. 새로운 가게가 우후죽순처럼 생겨나, 나는 언제나 우라시마 타로(거북을 살려준 덕으로 용궁에 가서 호화롭게 지내다가 상자를 열지 말라는 명령을 어기고 여는 순간 노인이 되었다는 전설 속의 주인공 - 옮긴이)가 된 기분이다.

새로운 가게가 잇따라 생겨나서 즐겁기도 하지만, 친숙한 가게들이 사라지는 것은 쓸쓸하다. 멍하니 있는 사이에 정겨운 풍경이 점점 눈앞에서 사라진다.

단카즈라로 돌아와서 이번에는 하치만궁을 향해 걸었다. 평소에는 아이들의 손을 잡고 걷는 일이 대부분이어서 양손이 비어 있다는 게 신선하게 느껴졌다. 마치 소풍을 나온 듯한 자유로운 기분이 들었다.

그건 그렇고, 역시 높구나.

보수 전과 후에 단카즈라에서 보이는 풍경이 상당히 달라진 것을 실감했다. 늙은 벚나무는 이식되거나 베어지고, 전부 어린 나무로 바뀌었다. 나무의 수가 전보다 몇 할이 줄었다고 들었다. 더 달라진 점은 발밑이 흙에서 콘크리트로 바뀐 것이다. 이 사실을 안다면 할머니가 얼마나 슬퍼할까, 은근히 걱정되었다.

하지만 그 걱정은 기우였다. 맞은편에서 보호자가 밀어주는 휠체어를 탄 남성이 다가왔다. 배리어프리가 되어 지금까지 단카즈라를 걷지 못했던 사람들이 다닐 수 있게 된 것이다. 차나 자전거 왕래를 신경 쓰지 않고, 벚꽃 구경을 즐길 수 있다.

와카미야대로의 보도를 걸을 때와 달리 두툼하게 높이 올린 중앙의 단카즈라를 걸으면 시야가 달라질 뿐만 아니라, 사람이 소중히 대접받고 있다는, 내 몸이 보호받고 있다는 특별한 기분이 들어서 기뻤다.

게다가 정면으로 하치만궁과 마주할 수 있다. 보수 공사를 통해 더 많은 사람이 그 느낌을 맛볼 수 있게 되었다.

단카즈라는 요리토모(미나모토 요리토모. 가마쿠라 막부의 초대 쇼군 - 옮긴이)가 아내인 마사코의 순산을 기원하며 만든 길이지만, 800년 이상 지난 지금도 이렇게 사람들에게 은혜를 주고 있으니 참으로 대단하다.

보수 공사를 할 때만 해도 그것에 별로 찬성하지 않았던 나지만 막상 공사가 끝나고 재개장한 단카즈라를 실제로 걸어보니 솔직히 이건 이것대로 괜찮네, 하는 생각이 들었다. 요리토모가 요즘 시대에 살고 있었더라도 보수 공사를 하지 않았을까 싶다.

그건 그렇고, 식물의 생명력은 정말 대단하다.

벚나무를 옮겨 심을 때, 이렇게 가느다란 가지에 벚꽃이 필까 걱정했지만, 그 가냘팠던 벚나무가 몇 년 사이에 쑥쑥 자라 예쁜 꽃을 피웠다. 올해는 양쪽으로 심은 벚나무의 가지가 벌어지며 싱그러운 벚꽃 터널이 만들어지고 있다.

와, 예쁘다.

나는 무심결에 단카즈라 도중에 멈춰 서서 분홍색 하늘을 올려다보았다.

둥실, 둥실, 마치 공기에 색을 칠하듯이 피어 있는 벚꽃들. 바람이 불면 춤을 추듯이 허공을 날다가 빛을 받으면 금빛으로 반짝거린다.

아주 잠깐이지만, 시간이 남았기에 벤치를 찾아 앉아서 후토마키를 한 입 베어 물었다.

얼마나 행복한지.

꽃잎이 부드럽게 날리는 벚꽃 아래에서 정성껏 만든 후토마키를 먹고 있자니 이대로 죽어도 좋을 만큼 행복했다.

정성껏 썰어 간을 맞춘 오이, 홍생강, 박고지, 마른 표고버섯이 달걀지단의 흐름을 따라 '노(の)' 자를 그리듯이 정연하게 말려 있다. 밥도 절묘하게 지었고, 김의 향도 최고였다.

가정을 꾸린 이후, 기본적으로 식사는 내가 만들거나 미츠로 씨가 만든 것을 먹는다. 그건 그것대로 물론 맛있다. 하지만 가끔은 이렇게 내가 만들지 않은 음식이 먹고 싶어진다.

사치일지도 모르지만, 가끔은 가족이 아닌 제삼자가 정성스레 만들어준 부드러운 맛이 그리워질 때가 있다.

손바닥에 남은 후토마키에는 밥알 하나하나에 애정이랄까, 뭔가 깊이를 알 수 없는 자애 같은 것이 가득 채워졌다. 그것이 내 감정의 심지를 조용히 건드렸다. 마치 물 온도가 딱 좋은 욕조에 몸을 어깨까지 담그고 있는 듯한 행복감에, 가슴이 벅차오르고 눈물이 스멀스멀 차올랐다.

손수건을 꺼내 눈물을 닦았다. 큐피가 쓰던 손수건에는 미츠로 씨가 자수 실로 머리글자를 수놓았다.

하지만 이제 슬슬 한계다. 반짝거리는 1학년 2인조가 학교에서 돌아올 시간이다. 조금 전까지는 죽어도 좋겠다고 생각했지만, 현실적인 문제로 지금 여기서 죽을 수는 없다.

나는 감동의 잔물결에 몸을 맡기고 싶은 마음을 꾹 억누르고, 기합을 넣으며 무사처럼 일어섰다. 아마 다음에 단카즈라를 지날 때쯤이면 꽃은 지고 잎만 남아 있겠지.

벚꽃을 눈에 담으며 하치만궁 아래에서 간단하게 참배한 뒤, 거의 경보하듯 빠르게 집으로 돌아갔다.

"실례합니다아. 포포, 있니이?"

며칠 뒤, "포포!"라고 부르는 소리에 고개를 들자, 츠바키 문구점 입구에 소꿉친구가 서 있었다.

"마이."

나는 반갑게 대답했다.

"오랜만이야, 잘 지냈니? 이거 같이 먹으려고 가져왔어."

마이가 내 손에 갈색 봉지를 건네주었다.

"뭐야?"

"볼일이 있어서 기타가마쿠라에 갔는데, 역 앞에 귀여운 카눌레 가게가 생겼더라고. 궁금해서 들어갔다가 사왔어. 마침 포포한테 편지가 와 있길래 '아, 포포랑 같이 카눌레 먹고 싶네' 하고 생각하니 참을 수 없어서 바로 버스를 타고 와버렸지 뭐야. 가게 문이 닫혀 있으면 현관 앞에라도 두고 가려고 했는데, 열려 있네."

마이가 초등학생 같은 얼굴로 빙그레 웃으며 말했다.

"고마워."

이렇게 예고 없이 갑자기 친구가 찾아오는 일이 너무 기뻤다.

"얼른 차 끓여올게."

나는 자리에서 일어나 구석 공간에서 물을 끓였다.

카눌레에는 어떤 차가 어울릴까 생각하다가, 문득 마리아주 프레르(Mariage Frères)의 검은색 차통이 눈에 들어왔다. 그 안에는 바바라 부인이 파리에서 보내준 마르코폴로 찻잎이 잠들어 있었다.

"여전히 이곳에 오면 마음이 차분해지네."

마이가 부드러운 목소리로 속삭였다.

돌아보니, 마이가 내게 등을 돌리고 입구의 미닫이문 앞에서 바깥 풍경을 보고 있었다.

그 시선 끝에는 다람쥐가 있었다. 커다랗게 꼬리를 부풀린 다람쥐가 열심히 동백꽃 봉오리를 씹고 있었다. 그다지 드문 광경은 아니었다. 츠바키 문구점의 상징인 야생동백은 봄을 맞이한 지금도 드문드문 붉은 꽃잎을 달고 있다.

스테인리스제 찻주전자에 홍차를 넉넉히 우려내어, 쟁반째 가게 쪽으로 들고 갔다. 뜨거운 물에서 마르코폴로 찻잎이 충분히 우러나기를 기다리며, 갈색 봉지에서 카눌레를 꺼냈다.

생각했던 것보다 작은 카눌레였다. 작지만, 카눌레 위에 꽃잎이 뿌려져 있어 마치 화분처럼 보였다. 먹기 아까울 정도로 꽃잎이 선명해, 마치 빛나는 보석 같았다.

"거긴 식용 꽃인 에더블 플라워를 사용해 카눌레를 만든대. 그리고 밀가루 대신 쌀가루로 굽는다고 하네."

그 말을 듣고, 코우메에게도 안심하고 먹일 수 있겠다고 생각했다. 둘째 딸 코우메는 밀가루 알레르기가 있어서 재료에 밀가루가 들어간 과자는 주의해야 한다. 예전만큼 알레르기 반응이 심하진 않지만, 여전히 먹는 것에 신경을 써야 한다.

바바라 부인에게 물려받은 하얀 타원형 접시에 카눌레를 담았더니, 초등학교 화단처럼 화사해졌다.

"귀엽다."

"응, 보기만 해도 소녀 같은 기분이 들지."

둘이 서로 카눌레를 칭찬했다.

슬슬 홍차를 마셔도 좋을 것 같아서 마르코폴로를 컵에 따랐다. 진하고 맑은 암적색이 바바라 부인의 정열 그 자체로 보였다.

"아, 좋은 향."

마이가 눈을 가늘게 뜨며 말했다.

"바바라 부인이 보내준 거야."

나는 마르코폴로 향을 깊이 맡으며 말했다. 이 향을 한껏, 또 한껏 들이마시면 바바라 부인을 만날 수 있을 것 같은 기분이 들었다.

"여기서 포포랑 같이 한 번밖에 만난 적 없지만, 무척 귀엽고 멋진 분이더라. 남프랑스에서도 잘 지내시지?"

"응, 가끔 그림엽서나 홍차를 소포로 보내주셔."

"아, 그렇구나. 귀한 홍차를, 고마우시네. 대단한 에너지랄까, 멘털이랄까, 심지가 강하신 분 같아. 역시 포포의 절친."

바바라 부인은 돌아갈 곳이 있으면 도망갈 길을 만들게 된다며, 집을 완전히 처분한 뒤 남프랑스에 사는 진짜 남자친구 곁으로 갔다. 본인 왈, 인생 마지막 연애라고 했다. 그렇게 빈집이 된 바바라 부인의 집에는 지금 중년 여성이 고양이 몇 마리와 함께 살고 있다. 모리카게 가의 문제랄까, 숙제가 산더미 같은데, 까다로운 이 중년 여성과의 관계를 어떻게 풀어나갈지도 큰 과제였다.

"자자, 포포가 먼저 마음에 드는 카눌레를 골라봐."

현실을 앞에 두고 우울해지려는 때, 마이가 절묘한 타이밍에 나타나서 나를 끌어올려주었다.

한입에 다 먹을 수 있을 것 같았지만, 굳이 두 번으로 나누어 조심스럽게 입에 넣었다. 겉은 까슬까슬한 게 마치 질그릇 같은 질감이었지만, 속은 수분을 머금은 이끼처럼 폭신폭신했다.

마이도 먼저 눈으로 오른쪽에서 왼쪽으로 천천히 카눌레를 감상한 뒤에, 만반의 준비를 하고 입에 넣었다.

둘이 사이좋게 카눌레를 먹으면서 몇 번이고 마주 보며 깊이 끄덕였다. 말로 확인하지 않아도 우리는 이미 같은 감동을 공유하며, 행복의 소용돌이에 빠졌다.

"그래서 말이야."

한차례 근황 보고를 마친 뒤, 마이가 본론에 들어갔다. 마이의 얼굴을 보고 있자니 아마 그럴 거라는 예감은 들었는데, 역시나 대필 의뢰였다.

카눌레가 천천히 위 속으로 가라앉았다. 어쩌면 마이는 지금 심상 찮은 문제를 안고 있을지도 모른다.

마이는 뭔가를 선언하듯이 강한 눈빛으로 말했다.

"호박 푸딩을 말이야, 먹었거든."

"응."

나는 잠자코 마이의 이야기에 귀를 기울였다.

"우리 시어머니, 유코 마마가 만든 걸 시아버지가 보내주셨어."

"응."

"그런데 거기에 머리카락이 있는 거야. 전에도 같은 일이 있었어. 그때는 멘치가스에 들어 있었지."

마이가 크게 한숨을 쉬어서 나도 따라 한숨을 쉬었다. 잠시 침묵이 흐른 뒤, 마이가 말을 이었다.

"시어머니 요리는 정말 맛있어. 거의 프로급 실력이야. 일식뿐만 아니라 중화요리나 이탈리아 요리도 잘하시고, 가끔 모로코 요리나 스페인 요리도 만들어주셔. 많이 만들어서 이웃에게도 나눠주시고. 머리카락이 들어 있던 게 한 번뿐이었다면 우연한 실수로 넘겼을 거야. 하지만 간격도 없이 두 번 연달아서잖아? 나, 어떻게 해야 할지 모르겠어…… 이건 그냥 넘어가기보다 제대로 전하는 게 낫지 않을까 싶어."

정의감이 강한 마이다운 정당한 의견이라고 생각했다.

"그럼, 남편에게 말해달라고 하는 건?"

그게 가장 원만하고 스마트한 느낌이 들었다. 어쨌거나 남편은 자식이니까.

"응, 그것도 생각했는데 말이야. 우리 남편, 아직도 오이디푸스콤플렉스랄까. 어머니한테는 말대답 한 번 하지 않는 사람이어서 그건 절대 기대할 수 없어."

"그렇구나. 그럼 마이의 아들이 할머니한테 말하는 건?"

"아들은 기숙사제 학교에 들어가서 그때 집에 없었어."

마이가 털썩 어깨를 떨어뜨렸다. 처진 어깨가 더 축 처졌다.

"포포, 그 얘기를 잘 전할 수 있도록 대신 편지를 써주지 않겠니?"

그런 흐름이 될 거라는 건 어렴풋이 예상했지만, 대필 업무 복귀 첫 번째 의뢰로는 상당히 난이도가 높다.

"으음."

나는 난감해 하며 팔짱을 꼈다.

"이대로라면 말이야, 시어머니가 스스로 깨닫기 전에는 시어머니 요리를 점점 꺼리게 되지 않을까 싶어. 말하지 않고 내버려둘 수는 없잖아. 가족이니까."

"전혀 악의는 없는 거지."

할머니가 생전에 자주 말씀하셨다. 무의식 중에 하는 나쁜 일이 가장 대처하기 어렵다고.

"마이네 시어머니는 머리카락이 길어?"

관련이 있을지 없을지는 모르겠지만, 하나의 정보로 머리카락 길이를 물어보았다.

"짧아. 짧아서 더 방심하는 걸지도 몰라. 길면 묶거나 그러잖아?"

"그러네. 우리 어릴 때는 파는 도시락에 머리카락 들어 있는 일이 흔하기도 했고."

"지금은 이물질이 들어가면 큰일 나는 시대지."

"그렇지. 조금이라도 그런 게 나오면 SNS에 올려서 난리가 나지."

"그래서 말이야, 시어머니가 더 걱정이야."

마이의 표정을 보면 시어머니에게 이물질 이야기를 전하고 싶은 마음이 항의에서 비롯된 게 아니라, 어머니에 대한 사랑과 정이라는 걸 알 수 있었다.

"본인은 전혀 깨닫지 못하니까 말이야."

마이가 말했다. 아까보다 표정이 밝아졌다. 누군가에게 이야기함으로써 짐이 조금 덜어진 것이다.

나는 말했다.

"사람이 말이야, 얼굴에 코딱지를 묻힌 채로 걸어가면 누군가가 말해주길 바라잖아. 가족이라면 당연히 '얼굴에 코딱지 묻었어'라고 말하겠지. 하지만 친구라면 좀 미묘하잖아. 물론 친한 친구라면 말할 수 있겠지만, 안 지 얼마 안 된 사이라면 말하기 어려울 수도 있고."

아들 엄마가 되니 이런 말을 예사로 하게 되네, 새삼 생각하며 단숨에 말했다.

코딱지니, 똥이니, 그런 단어가 일상 대화에 자연스럽게 섞여 들어 언제부턴가 그게 당연해졌다.

"응, 그런 거야. 우리 엄마라면 주저하지 않고 '머리카락 들어갔어'라고 그 자리에서 말했을 텐데. 하지만 시어머니는 또 관계가 미묘하달까."

알아, 알아, 하고 격하게 동의하며 나는 크게 끄덕였다.

나도 만약 미츠로 씨네 어머니가 보내준 음식에서 머리카락을 발견한다면, 그걸 바로 말할 수 있을지 자신이 없다.

"그럼 포포, 대필 맡아주는 거지?"

마이가 벽에 압정을 꽂듯 강한 시선으로 바라보아, 나는 애매하게나마 응, 하고 대답했다.

"잘 쓸 수 있을지는 모르겠지만⋯⋯."

그렇게 말하면서도, 지난번에 대필한 마이의 편지가 어렴풋이 떠올랐다.

"최선을 다하겠습니다."

여기까지 와서 도망칠 수는 없다고 각오를 다지며 나는 말했다. 오랜만의 대필 일이 트리플 악셀급 난이도이지만, 이렇게 된 이상 당당하게 수락해야 한다.

"맛있는 카눌레 사오길 잘했다."

마이가 응석 부리는 얼굴로 혀를 살짝 내밀었다. 처음부터 그럴 마음이었구나, 생각하며 나는 "상부상조하는 거지" 하고 말했다.

마이는 내 얼굴에 코딱지가 묻었으면 바로 말해줄 몇 안 되는 친구다. 그런 소중한 친구의 부탁을 단칼에 거절할 수는 없다.

"또 보자."

이번 생의 이별도 아닌데 숙연해진 마이는 몇 번이나 멈춰 서서 내게 손을 흔들며 돌아갔다. 나도 마이가 첫 번째 모퉁이를 돌 때까지 시선을 떼지 않고 지켜보았다.

반짝반짝 빛나는 1학년 2인조가 교대하듯이 토끼처럼 돌아왔다.

세 아이의 육아에 쫓겨, 한동안 휴면 상태였던 대필 혼이었지만, 마이의 의뢰로 몇 년 만에 눈이 번쩍 뜨였다. 마이가 내 생활에 새로운 바람을 불어넣어주었다.

내용 면에서는 상당히 어려운 것이 사실이지만, 내가 미츠로 씨의 아내도 아니고, 세 아이의 엄마도 아닌, 단순히 한 인간으로서 다시 사회와 접한다는 사실에 큰 기쁨을 느꼈다. 아무도 보지 않는 곳에서 은밀하게 브이를 그렸을 만큼, 대필 일을 재개하는 것이 기뻤다.

나를 포함해서 5인 가족을 돌보는 주부의 임무도 있는 이상, 혼자만의 시간을 갖기 위해서는 나름대로 궁리가 필요하다. 가족의 협력도 빼놓을 수 없고, 그래도 부족하면 수면 시간을 줄여야 한다.

큐피 하나일 때는 그나마 츠바키 문구점과 육아를 병행하는 게 가능했다.

하지만 인생 처음으로 코우메를 임신했을 때는 아이 가진 걸 후회할 정도로 입덧이 심했다. 게다가 절박유산(유산이 갓 시작되었을 때 자궁 구멍이 그다지 열리지 않은 초기 상태. 빨리 치료하면 유산을 막을 수 있다 - 옮긴이) 우려가 있어서 나는 최소한으로 움직일 수밖에 없었다. 대필 일을 하는 것은 아무리 생각해도 무리였다.

가게를 보는 것조차 어려운 상황이 이어져서 아르바이트생을 고용해 간신히 위기를 넘겼다. 아르바이트생을 소개해준 사람은 뇨로다. 뇨로는 도쿄의 대학에서 예술을 전공하는 유학생으로, 할머니와 펜팔을 주고받았던 이탈리아인 친구 시즈 씨의 아들이다.

영원처럼 느껴진 길고 가혹한 임신 기간 끝에 간신히 숨을 할딱거리며 코우메를 출산했다. 그때는 1년 정도 아르바이트생의 도움을 받으며 육아를 하면 원래의 생활로 돌아갈 수 있을 줄 알았다.

하지만 머지않아 둘째 아이를 임신했다는 것을 알게 됐다. 가슴에는 갓 태어난 젖먹이가 있는데, 배 속에는 새로운 생명이 자라고 있었다. 나도 미츠로 씨도 진심으로 기겁했다. 짐작은 하고 있었지만, 막상 확인하니 놀라움이 컸다.

결혼 후 한동안 아기가 생기지 않아서, 나는 임신이 잘 되지 않는 체질이라고 멋대로 믿고 있었다. 그런데 연년생으로 임신하다니, 그것도 쌍둥이가 아닌데 같은 학년이 될 아이를 가지게 될 줄은 몰랐다. 양팔에 아기를 안고 수유할 정도로 정신없이 바쁠 때도 있었다.

세상 사람들은 우리 부부가 무척 사이가 좋다고 생각했을 것이다. 실제로 그런 농담을 에둘러서 하는 사람도 있었다. 하지만 미츠로 씨도 나도 그쪽 방면에는 담백한 편이다. 출산 직후에도 임신이 될 수 있다는 사실을 나중에야 알았다.

정말 신기한 것은, 같은 부모에게서 태어났는데도 코우메와 렌타로는 얼굴도 성격도 전혀 닮지 않았다는 점이다. 애초에 태어나는 과정부터 완전히 달랐다.

코우메 때만큼 입덧이 심하지 않았지만, 렌타로를 임신했을 때는 감정의 기복이 심해서 나도 주변 사람들도 그 변화를 따라가기 어려웠다.

지금 돌이켜보면 그 시절의 나는 마치 본능에 따라 움직이는 맹수 같았다. 갑자기 슬픔이 밀려와 울음을 쏟기도 하고, 한없이 웃음이 터지기도 했으며, 느닷없이 맥주를 마시고 싶다며 소란을 피우기도 했다. 배 속의 아이에게 내 몸과 마음이 온전히 지배당했던 시간이었다.

코우메의 출산 때와는 달리, 렌타로의 출산은 순산 중의 순산이었다. 겨우 몇 번 힘을 주었을 뿐인데 거침없이 쑥 나왔다. 이건 미츠로 씨에게도 말하지 않았지만, 방귀를 뀌는 것만큼이나 간단했다.

그렇게 손이 가지 않는 아이로 자랐으면 얼마나 고마울까 싶지만, 현실은 마음처럼 되지 않았다.

초등학생이 돼서도 렌타로는 여전히 완전한 단유를 하지 못해 가끔 가슴을 만지거나 입을 대는 등, 젖에 집착을 끊지 못하고 있다. 초등학생이 되면 자연스럽게 다른 것에 흥미를 가질 거라고 기대했지만, 아직 그런 기미는 보이지 않는다.

반면, 코우메는 태어날 때까지는 어려움이 많았지만, 큰 병 없이 비교적 순조롭게 성장하고 있다. 한때 식물 알레르기가 심해

나도 코우메도 큰 혼란에 빠질 뻔했지만, 다행히 그 위기를 넘겼다. 성격이 다소 차가운 편이 아닌가 우려되지만, 아직 어린아이여서 그러려니 하고 크게 걱정하지 않으려 한다.

렌타로는 밤에 자주 울고, 밤소변도 계속되었다. 가장 큰 문제는 젖을 너무 좋아해서 가슴에서 떨어지려고 하지 않는다는 것이다. 지금까지 여러 번 단유를 시도하며 다양한 방법을 써봤지만, 모두 실패로 돌아갔다.

그런데 지금 모리카게 가에서 가장 문제아는 큐피다. 큐피는 반항기를 겪으며 폭주하고 있다.

각설하고, 혼자만의 시간을 갖기 위해 나는 더 일찍 일어나는 생활을 하게 되었다. 가족과 같은 때에 일어나면 나 자신과 마주할 시간을 갖지 못한다. 일찍 일어나는 새가 벌레를 잡아먹는다고 하지만, 벌레 정도가 아니다. 조기 기상은 내게 무한한 은혜를 가져다준다. 얼마나 일찍 일어나느냐에 따라 하루의 흐름, 나아가서는 인생의 질이 달라진다.

미츠로 씨와 큐피가 이 집으로 이사 오기 전, 나는 여섯 시간 정도 자고 일어나서 혼자 천천히 차를 마시며 하루를 시작했다. 마시는 것은 교반차(녹차의 일종. 찻잎을 볕에 말려서 높은 온도로 볶는다―옮긴이)였다. 집 청소도 오전 중에 다 마쳤다. 빨래와 쓰레기 버리기도 그 흐름을 타서 마치고, 문총(편지 공양을 하고 태워서 묻은 곳에 비석을 세워놓은 것. 일종의 편지 무덤 – 옮긴이)의 물을 갈았다. 그것이 츠바키 문구점을 열기 전까지의 아침 일과였다.

그 무렵에는 내가 나만 돌보기만 하면 문제가 될 것이 없었다. 하지만 미츠로 씨와 큐피가 이 집에서 살게 되고, 코우메와 렌타로가 잇따라 가족 구성원이 되면서 어느새 대가족이 되었다.

냉장고는 용량이 부족해져서 한 대 더 사고, 세탁기도 기본 하루에 두 번, 많을 때는 세 번은 돌려야 정리가 된다. 사람 수가 많으면 집이 지저분한 것도 두드러져서 빗자루와 걸레로는 턱도 없다.

코우메가 태어났을 때, 미츠로 씨 본가에서 출산 축하 선물로 무엇이 좋은지 물어왔다. 제일 먼저 주문한 것이 무선 청소기였다. 아기 침대도, 히나 인형도 아닌, 우리 집에 가장 필요했던 것은 강력한 흡인력을 자랑하는 청소기였다.

하지만 빗자루와 걸레로 하는 청소는 소리가 나지 않지만, 청소기는 소리가 난다. 그래서 가족을 모두 밖으로 내보낸 뒤, 소리에 민감한 이웃을 신경 쓰며 츠바키 문구점을 열기 전까지 자투리 시간을 활용해 청소기를 돌린다.

집안일을 마치고 한 시간 남짓 나만의 시간을 만들려면, 아무래도 아침 5시 전에 일어날 필요가 있다. 아이 친구 엄마 중에는 가족이 잠든 뒤 밤에 자기 시간을 갖는다는 사람도 있지만, 미츠로 씨가 야행성이라 좀처럼 혼자만의 시간을 가지기 어렵다.

물론 미츠로 씨도 혼자만의 시간을 갖고 싶을 터다. 그래서 나는 이른 아침을 나를 위한 시간으로 보내고 있다. 요즘은 아침을 알리는 새들보다 일찍 일어난다.

마이가 찾아온 다음 날, 몇 년 만에 교반차를 끓였다.

교반차는 끓인 뒤 찻잎 처리가 귀찮아서 한동안 마시지 않았다. 어딘가 있을 텐데, 하고 냉동실을 구석구석 뒤졌더니 예전에 마시던 교반차 봉지가 나왔다. 유통기한은 옛날에 지났지만, 그런 걸 일일이 신경 쓸 때가 아니다.

오랜만에 마시는 교반차는 역시 맛있었다. 몸이 이 맛을 기억하고 있어서 위화감 없이 스르륵 내게 스며들었다.

이 차의 독특한 향은 정말 신기하다. 향을 맡으면 무조건 할머니 생각이 난다. 꼭 알라딘의 마법 램프 같다. 게다가 곰곰이 생각해보면 고집스러운 할머니 성격과 개성이 강한 교반차의 맛은 어딘가 통하는 데가 있다.

흰색 머그컵에 교반차를 듬뿍 따라서 그 김을 폐 속 깊숙이 보냈다.

육아에 쫓기며 못 하게 된 일들이 많아졌지만, 그 덕분에 생긴 습관도 있다. 바로 독서다. 나는 집안일과 육아로 눈코 뜰 새 없이 바빠진 뒤로, 오히려 책을 더 열심히 읽게 되었다.

나는 자식이라는 누름돌에 눌려 이 집에 갇혀 있다. 가벼운 여행조차 떠나기 어려운 상황에서 나를 간편하게 바깥세상으로 데려다주는 것이 바로 책이다.

특히 이야기는 나를 마법의 양탄자에 태워 현실 도피라는 끝없는 여행으로 이끌어준다.

그래서 지금도 무의식 중에 책에 손을 뻗칠 뻔했다. 하지만 황급히 자제했다.

오늘의 주제는 '머리카락'이기 때문이다. 마이가 시어머니의 음식에 머리카락이 들어갔다는 사실을 전하는 대필을 부탁해왔다.

상대의 기분을 해치지 않으면서도, 사실을 그대로 전달해야 한다.

할머니라면 그걸 어떤 형태로 상대에게 전했을까.

할머니가 떠난 뒤 시간이 흐르면 흐를수록 그의 그림자는 색을 더해갔다.

나는 애초에 그런 것은 시간과 함께 색이 바래다, 이윽고 공기에 섞여 사라질 것이라고 생각했다. 하지만 반대였다.

할머니의 존재는 조금씩 색이 짙어지다 윤곽을 알아볼 정도로 선명해졌다. 그야말로 언제 어떤 때고 곁에서 열심히 내 마음의 소리를 들어주는 듬직한 존재다. 때때로 그런 할머니의 모습이 정말 보이는 것 같다. 할머니는 언제나 나를 지켜주고 있다.

하지만 대필 일에 관해서 할머니는 상당히 냉정했다. 쉽게 조언하거나 힌트를 주지 않았다. 그에 관한 엄격함은 생전에도 사후에도 전혀 다를 바 없어서, 내가 응석 부리는 꼴을 못 본다.

"네가 네 마음으로 생각해."

그것이 늘 할머니의 대답이었다.

"나도 말이다, 매번 고생하고 고생해서 힘들게 썼다고."

이것도 종종 듣던 말이다.

정말 그랬을 것이다. 할머니의 고생과 노력에 관심을 갖게 된 것은 내가 대필 일을 시작한 이후의 일이지만, 할머니는 결코 천재도, 특별한 존재도 아니었다. 그렇게 보이도록 가장하려던 것이 할머니 나름의 고집이자 허세였을 것이다.

실제로 할머니는 끊임없이 노력하고, 또 노력하며, 수많은 좌절과 산고를 겪었다. 그리고 생의 마지막 순간까지도 정진하는 마음을 놓지 않았다.

최근에야 할머니가 마지막까지 병원 침대 옆 서랍에 넣어두었던 인생 마지막 메모장을 펼쳐볼 마음이 생겼다. 그 안에는 다양한 글씨체로 '이로하 노래'('이로하 노래'는 모든 가나 문자를 한 번씩만 사용하여 만든 노래로, '응(ん)'만 제외되었다 – 옮긴이)가 적혀 있었다.

いろはにほへと　ちりぬるを
わかよたれそ　つねならむ
うゐのおくやま　けふこえて
あさきゆめみし　ゑひもせす

아름다운 꽃도 결국은 져버리고

우리 사는 세상, 영원한 건 없네

무상한 깊은 산을 오늘 넘으며

덧없는 꿈 꾸지 않고, 취하지도 않으리

이 47자 속에는 모든 가나 문자(일본어를 표기하는 문자 - 옮긴이)가 들어 있다. 어릴 때 나는 글씨 연습으로 이로하 노래를 셀 수 없을 정도로 반복해서 썼고, 할머니가 매번 그 글씨를 고쳐주었다.

그 장면이 지금도 선명하게 기억난다.

'이(い)'는 마주 앉아 즐겁게 수다를 떠는 사이좋은 친구들, '로(ろ)'는 호수에 뜬 백조, '하(は)'는 공중에서 펼치는 에어쇼처럼 느껴졌다.

각각의 가나에 나름대로 이미지와 이야기를 덧붙여, 그것을 붓으로 쓰며 몸에 익혔다.

나는 할머니에게 언제 혼날지 늘 조마조마한 마음으로 연습했지만, 가끔 할머니가 "이건 잘 썼네"라며 만족스러운 표정으로 그 글씨에 주필로 빨간 동그라미를 쳐줄 때는 정말 기뻤다.

그 기쁨은 지금도 그대로 가슴속에 남아, 언제든 꺼내 볼 수 있는 소중한 추억으로 자리 잡고 있다.

이래서 칭찬이란 중요하구나.

미지근해진 교반차를 홀짝이며 최근의 나를 반성했다.

아이들에게도, 미츠로 씨에게도 나는 잔소리만 늘어놓고 있다. 눈을 세모 모양으로 치켜뜨고 날카롭게 대하던 할머니를 끔찍이 싫어했는데, 어느새 나도 그런 험악한 얼굴을 하고 있었다.

이러면 안 돼, 안 돼.

화를 내서 해결되는 일은 아무것도 없다.

화를 내는 걸 보고 기분 좋아할 사람이 어디 있겠는가.

머리카락 문제도 마찬가지다. 감정에 휘둘려 상대방을 비난해봐야 해결되지 않는다. 그래서 먼저 칭찬하고, 잘못된 점은 최소한의 단어로 냉정하게 지적한다.

"간단한 거잖아."

할머니의 목소리가 들렸다.

"그렇다면 좋겠지만."

나도 할머니에게 대답했다.

할머니 생전에 이런 식으로 잡담하는 일은 거의 없었다. 기본적으로 나는 할머니에게 존댓말을 썼고, 그게 당연했다. 할머니와 손녀라기보다는 사제지간에 가까운 관계였기에, 반말은 생각도 하지 못했다.

하지만 이제라면 할머니에게 반말을 할 수 있다. 할머니도 내게 반말로 말을 건다.

설령 어느 쪽이 모습을 감추었다 해도 관계는 이어진다는 것을, 오히려 생전보다 친해질 수 있다는 것을 할머니가 몸소 가르쳐주고 있다. 효도는 부모가 죽은 뒤에도 가능한 것이다.

오후에 나는 바로 마이에게 전화를 걸어 시어머니가 잘하는 요리에 관해 인터뷰했다.

통화 끝에 마이가 불쑥 말했다.

"어머니는 자존심이 굉장히 강해. 물론 좋은 의미로 하는 말이야. 내가 봐도 흠잡을 데 없이 프로 주부 같으서. 집안일도 완벽하게 하시고. 그래서 내 편지를 읽고 자신감을 잃지는 않을까 걱정돼. 만약 '이제 요리는 못 하겠어' 하고 주눅 드시면, 되레 중요한 것을 잃는 거잖아. 어쨌든 슬퍼하지 않게 하고 싶은데. 몇 번이나 내가 직접 말을 할까 글로 쓸까 고민했지만, 내 능력으로는 한계가 있어. 그래서 포포가 대필을 재개한다는 소식을 들었을 때, '아, 이건 운명이다. 편지는 포포에게 맡기라는 계시구나'라고 생각했지."

마이는 시어머니가 절대로 상처 입지 않도록 편지를 써달라고 간곡히 부탁했다. 마이답게 완곡한 표현으로 에둘러 말했지만, 본심이 거기 있음을 이해했다.

"알겠어."

나는 진심으로 말했다. 시어머니를 향한 마이의 따뜻한 마음은 충분히 알아들었다.

"그럼 난 예쁜 두건을 찾아볼게."

마이가 들뜬 목소리로 말했다.

멀리 떨어져서 산다면 우편으로 보내도 상관없지만, 마이의 시가는 가마쿠라야마다. 정기적으로 만나는 사이에 편지를 보내는 것도 부자연스럽다.

그보다 뭔가 선물과 함께 자연스럽게 건네는 쪽이 상대의 충격을 완화할 수 있지 않을까, 하고 내가 제안한 것이다. 그렇다면 두건으로 할까, 한 것은 마이였다.

요리할 때 두건을 머리에 둘러보면 어떨까요, 하고 편지로 시어머니에게 제안해보기로 한 것이다.

며칠 뒤, 드디어 편지를 쓸 때가 왔다.

예전에 마이에게 부탁받은 것은 다도 선생님에게 보낼 절교장이었다. 그때는 연배의 선생님에게 보내는 편지였기 때문에 먹을 갈아 정식으로 붓으로 썼다. 하지만 이번 편지는 인연을 잇고, 가능하면 더 돈독히 하기 위해 쓰는 것이다.

최근 내가 즐겨 사용하는 것은 붓 사인펜이다. 방명록 등을 쓸 때 자주 사용하는데, 사인펜과 붓펜의 장점을 결합해 가볍게 붓글씨 같은 질감의 글씨를 쓸 수 있다.

할머니가 알았다면 코웃음 쳤을 것 같은 필기구지만, 이건 이거대로 사용하기 편해서 내 이름이나 가족의 이름을 쓸 때 자주 사용한다. 왠지 이 붓 사인펜으로 쓰면 글씨를 더 잘 쓴 것 같은 기분이 든다.

편지지는 마이의 청결한 이미지를 전면에 표현하고 싶어서 장식이 많지 않고 단순한 것으로 선택했다. 그렇다고 너무 단순한 편지지는 밋밋해 보일 수 있어, 창가에 여러 후보를 늘어놓고 찬찬히 음미한 끝에 라이프 사(社)의 편지지를 골랐다.

이 편지지는 어떤 필기구와도 잘 어울리고, 상대에게 부담을 주지 않는 디자인이라 좋다. 내용 면에서도 지나치게 가볍지 않으면서도, 과하게 격식을 차리지 않도록 훌륭하게 균형을 잡아준다.

이 회사의 제품을 손에 들 때마다, "일본도 제법이네" 하고 감탄하게 된다. 게다가 합리적인 가격까지 고맙기 그지없다.

매번 대필할 때면 나는 인형 탈을 쓰는 상상을 한다. 이를테면 이번에는 마이의 모습을 한 인형 탈 속에 내가 천천히 들어가, 차분히 그 인형 탈과 동화하는 모습을 그려본다.

그 작업이 한순간에 이루어질 때도 있고, 좀처럼 익숙해지지 않아 시간이 걸릴 때도 있다. 하지만 이번 마이의 대필 작업은 비교적 순조로웠다.

이미 지난번 절연장 작성 때 나는 마이가 되어본 적이 있어서 이번에는 전만큼 난이도가 높지 않았다.

마이가 평소 시어머니를 '유코 마마'라고 부르기 때문에, 편지에서도 그 호칭으로 통일했다.

사랑하는 유코 마마께,

요즘 날씨가 갑자기 더워졌네요. 벌써 초여름 하늘입니다.

유코 마마가 예전에 가르쳐주신 커피 젤리가 올해도

대활약할 것 같은 예감이 듭니다.

토시오 씨는 이 커피 젤리의 아슬아슬한 부드러움에 완전히

빠져 있답니다. 저도 전적으로 동감이에요.

말랑말랑한 젤리에 꿀과 우유를 곁들여,

그걸 숟가락으로 살짝 뭉개면서 먹는 그 행복이란!

상상만 해도 시원한 기분이 듭니다.

평소 우유를 잘 마시지 않는 저희 집에서도,

여름에는 꼭 우유를 상비해둘 만큼 커피 젤리는

냉장고의 필수 아이템이에요. (웃음)

음식 이야기만 해서 죄송하지만, 요전에 어머니 댁에서 주신

올해 첫 히야시추카(일본식 중국 냉면-옮긴이) 맛을 잊을 수

없습니다. 푹푹 찌는 날의 히야시추카, 정말 최고였어요!

먹고 나니 몸이 한결 상쾌해지더라고요.

히야시추카 소스를 집에서 만든다는 건 전혀 생각하지

못했는데요.

"폰즈를 사용하면 더 간단히 만들 수 있단다" 하고 유코

마마가 말씀해주셔서, 저도 직접 만들어보았답니다.

하지만 전혀 그 풍미 깊은 맛이 나지 않았어요.

재료는 같았지만, 그 분량이나 균형을 맞추기 정말

어렵더군요. 유코 마마가 가르쳐주신 대로 몇 번이고 간을

맞추며 만들었지만, 조미료를 넣으면 넣을수록 생각했던

맛에서 점점 멀어져 완전히 혼돈에 빠졌답니다.

부디 다시 한번 만드는 법을 가르쳐주세요!

아니, 또 먹게 해주세요(이게 본심입니다)!

그렇게 맛있는 히야시추카는 살면서 처음 먹어보았어요.

그런데, 유코 마마, 오늘은 긴히 말씀드릴 게 있습니다.

이 이야기를 유코 마마께 드리는 게 좋을지 정말 많이

고민했어요.

전하지 않는 편이 서로에게 좋지 않을까, 이렇게 편지를 쓰는

지금도 망설이고 있습니다.

하지만 만약 제가 유코 마마 입장이었다면,

직접 전하는 편이 더 나을 것 같아서 이렇게 글을 씁니다.

혹시 기분이 상하신다면 정말 죄송합니다.

실은 유코 마마가 지난번에 만들어서 보내주신 호박 푸딩

속에 머리카락이 들어 있었답니다. 그리고 그전에 유코 마마

댁에서 먹은 멘치가스에도 머리카락이 있었어요.

저도 전에 아들 도시락에 머리카락이 들어갔다는 얘길 듣고

깜짝 놀란 적이 있답니다.

그 후로 주방에 설 때는 머리에 두건을 두르고 있어요.

머리카락이 눌리는 게 문제이긴 합니다만……

혹시 괜찮으시다면 유코 마마도 시험 삼아 머리에 두건을

둘러보시면 어떨까요?

요전에 고마치거리에 있는 잡화점에서 멋진 두건을

발견했는데, 괜찮으시면 한번 써보세요. 제가 갖고 있는 것과

세트인데 달이 차고 기우는 모양이라고 해요.

기숙사 생활 중인 아들이 매번 전화로 할머니 음식이

그립다고 호소한답니다. (참고로 제 음식이 그립다는 말은 한 번도

해주지 않았어요!)

유코 마마가 지금까지 만들어주신 맛있는 음식들을

세어보자니 끝이 없습니다만, 그래도 딱 한 가지만 고르라고

한다면 정말 고뇌 끝의 선택인데, 저는 어묵, 토시오 씨는

비프스튜, 아들은 고기말이 달걀이라고 합니다.

언제나 배고픈 저희에게 사랑이 가득 담긴 요리를

만들어주셔서 정말, 정말 감사합니다!

앞으로 점점 더 더워질 텐데 부디 더위 타지 않도록

조심하시기를 바랍니다.

유코 마마의 다음 요리를 목 빠지게 기대하며.

마이 드림

편지를 몰입해서 쓰고 있을 때는 아드레날린 덕분에 전혀 피로를 느끼지 못했지만, 다 쓰고 나니 피로가 와르르 밀려왔다. 오랜만에 대필 일을 하느라 긴장한 탓일까. 지난 몇 년간의 피로가 한꺼번에 몰려오는 듯한 나른함에 한동안 자리에서 일어설 수 없었다.

막 쓴 편지지를 옆으로 치워놓고 책상의 빈 공간에 이마를 대고서 그대로 엎드렸다. 눈을 감은 채로 천천히 호흡을 고르자, 금방이라도 강렬한 졸음이 몰려올 것 같았다.

오랜 공백 탓에 감각을 되찾는 데 엄청난 에너지가 필요했는지도 모르겠다. 스포츠나 악기 연습도 하루를 쉬면 원래 상태로 회복하기까지 3일은 걸린다고들 하는데, 지금 나는 그 과정을 한꺼번에 체험하는 기분이었다.

한참을 쉰 후, 봉투 앞면에 '유코 마마께', 뒷면에 '마이 드림'이라고 쓴 뒤, 반으로 접은 편지지를 넣었다. 그리고 그것을 불단 한구석에 올려놓았다.

나도 모르는 사이에 등에 땀이 차서, 일어나 냉장고에서 차가운 탄산수를 꺼냈다. 이미 뚜껑이 열려 있고, 반쯤 비어 있었다. 페트병에 입을 대고 단숨에 꿀꺽꿀꺽 마셨다.

그때, "다녀왔어" 하고 말하며 미츠로 씨가 돌아왔다.

오늘은 본인이 운영하는 카페가 휴일이어서, 미츠로 씨는 아침부터 바다에 갔다.

가마쿠라에서는 산파(山派)와 바다파(海派)로 사람들이 확실히 나뉘지만, 이곳 니카이도는 완전히 산파인 사람들이 사는 지역이다.

산파와 바다파는 성향도 확연히 다르다. 산파는 학자나 인텔리풍 사람이 많은 반면, 바다파는 서핑 애호가 등 사잔 올 스타즈(Southern All Stars, 1978년에 데뷔해 2020년대까지 활동한 일본의 대표적인 록밴드 - 옮긴이)로 대표되는 바다 문화를 사랑하는 사람들이 주를 이룬다.

미츠로 씨는 이런 주거 구분을 뛰어넘어 산파에서 바다파로 화려하게 변신했다. 어느 날, 가게 단골손님이 서핑하러 데려간 것이 계기였다. 그때부터 서핑 애호가가 된 것이다.

처음에는 그저 보드에 몸을 맡기고 물 위에 떠 있는 정도였다고 한다. 그러다 주위의 서핑 애호가들을 보며 배우는 동안, 보드 위에 설 수 있게 되었고, 마침내 제대로 파도를 탈 수 있게 되었다고 한다.

미츠로 씨가 새로운 취미를 발견하고, 그로 인해 표정에 생기가 돌며 빛이 나는 것은 정말 반가운 일이다. 나도 그런 미츠로 씨를 옆에서 지켜보는 것이 좋다. 전보다 더 볕에 그을린 미츠로 씨는 건강하고 명랑해졌으며, 몸도 다부지고 늠름해졌다.

다만, 미츠로 씨는 세 아이의 아빠이기도 하다. 물론 집안일도 그럭저럭 도와주고, 가게도 나름대로 잘 꾸려가고 있다. 하지만 어딘가 땅에 발이 닿지 않는 듯 들뜬 느낌이 있고, 변명도 늘어난 것 같다는 점은 부정할 수 없다.

미츠로 씨의 이런 무책임한 모습은 결혼생활을 이어가며 서서히 드러났다. 평소에는 못 본 척하려 하지만, 티끌이 모여 태산이 되는 것처럼 가끔 내 불만이 폭발하곤 한다.

그런 내 마음속을 아는지 모르는지 미츠로 씨는 개운한 표정으로 나타났다.

"어땠어?"

"응, 오늘은 그럭저럭."

내가 서핑 이야기를 별로 좋아하지 않는 걸 알아서 조심스럽게 말하는 것이다. 하지만 미츠로 씨의 얼굴을 보면 뻔하다. 선도 좋은 생선 같은 눈을 하고 있다. 그야말로 물 만난 미츠로다.

"이거 오늘 장 볼 것 리스트야."

나는 손으로 쓴 메모를 건넸다.

"예~에."

미츠로 씨가 아까 내가 마신 김빠진 탄산수 같은 대답을 했다.

장보기는 미츠로 씨의 담당이다. 우리는 맞벌이 부부여서 집안일은 딱 반으로 나누는 것이 원칙이다. 여러 시행착오 끝에 간신히 지금의 시스템이 완성되었다.

미츠로 씨가 차에 시동을 걸고 집을 나서는 소리가 들렸다. 나는 사소한 일로 말다툼하지 않은 것에 안도하며 가슴을 쓸어 내렸다.

가정이란 가장 작은 사회다. 출생도 자란 환경도 다른 사람들이 어깨를 나란히 하고 같은 지붕 아래에서 함께 살아간다.

당연히 생활 습관과 가치관 차이로 충돌이 생기게 마련이다.

그럴 때, 옳은 말을 해봐야 해결되지 않는다. 그보다는 상대의 노고를 인정하고 타협하며, 빈말이라도 칭찬해주고, 밀어도 안 되면 당겨보기도 하고, 사전 교섭으로 내 편을 늘리기도 하는, 일종의 작은 전략들이 필요하다.

단기전이라면 치고받고 싸워서 끝낼 수 있겠지만, 가정은 장기전이다. 장기전에는 인내력이 필요하다.

처음에는 완벽을 추구하다 보니, 결과적으로 상대뿐만 아니라 나 자신도 지쳤다. 여전히 가끔은 정말 사소한 일로 미츠로 씨와 다투었구나 싶을 때도 있지만, 그런 무의미한 싸움이 얼마나 어리석은 것인지 서로 깨달아서 그 횟수는 이전보다 줄었다. 애초에 아이가 셋이나 있어서 싸울 여유조차 없는 게 현실이다.

"하토 포포, 있나?"

한창 바쁠 때 또 한 사람, 손이 많이 가는 손님이 찾아왔다.

얼굴을 보기도 전에 남작임을 목소리로 알았다. 한때 그 소란은 뭐였냐며 밥상을 엎고 싶을 정도로, 남작은 기적처럼 살아 돌아왔다.

아니, 처음부터 단순히 건강염려증이 있는 남작의 짐작이었을지도 모른다. 당시 남작은 암이 발견되었다며 아내 빵티와 아들에게 보낼 편지를 써달라고 초췌한 얼굴로 츠바키 문구점에 찾아왔었다. 그때 거절하길 정말 잘했다.

온 힘을 다해 대필했더라도 물거품이 될 뻔했다. 지금은 애초에 암이었다는 사실 자체가 의심스럽다.

근처에 아주 겁이 많은 개가 살아서 1년 내내 짖어대는데, 사람도 마찬가지인지라 소심한 사람일수록 자신을 크게 보이려 허세를 부린다. 눈앞의 이 인물이 바로 그런 사람이다. 남작의 일련의 언행을 살펴보면 그렇게 생각하지 않을 수 없다. 사실, 남작은 벼룩의 간 같은 사람이다. 귀엽다고 하면 귀엽지만, 밉상이라고 하면 정말 밉상이다.

"오늘은 어쩐 볼일이세요?"

나는 일부러 거칠게 입을 열었다. 빵티와 아들의 근황이 궁금했지만, 그 화제는 굳이 언급하지 않기로 했다.

"볼일 없이 가게에 오면 안 되냐."

부루퉁한 표정으로 남작이 받아쳤다. 확실히 전보다 몸은 야윈 것 같지만, 그건 병 때문이 아니라 나이를 먹어서일 것이다. 피부 자체에선 윤기가 난다.

"기둥서방은 어쨌어?"

"지금 장 보러 갔어요."

남작은 내 남편인 미츠로 씨를 기둥서방이라고 부른다. 미츠로

씨는 제대로 자기 일을 갖고 있고 기둥서방도 전혀 아니지만, 남작
눈에는 아무래도 그렇게 보이는지 가끔 그런 식으로 빈정거린다.

"남작님도 비슷한 거 아니에요?"

나는 남작의 말을 가볍게 받아넘겼다. 남작의 아내인 빵티는
취미로 시작한 빵 만들기 유튜브 채널이 인기를 얻어, 초등학교
교사 일을 그만두고 유튜버로 변신했다. 그녀의 미모와 스타일,
밝은 성격과 명랑함은 유튜버로서 안성맞춤이었다. 초등학교 선
생님 출신이라 가르치는 데는 완전히 프로였다. 지금은 서점에
레시피 책까지 나와 있을 정도로 살짝 유명인사가 되었다.

"나는 말이야, 스스로 은퇴한 거야."

죽어도 미츠로 씨와 같은 부류가 되고 싶지 않은 것 같다. 남
작이 입을 삐죽거렸다.

"놀면서 먹고살 수 있으니 최고네요."

빵티가 벌어서 하야마에 집을 신축한 것이 재작년이다. 하지
만 그 이후의 이야기는 언급을 조심해야 한다.

흥, 하고 남작이 콧방귀를 꼈다. 예민한 화제를 건드려서 언짢
아진 것이다. 남작이 기모노 소맷자락에 좌우 손을 교대로 넣고
팔짱을 끼는 것은 별로 재미없다는 신호다.

"차, 끓여올게요."

한 박자 쉬려고, 자리에서 일어섰다. 전에 남작이 교토 여행
선물로 사온 다시마차가 남아 있는 게 생각나서 그걸 준비했다.

아끼지 말라고 남작에게 잔소리를 하도 들어서, 다시마차에 다시마를 졸부처럼 듬뿍 넣었다.

다시마차가 든 찻주전자를 쟁반에 올려서 돌아오자, 남작은 스마트폰에 빠져 있었다.

"그렇게 들여다보면 눈 나빠져요."

신경 써서 말해주었지만, 아니나 다를까 무시했다. 큐피 덕분에 무시당하는 데는 익숙해졌다.

이렇게 고급스러운 다시마차는 벌컥벌컥 마시는 게 아니라 찔끔찔끔 마시는 법이어서 평소보다 작은 사케용 잔을 준비했다.

한 방울도 흘리지 않도록 세심하게 주의하면서 찻주전자를 기울였다. 남작이 온 덕분에 나도 사치스럽게 다시마차를 함께 마실 수 있었다.

"역시 맛있네요."

남작보다 먼저 마셨다는 걸 뒤늦게 깨달으며 나는 말했다. 다시마차의 깊은 맛이 오장육부로 스며들었다. 최근 며칠, 계절이 역류하듯 쌀쌀한 날씨가 계속됐다.

"그래서 무슨 일이세요?"

남작이 아무 말 없이 입을 한일자로 다물고 있어서 그를 재촉하고 말았다.

"여자 마음을 통 모르겠어."

남작이 불쑥 말했다.

"백전노장이지 않습니까."

내가 놀려도,

"그 여자의 마음은 통 모르겠어."

천장을 올려다보며 같은 말을 되풀이했다.

남작도 설마 자기 아내가 인기 유튜버가 되고, 거기서 발전해 유명 인사가 될 줄은 생각지도 못했을 것이다.

하야마에 집을 지을 때까지는 좋았지만, 어쩐지 빵티에게 연하의 남자친구가 생긴 것 같다.

물론 주간지 가십이어서 진상은 모른다. 단순한 남자 사람 친구일 수도 있고.

하지만 이른 아침 현립 근대 미술관 하야마관 앞 산책길을 긴 머리 남성과 어깨를 맞대고 사이좋게 걸어가는 사진 속 여성의 표주박 같은 뒷모습은 어떻게 봐도 빵티였다.

나도 그런 불륜 기사를 보고 싶어서 본 건 아니지만. 상대는 예전에 그럭저럭 인기 있었던 록밴드의 돌싱 베이시스트라고 한다.

"그게 사실인지 거짓인지 잘 모르겠지 않나요?"

남작이 이 이야기를 언급해도 좋다, 아니, 오히려 언급해주길 바란다는 신호를 보낸 거라고 생각하며 나는 말했다.

반짝반짝거리는 1학년 두 아이와 미츠로 씨가 돌아오기 전에 이 이야기를 정리하고 싶었다.

"기둥서방, 서냐?" 남작이 진지하게 물었다.

서냐, 라니?

일어서다, 줄을 서다, 앞장서다, 결심이 서다, 성기가 서다.

세상에는 여러 가지 '서다'가 존재한다. 하지만 역시 여기서는 발기라는 의미의 서다밖에 생각할 수 없다. 설마 남작과 음담을 하게 되다니 예상 밖의 전개지만, 이 부분은 각오할 수밖에 없다. 새삼스럽게 조신한 척해봐야 쓸데없는 저항이란 건 알고 있다.

"뭐, 젊으니까 서겠지."

내가 대답하기 전에 남작이 말했다.

"자네니까 이런 얘길 하지만, 그 녀석 요즘 심해. 매일 밤, 덮쳐."

덮친다는 표현이 웃겨서 나는 그만 크게 웃음을 터뜨릴 뻔했다.

"빵티가 덮치다니 행복한 고민 아닌가요?"

내가 말했다. 그리고 남편을 덮치는 빵티도 역시 행복할 것 같다.

나는 아직 미츠로 씨를 덮친 적은 없다. 덮치고 싶을 때가 몇 번 있었지만, 실행에 옮기지는 않았다.

"받아줄 수 있으면 행복하겠지만."

이건 어른들의 대화네, 진지하게 생각하면서 나는 조용히 끄덕였다.

"큰일이네요."

남작의 고민 해결에는 아무런 도움이 되지 않지만, 그 외에 적절한 말을 찾는 건 불가능했다. 남작은 이런저런 소소한 얘기

56

를 더 나누다 츠바키 문구점을 떠났다. 돌아갈 때는 어색하게 매직펜 하나를 샀다. 나름대로의 배려였을 것이다.

"잘 마셨다."

남작이 말해서,

"주신 건데요."

했더니 어리둥절해 했다. 어쩌면 남작은 그 다시마차를 준 걸 잊어버렸을지도 모른다.

"전에 교토 다녀왔을 때 선물로 주셨잖아요."

설명했더니,

"아, 그랬나."

남작이 쓸쓸하게 말했다.

교토는 오랜만에 부부가 단둘이 여행을 다녀온 곳이다. 어쩌면 남작은 그때를 떠올렸을 것이다.

"이 동네에 내 동생이 이사 올 거야. 잘 부탁하네."

남작이 문득 생각난 듯이 말했다.

그 말투와 표정이 그야말로 남작다운 분위기여서 나는 조금 안도했다.

한때, 젊은 아내를 얻고 자식까지 생겨선지 아로하 셔츠 같은 걸 입고 젊은 척하던 시기도 있었지만, 역시 남작에게는 기모노가 어울린다.

남작이 가고 난 뒤 미츠로 씨가 돌아왔다. 차 트렁크에는 우리 집 식료품과 생활필수품이 가득했다.

서핑 보드를 싣기 위해 차를 사고 싶다고 했을 때는 제대로 저축해둔 것도 없는데 가족보다 서핑 생각인가 하고 진심으로 화가 나서 이혼 직전까지 갔다. 하지만 막상 집에 차가 있으니 그건 그것대로 편리하고 도움이 되었다. 준중형차에 가족 다섯 명은 끼이긴 했지만, 어쩔 수 없는 일이다.

미츠로 씨가 마치 업자처럼 민첩하게 화장실 휴지 등을 차에서 척척 내려 날라주었다.

아무리 그래도 그렇지, 봄은 왜 이렇게 서두르는 걸까.

맑고 상쾌한 날은 올해도 손에 꼽을 정도였고, 최근에는 비만 계속 내리고 있다. 게다가 기온이 높아서 푹푹 찐다. 가마쿠라는 1년 내내 습도가 높은 곳이지만, 특히 이 시기에는 세상에 자랑할 만큼 불쾌지수가 높다. 빨래가 통 마르지 않아서 짜증이 난다. 이것이 요즘 나의 가장 큰 고민이다.

고민이라고 하니 말이지만, 오늘 아침에도 큐피는 아침을 먹지 않고 갔다. 중학교 3학년으로 어려운 나이인 것은 이해하지만, 아무리 그래도 그 변한 모습에 혀를 내두르게 된다.

아래 두 아이에게 도시락을 싸주어야 해서 기껏 좋아하는 달걀말이 지라시를 만들었는데. 얼마 전까지 그렇게 좋아하며 먹었으면서. 큐피의 취향을 생각하여 달걀에는 설탕 대신 소금을 넣어서 짭짤하게 만들었는데.

왜 그러니? 우리 큐피를 상처 입힌 게 무엇인지 말해주면 좋을 텐데. 아무리 애원해도 듣는 척도 하지 않아서 줄곧 평행선만 그리고 있다. 미츠로 씨나 동생들과는 평범하게 얘기하고 놀고 외출하는 걸 보면, 불만의 화살은 완전히 나 한 사람에게만 향해 있는 것 같다.

요즘 중학생 중에는 제2차 반항기가 없는 아이도 있다고 하니, 오히려 큐피의 반응이 자연스러운 건 아닐까? 그렇게 태평스럽게 말하는 학교 엄마들도 있지만, 과연 그 말을 그대로 받아들여도 될지 모르겠다.

애초에, 큐피의 제1차 반항기인 이른바 '싫어싫어기'를 나는 알지 못한다. 큐피의 친엄마인 미유키 씨의 일기를 읽어봐도 그 시기에 대한 언급은 별로 없다. 어쩌면 큐피가 반항기를 겪기 전에 미유키 씨는 사건에 휘말려 세상을 떠났는지도 모른다. 미츠로 씨에게 물어봐도 "음, 반항기라…… 글쎄"라는 모호한 대답만 돌아올 뿐이라 도움이 되지 않는다.

지금 큐피의 반항이 폭력을 행사하거나 폭언을 하는 건 아니지만, 종종 혀를 차거나 째려보는 등 장기간에 걸쳐 서서히 조용히 무시하는 격이라 정신적으로 상당히 힘이 든다.

"자기는 어땠어?"

큐피의 반항기에 관해 마담 칼피스에게 이런저런 의논을 했

59

더니, 그렇게 반문했다. 마담 칼피스와 나는 완전히 차 친구가 되었다. 츠바키 문구점 근처에 올 때면 불쑥, 그것도 절묘한 타이밍에 얼굴을 내민다. 물론 물방울무늬 사랑은 여전하다.

생각해보면, 내가 대필가로서 처음 맡은 일이 마담 칼피스에게 의뢰받은 애도 편지였다.

"할머니한테 마구 화풀이하며 살았죠."

당시의 나를 생각하니 구멍이 있다면 들어가고 싶어졌다.

"그렇지? 그런 거야."

당연하다는 얼굴로 마담 칼피스가 콧구멍을 벌렁거렸다.

"제 경우는 고등학생 때 어느 날 갑자기 반항기가 왔어요."

분노가 토사물처럼 몸속에서 치밀어 오르던 그 순간의 느낌이 여전히 생생하게 기억난다. 정신을 차리고 보니 나는 할머니에게 거침없이 폭언을 퍼붓고 있었다.

"할머니, 고생 많으셨겠네."

"네, 정신적으로 무척 힘드셨을 거예요."

그 사실은 할머니가 시즈코 씨에게 보낸 편지에 적나라하게 적혀 있다.

"포포, 시간 약이란 말 알아?"

마담 칼피스가 말했다.

"시간 약이요?"

"응, 시간 약. 시간이란 약."

"아하."

내가 말하자,

"시간만이 해결해준다는 뜻이야. 나도 말이야, 인생 몇 십 년 살아오면서 별일 다 겪었어. 죽네 사네 난리를 친 적도 있었고."

"그랬어요?"

깜짝 놀라서 마담 칼피스의 얼굴을 말똥말똥 보았다.

고생과는 전혀 거리가 먼 몸짓으로 당당하게 콧노래 흥얼거리며 우아한 인생을 걸어온 마담 칼피스라고 생각했다.

"하지만 지금 생각하면 그런 나쁜 일을 포함해서 모든 것이 내 인생의 자양분이 된 것 같아. 무슨 일이 일어나도 일단 그것을 거스르지 않고 이 손으로 받아들이고, 또 물에 떠내려 보내고. 그 반복. 그저 시간이 흐르기를 기다리는 거지. 어느 순간부터는 나는 아무런 행동을 하지 않아도 된다는 걸 깨달았어."

굉장히 소중한 얘기를 해주고 있다는 생각에, 나는 그저 받침 접시처럼 묵묵히 다음 말을 기다렸다. 마담 칼피스는 계속했다.

"시간이 흐를수록 풍경이 조금씩 달라지잖아. 매일 조금씩 변화하니까 눈치채지 못할 수도 있지만, 어느 날 문득, 어라? 눈앞의 풍경이 많이 달라졌네, 하고 깨닫게 되지. 그게 바로 시간의 힘이야. 사람에게도 자연치유력이 있어서, 상처도 그냥 놔두면 저절로 낫잖아. 의미 없는 반항을 하는 게 오히려 사태를 더 나쁘게 만드는 것 같아. 그런 때일수록 힘을 쭉 빼고 흐름에 몸을

61

맡기는 거야. 그러면 나중에는 그 일도 우스갯거리가 돼."

마담 칼피스는 온화한 표정으로 말했다.

큐피와의 마찰이 언젠가 우스갯거리가 된다니, 지금으로써는 도저히 상상할 수 없다.

마담 칼피스와 이렇게 깊은 이야기를 나눈 건 처음이었지만, 신선했다. 마담 칼피스도 남몰래 힘들어 하고 괴로워하며 버둥대며 살아온 것이다. 생각해보면 당연한 이야기지만 말이다.

"마음이 좀 편안해졌어요."

나는 말했다. 마담 칼피스가 그런 얘기를 해주었다는 것은 내가 어지간히 절박한 표정을 짓고 있었다는 건지도 모른다.

"그리고 웃는 얼굴."

마담 칼피스가 그야말로 명랑하게 웃는 얼굴로 말했다.

"힘들 때일수록 웃는 거야. 그러면 나보다 더 힘든 사람에게 희망이 될 수 있지 않겠어?"

"저는 요즘 미간에 주름만 짓고 있었을지도 모르겠어요."

반성하면서 중얼거렸다.

이따금 거울을 보면 귀신처럼 무섭게 생긴 여자가 비쳐서 오싹할 때가 있다.

"사는 건 정말 고행이야!"

마담 칼피스가 밝게 말하니 전혀 고행인 것 같지 않지만.

"사는 건 정말 고행이네요!"

나도 마담 칼피스 흉내를 내며 밝게 말해보았다. 그러자 마음이 조금 후련해졌다.

"어쩌면 큐피가 포포를 시험하는 게 아닐까? 자기가 딸로서 어디까지 진심으로 사랑받고 있는지 확인하려고. 동생들에게 포포를 빼앗긴 것 같아서 질투를 느끼는지도 모르지. 그러니까 이건 애정의 반증이라 생각하고, 큐피의 마음이 자연스럽게 바뀌기를 느긋하게 기다려봐. 괜찮아, 포포, 당신은 좋은 엄마니까."

마담 칼피스의 마지막 한마디에 꾹 참고 있던 눈물이 차르륵 쏟아졌다. 지난 몇 년 동안 누군가를 위로한 적은 많았지만, 정작 내가 위로받은 적은 거의 없었다. 나조차 스스로를 계속 지적만 해왔다.

"좀 더 자신에게 너그러워도 괜찮아."

마담 칼피스가 본격적으로 우는 내 등을 토닥거려주었다. 생각해보니 이런 식으로 우는 것도 굉장히 오랜만인 것 같았다.

울고 싶은 기분이 드는 건 일상다반사였지만, 눈물을 흘릴 여유조차 없었다. 울 시간에 차라리 빨래를 개는 게 낫다고 자신을 다그치며, 내 감정과 마주하는 일을 계속 미뤄왔다.

다정한 손길의 온기가 등을 타고 은은히 전해졌다. 열심히 노력해서 좋은 엄마가 되려고 애썼던 내가 스스로 기특하게 여겨졌다.

"자."

마담 칼피스가 절묘한 타이밍에 일어섰다.

"또 비가 올 것 같네."

하늘엔 무거운 비구름이 드리워져 있었다.

"마음이 편해졌어요. 고맙습니다."

빈말이 아니라, 마담 칼피스와 얘기하면 마음이 정말로 수플레처럼 가벼워지는 기분이다.

"시간이 약이야."

마담 칼피스가 다짐하듯 내게 말했다.

"네, 시간 약."

나도 다짐하며 그녀를 따라 했다.

6월도 중순을 넘어서니, 올해도 도시마야(豊島屋, 하토사브레로 유명한 과자점 – 옮긴이) 입구에 근사한 칠석 장식이 보였다. 해마다 마주하면서도 매번 처음 보는 것처럼 놀라서 나도 모르게 발걸음을 멈춘다.

그도 그럴 것이, 그 장식은 정말로 아름다웠다.

쭉쭉 자란 어린 대나무에는 파랑, 노랑, 빨강, 분홍, 초록의 아기자기한 종이들과 익숙한 종이 비둘기 장식이 팔랑거렸다.

흰색 가림막에 '屋島豊'라는 글씨는 누가 쓴 것일까. 내가 대필업을 다시 시작해서인지, 그런 것이 궁금해졌다. 평소와는 글씨 방향이 반대여서 잠시 누군가의 이름처럼 느껴진 것은 귀엽게 넘길 일이다.

가게에 들어가 재빨리 쇼핑을 마쳤다.

니노도리이에도 초록, 노랑, 빨강, 보라 네 가지 색의 깃발이 살랑살랑 바람에 흔들렸다. 머리 위의 비구름 따위는 아무렇지도 않은 것처럼 여름을 불러들이려는 듯한 화려한 기세에 저절로 시선이 끌렸다.

단카즈라의 벚꽃은 예상대로 어린잎 벚나무로 변해 있었다. 잎이 무성하게 바스락거리는 모습이 인상적이었다.

우산을 쓰고 비 오는 가마쿠라를 걷는 것도 나쁘지 않았다.

비 오는 날, 가마쿠라를 걷는 지역 사람들의 발은 장화파와 샌들파 두 파로 나뉜다. 나도 전에는 장화파였다. 위에는 비옷을 입고, 온몸을 완전히 방수하고 걸었다.

하지만 아이를 낳은 뒤로는 샌들파로 바뀌었다. 샌들을 신으면 아무리 젖어도, 설령 물웅덩이에 들어가도 신경 쓸 일이 없다. 젖어도 되는 반바지와 티셔츠 차림으로 나갔다가 집에 돌아와 옷만 갈아입으면 되니, 장화를 벗는 번거로움도 사라졌다. 장화도 아니고 샌들도 아닌, 펌프스나 신사화 등 평소 신던 신발을 신는 사람들은 대개 외지에서 온 관광객이다.

어제부터 비가 엄청나게 내리다 그치다를 반복했지만, 발밑을 신경 쓰지 않고 걸을 수 있었던 건 보수 공사 덕분에 흙바닥이 콘크리트로 바뀌어서다. 예전에는 비만 내리면 발밑이 엉망이 되어 장화를 신지 않으면 걷기 어려웠다. 걷기 편해진 것은 부정할 수 없다.

이치노도리이 아래에 마이가 빨간 우산을 쓰고 서 있었다. 오늘은 마이와 데이트 약속이 있다.

마이의 의뢰로 시어머니에게 보낸 편지는 성공적이었다. 나는 두 사람 사이가 이대로 단절될까 걱정스러웠지만, 어머니는 화내기는커녕 마이에게 고마워했다고 한다.

좀처럼 파란불로 바뀌지 않는 건널목의 양쪽에서 우리는 눈짓을 주고받으며 손을 흔들었다. 장화에 무릎까지 오는 비옷을 입고 완전 방수한 마이는 마치 데루테루보즈(하얀 천으로 만든 날씨 요정 인형 – 옮긴이)처럼 보였다.

"유코 마마가 이제야 진짜 엄마와 딸이 된 기분이 든다고 그랬어."

며칠 전 통화할 때 마이가 들뜬 목소리로 전해주었다. 그래서 대필료도 줄 겸, 잠시 만날 수 없겠냐고 해서 기왕이면 하치만궁에서 벚꽃 구경이라도 하자고 얘기가 되었다.

마이의 집과 츠바키 문구점 중간쯤에 있는 것이 하치만궁이다. 아르바이트생에게 가게를 부탁하고 바로 집을 나섰다.

이윽고 신호가 바뀌어 마이 쪽으로 걸어갔다. 지난번 만났을 때보다 마이의 얼굴이 한층 밝아 보였다.

먼저 겐페이 연못에 연꽃을 보러 갔다.

빨간 다이코바시 다리 오른쪽이 겐지 연못, 왼쪽이 헤이케 연못이다. 예전에는 겐지의 백기, 헤이케의 홍기(헤이안 시대 말기에 겐지와 헤이케가 패권을 다투던 겐페이 전쟁에서 겐지는 백기, 헤이케는 홍기를 들었다. 여기에서 유래하여 일본에서는 '홍백전' 문화가 생겼다 – 옮긴이)를 따라 겐지 연못에는 흰 연꽃이, 헤이케 연못에는 붉은 연꽃이 피어 있었다고 한다.

하지만 지금은 어느 쪽 연못이든 흰색과 붉은색 연꽃이 섞여서 피어 있다. 겐지 연못과 헤이케 연못은 사실 다리 아래에서 이어져 있으니 당연한 결과다.

참고로 겐지 연못에는 겐지의 번영을 기원하는 섬이 세 개, 헤이케 연못에는 섬이 네 개 있다. 각각 '3'과 '산(産)', '4'와 '사(死)'를 본뜬 것이다. 원래는 겐지 연못에도 네 개의 섬이 있었던 것 같지만, 마사코 씨가 겐지 연못의 섬을 한 개 없애버려서 세 개가 되었다는 소문이다.

"그러고 보니 렌타로의 '렌(蓮)'은 하치만궁의 연꽃에서 따온 걸까?"

유치원(하치만궁 안에 있는 쓰루오카 유치원 – 옮긴이) 바로 앞까지 다가가 지적에서 연꽃을 관찰하며 마이가 물었다.

"맞아, 연꽃 피는 계절에 배 속에 찾아왔거든. 그리고 제일 좋아하는 꽃이기도 하고. 연꽃은 보는 것도 먹는 것도 다 좋아해.

하지만 요즘 연근을 먹지 못했네. 비싸서."

나는 말했다.

"연꽃 보고 있으면 마음이 평온해지지."

마이가 말했다. 나도 완전히 동감이었다. 물론 동백꽃도 좋아하지만, 연꽃에는 독특한 포용력이 있다.

"그럼, 코우메 이름은?"

"코우메는 매화 열매가 열리는 계절에 태어나서. 작은 매화, 귀엽기도 하고. 둘 다 큐피가 생각한 이름이야."

"어머, 그렇구나. 당연히 포포가 지은 줄 알았는데."

"응, 뭐 모녀가 같이 얘기하다 생각한 거긴 하지만. 큐피 이름에도 유채꽃의 '채(菜)' 자가 들어가서, 다 같이 식물 이름이 들어가도 괜찮겠다고 처음부터 막연히 생각했거든. 하지만 최종적으로 정한 것은 큐피니까 우리 집에서는 큐피가 두 아이의 이름을 지어준 사람이야."

대화를 나누며 겐지 연못을 떠나서 이번에는 헤이케 연못 쪽 연꽃을 보러 갔다.

"다를 게 없네."

마이가 쿡쿡 웃었다.

"정말 둘 다 똑같은 연꽃이네."

아무리 인위적으로 색을 나누어도 시간이 흐르면 홍백이 섞여서 자연스러운 형태를 찾아간다. 요전에 마담 칼피스가 가르쳐준 시간 약이 그런 것일지도 모른다. 아무리 몸부림치고 울부 짖어도 시간이 흐르면 저절로 원래의 모습으로 돌아가 안정을 찾는다.

"그럼 데미즈(본전에 들어가기 전 손과 입을 씻는 장소. 긴 대나무 손잡이 가 달린 바가지로 물을 뜬다 - 옮긴이)로 가실깝쇼."

마이가 조금 장난스러운 어조로 말했다.

"그럽시다."

우리는 나란히 무전(행사나 공연이 열리는 공간 - 옮긴이) 쪽을 향해 걸었다.

데미즈에 떠 있는 수국은 마치 놀이용 작은 공처럼 보였다. 분홍, 물색, 보라, 연보라, 흰색, 파랑 등 색색의 동그란 수국이 마치 행성처럼 물 위에 동동 떠 있다.

물에 잠긴 수국은 싱싱하여 귀를 기울이면 기쁨의 노랫소리 가 들려올 것 같았다. 땀에 젖은 등에 시원한 바람이 지나갔다.

"해마다 이 광경을 보면 슬슬 여름이 오겠구나, 싶지."

마이가 들뜬 목소리로 말했다.

바람이 불자 무전에 걸린 종이공과 깃발이 치맛자락처럼 펄 럭였다. 역시 가마쿠라의 한 해는 여름부터 시작하는 것 같다.

"오랜만에 올라가서 참배할까."

마이의 말에 그러자, 하고서 둘이 나란히 계단을 올라갔다.

신목인 커다란 은행나무가 쓰러진 지 어느덧 10년이 넘었다.

그 무렵 나는 아직 가마쿠라에 돌아오지 않았었다. 그것이 가마쿠라 시민에게 얼마나 큰 충격이었는지는 할머니가 그날 밤, 이탈리아에 있는 시즈코 씨에게 보낸 편지를 읽고 헤아릴 수 있었다.

수령 천년이나 되는 은행나무가 뿌리째 쓰러졌습니다.
노쇠해서일까요?

그렇게 시작되는 편지에서 할머니의 동요가 잔뜩 느껴졌다.

뉴스로 그 사실을 접한 할머니는 나무의 쓰러진 모습을 보러 가야 할지, 아니면 건강한 시절의 모습을 마지막 기억으로 남겨 둘지 갈등한 끝에, 역시 봐두어야겠다고 결심하고 츠바키 문구점을 닫은 뒤 자전거를 타고 현장으로 달려갔다고 쓰여 있었다. 그리고 손을 모아 명복을 빌었다고 한다.

그 은행나무의 밑동에서 나온 새싹이 지난 10년 동안 꽤 크게 자랐다.

먼저 간 은행나무의 씩씩함과 늠름함에는 아직 발끝에도 미치지 못하지만, 어린 은행나무도 이제는 꽤 자라서 아이들이 두세 명 매달려도 꿈쩍하지 않을 정도로 튼튼해졌다. 나는 마음속으로 '파이팅'을 외치며 응원했다.

본궁에서 참배를 마치고 휙 뒤돌아보며, 오랜만에 눈 아래 펼쳐진 풍경을 음미했다.

"좋네."

"여기서 보는 풍경, 정말 최고지."

단카즈라가 곧게 뻗어나가다가 이윽고 바다로 이어진다.

정말로 아름다운 마을이다.

마이는 마루야마이나리 신사 쪽으로, 나는 시라하타 신사에서 요코하마국립대 부속 초등학교 운동장 쪽으로 빠지는 길이 지름길이라, 거기서 이만 헤어지기로 했다.

마이가 주섬주섬 가방을 뒤지더니 작은 봉투를 꺼냈다.

"자, 이거 요전에 부탁했던 것의 대필료. 포포, 정말 고마웠습니다."

정중하게 인사를 해서 나도 두 손으로 정중하게 봉투를 받았다.

그리고 봉투와 물물교환 하듯이 "자" 하고 도시마야 선물을 건넸다. 안에 들어 있는 것은 고바토마메라쿠다. 내가 '비둘기 모이'라고 부르는 과자로, 비둘기 모양의 한입 크기 라쿠간(작은 비둘기 모양으로 쌀이나 콩가루, 물, 설탕 등의 재료로 틀에 찍어낸 전통 화과자─옮긴이)이다.

입이 심심할 때 이걸 입에 넣으면 마음이 푸근해진다. 아이들이 보면 금세 먹어 치우기에 나는 언제나 나만의 비밀 장소에 숨겨두고 몰래 먹는다.

마침 다 떨어져서 아까 내 몫도 샀다. 하토코가 하토를 먹는

다니 동족상잔 같은 느낌이 들지만.

"그럼."

"서로 여름 잘 보내자."

여름방학에는 육아에 쫓기느라 마이와 이렇게 느긋한 시간을 보내지 못하겠지, 생각하며 말했다.

담쟁이가 엉킨 집 근처까지 왔을 즈음, 나는 발길을 휙 돌려 하치만궁으로 되돌아갔다. 계속 뭔가를 잊어버린 기분이 들었지만 구체적으로 무엇을 잊었는지 생각나지 않아 답답했다. 그걸 겨우 기억해낸 것이다.

수여소(신사에서 부적이나 소원을 적는 소원지 등을 파는 곳 - 옮긴이)에 들러 꾸지나무 잎이 그려진 색지를 받아 들었다. 그 위에 매직펜으로 소원을 적는다. 미츠로 씨와 큐피, 우리 가족이 처음 맞이한 여름, 셋이서 함께 꾸지나무 잎 모양으로 자른 색지에 소원을 썼었지.

미츠로 씨는 "사업 번창"을.

큐피의 소원도 잊어버리지 않았다. "남동생이나 여동생을 갖고 싶어요"라고 적었다.

나는 뭐라고 썼던가? 다른 사람의 소원은 기억하면서, 정작 내 소원은 도무지 떠오르지 않는다.

매직펜을 든 채, 올해는 무엇을 쓸지 고민했다.

소원이라면 많지만, 딱 한 가지만 고르자니 쉽지 않았다.

이윽고 생각을 글로 적어, 색지를 오색 끈으로 묶어 봉납했다.

후련한 기분으로 돌아오는 길, 여기저기 핀 수국을 사랑스럽게 바라보며 걸었다. 이따금 휘릭휘릭 우산을 돌렸다.

가마쿠라에는 사계절 내내 다양한 꽃이 흐드러지게 피지만, 역시 가장 어울리는 것은 수국이다. 수국이 색색의 비눗방울처럼 피어 있었다.

집에 돌아와서 확실히 넣어두었던 기억이 떠올라 보물 상자를 열어보았다.

내가 '보물 상자'라고 부르는 것은, 할머니가 옷을 넣어두던 등나무 바구니다. 그 안에는 도저히 버릴 수 없는 추억의 물품들이 담겨 있다.

사실, 아무렇게나 넣어두었다고 하는 편이 맞을 것이다. 이런 것들을 찬찬히 보며 추억에 잠기는 것이 노후에 기대되는 즐거움 중 하나다.

소원을 적은 세 장의 꾸지나무 잎을 상자 구석에서 간신히 찾아냈다. 그리운 큐피의 어린 글씨와 몇 년 만에 재회했다. 어버이날에 큐피가 손수 만든 카드와, 6세 6월 6일에 처음 쓴 붓글씨도 나왔다.

나도 모르게 눈물이 스멀스멀 차올랐다. 왜 이렇게 눈물이 나는지 모르겠지만, 당연하다는 듯 눈물이 비 오듯이 쏟아졌다.

지금 당장 이 손으로 큐피를 꼭 껴안고 싶어졌다. 싫어해도,

걷어차도, 깨물어도 참고 이 가슴에 큐피의 온기를 느끼고 싶었다. 미유키 씨에게서 물려받은 생명이 진심으로 사랑스러웠다.

나도 큐피를 사랑한다.

웃음이 난 것은 내가 쓴 소원이 그때와 거의 다르지 않다는 사실 때문이었다. 여전히 나는 가족의 건강과 평화를 기원하며, 모두가 웃는 얼굴로 지내기를 기도했다. 큐피의 글씨는 요 몇 년 사이에 완전히 달라졌지만, 내 글씨는 변함없다.

아까는 소원이 많다고 생각했는데, 하나로 모아보니 결국 이 한 가지로 다 통했다. 이것만 지키면 충분하다는 사실을 당시의 나와 지금의 내가 함께 깨닫는다.

큐피의 소원은 이루어졌다.

큐피는 지금이라면 꾸지나무 잎에 어떤 소원을 적을까.

점심으로 큐피가 남긴 달걀말이를 먹으면서, 어쩌면 우리는 의식하지 못한 사이에 진짜 가족이 되었는지도 모른다는 사실을 깨달았다.

달걀말이에 소금을 너무 넣은 것 같다. 짠맛이 입안에 퍼졌다.

금목서

막대 폭죽의 불똥이 땅에 톡 떨어진 순간, 여름이 끝났다. 불똥은 한동안 땅 위에서 작은 동물처럼 파르르 떨었지만, 이윽고 불이 꺼지고 떨림도 멎었다. 어둠 속으로 스르륵 빨려 들어가는 듯한 이별이었다.

"끝났네."

여름이, 라는 주어를 생략하고 내가 말하자,

"응, 꺼졌네."

미츠로 씨도 마찬가지로 중얼거렸다.

주위에는 아직 막대 폭죽 냄새가 아지랑이처럼 살랑살랑 떠돌고 있었다. 생각해보니, 둘이서 불꽃놀이를 한 건 처음일지도 모른다. 그곳에는 언제나 큐피가 있었다.

미츠로 씨는 바닥에 흩어진 남은 막대 폭죽을 조심스럽게 모아 양동이 물에 담갔다.

물이 넘치지 않도록 조심하며 집으로 돌아오니 큐피가 텔레비전을 보면서 스마트폰을 만지고 있었다.

일단, 다녀왔어, 하고 밝게 말해보았지만, 역시나 대답이 없다.

사실, 오늘밤은 큐피와 일대일로 얘기를 나눌 절호의 기회였다. 불꽃놀이도 그래서 준비했는데.

작년 여름, 매일 밤 불꽃놀이를 하고 싶어 하던 큐피는 어디로 사라진 걸까.

"수박 먹을래?"

냉장고를 열며 큐피에게 넌지시 말을 걸었다.

"필요 없어."

대답이 있어서 그나마 다행이다. 또 한숨이 나왔다. 이럴 때는 '시간이 약이야, 시간 약, 시간 약' 하고 주문처럼 외워본다.

여름방학 동안의 일들은 대충 생략하겠다.

그 편지가 우편함에 도착한 것은 아이들의 2학기가 시작되고 나서 며칠 뒤였다. 요즘 세상에 드물게, 받는 사람 이름이 손글씨로 쓰여 있었다. 겉에는 '츠바키 문구점 귀하'로 되어 있었고, 뒤집어보니 낯선 사람의 이름이 적혀 있었다. 여자 글씨라고 생각했는데, 어쩐지 남자 같기도 하다. 보낸 사람의 주소는 도쿄도 오시마초였고, 글씨체로 보아 나이가 많은 것 같지는 않았다.

가게로 돌아와서 페이퍼 나이프로 봉투를 뜯었다. 안에서 나온 것은 아무런 특징 없는 가로쓰기 편지지였다. 읽으면서 몇 번이나 설마, 하고 혼잣말을 했다.

설마. 거짓말이겠지. 할머니가?

있을 수 없다, 있을 수 없는 일이다.

마지막까지 읽고도 믿기 어려워, 나는 첫 장부터 한 번 더 읽었다. 두 번 반복해서 읽어도 글의 내용은 변함이 없었다.

설마…….

설마 할머니에게 사귄 사람이 있었다니…….

그것도 그 상대에게 부인과 자식이 있었다니…….

여전히 믿을 수 없다.

편지지를 접어서 봉투에 다시 넣고, 유일하게 열쇠로 잠그는 책상 서랍 속에 조심스레 넣어두었다. 이 편지는 나 이외에 그 누구의 눈에도 띄어서는 안 된다.

편지를 보낸 사람은 할머니가 사귀었던 상대의 친척으로, 조만간 상경할 예정이니 만날 수 있겠냐는 내용이었다. 인터넷에서 츠바키 문구점을 검색해 나의 존재를 알게 된 것 같았다. 꼭 전하고 싶은 것이 있다고 했다.

편지 끝에는 상경 날짜가 가까워지면 다시 연락하겠다고 쓰여 있었다.

아이 친구 엄마의 친구라는 여성에게서 연락이 온 것은, 감이 점점 익어가며 색을 더해갈 무렵이었다. 그녀는 대필 상담을 하고 싶은데, 지정한 장소로 와줄 수 있겠느냐고 물었다. 몸이 좋지 않아 츠바키 문구점까지 오기 어려운 상황인 듯했다.

왠지 서둘러야 한다는 기분이 들어, 나는 가장 빨리 시간을 낼 수 있는 토요일 저녁을 택해, 오랜만에 에노덴(가마쿠라시와 후지사와시 사이를 운행하는 에노시마 전철의 줄임말 - 옮긴이)을 탔다.

저녁은 데워 먹기만 하면 되도록 미리 준비해두었고, 두 아이는 큐피가 돌봐주기로 해서 걱정 없었다. 내 시야에서 벗어나 있을 때의 큐피는 여전히, 아니, 그 이상으로 믿음직스러운 존재였다.

그 여성이 지정한 곳은 에노덴 가마쿠라코코마에역 플랫폼이었다. 약속한 시각에 조금 앞서 플랫폼에 내리자, 한 여성이 벤치에 앉아 바다를 바라보고 있었다.

"안녕하세요. 아카네 씨죠?"

한 걸음씩 다가가며 말을 걸었다.

아카네 씨가 미소를 지으며 천천히 일어서려 했지만, 그 동작만으로도 몸이 비명을 지르는 듯했다. 그녀의 표정은 크게 일그러졌고, 미간에는 깊은 주름이 생겼다.

우리는 서로 바다를 바라보며 나란히 벤치에 앉았다.

"멋진 곳이네요."

내가 말했다. 오른쪽에는 에노덴이, 왼쪽에는 즈시 시내가 양팔을 벌리듯 펼쳐져 있었다.

"나도 이곳 풍경을 무척 좋아해요. 집에서 에노덴을 타고 네 정거장만 오면 되거든요. 매일 이곳에 와서 바다를 보고 돌아가곤 한답니다."

아카네 씨가 온화한 어조로 말했다.

"저는 몇 번 이곳을 지나친 적은 있지만, 내린 건 처음인 것 같네요."

아카네 씨의 마음을 조금이나마 이해할 수 있을 것 같았다. 가마쿠라가 넓지만, 확실히 이곳에서 바라보는 바다 풍경이 최고일지도 모른다.

"기껏 쇼난에 집을 지었는데, 집에서는 바다가 거의 보이지 않아요. 바다의 아름다움을 진정으로 깨달은 것은 병이 난 뒤였죠. 이곳에 오는 게 제 일과랍니다. 나는 이걸 산책이 아니라 여행이라고 부르고 있어요."

그렇게 말한 뒤, 아카네 씨는 크게 심호흡을 했다. 호흡이 쉽지 않아 보였다. 그리고 천천히 말을 이어갔다.

"하루에 한 번, 이곳에 와서 바다를 바라보면, 술렁이던 마음이 차분해져요. 바다에는 사람을 정화시키는 힘이 있는 것 같아요. 하루 종일 아무것도 하지 않아도 용서받을 수 있을 것 같은 기분이 들죠."

"압니다."

나는 조심스럽게 대답했다. 그런 말을 쉽게 해서는 안 된다는 걸 알면서도 말이다.

아이 친구 엄마를 통해 아카네 씨의 상황을 어느 정도 들었지만, 중요한 부분은 아직 듣지 못했다.

나는 묵묵히 아카네 씨의 다음 말을 기다렸다. 잠시 후, 아카네 씨가 입을 열었다.

"설마 내가 암에 걸릴 줄은 상상도 못했어요. 암에 걸리는 사람들, 다들 그럴 거예요. 강 건너 불처럼 남의 일이라고만 생각했죠."

철썩, 철썩, 파도 소리가 들려왔다.

한 사람, 두 사람, 기다란 보드를 안은 서핑 애호가들이 바다를 향해 모여들기 시작했다. 먼바다에서는 파도를 기다리는 서핑 애호가들의 머리가 드문드문 떠올라, 마치 물개 무리처럼 보였다.

나는 물개 무리에 섞여 파도를 기다리는 마음으로 아카네 씨의 말을 기다렸다. 지붕 아래에서 테이블을 사이에 두고 마주 앉기보다는, 이렇게 서로 바다를 바라보는 편이 훨씬 대화하기 쉬웠다. 아카네 씨도 아마 이 방식이 편할 것이다.

얼마간 시간이 흐른 뒤, 아카네 씨가 다시 말을 이었다. 하지만 어쩌면 내가 침묵을 길게 느꼈을 뿐, 실제로는 그리 오랜 시간이 흐르지 않았을지도 모른다.

"살 수 있는 시간이 이제 그리 길지 않아요."

옆에 있는 아카네 씨의 얼굴이 보이지 않아서 정확하진 않았지만, 그녀의 목소리는 울먹이는 듯했다.

"나도 이렇게 눈물바람 하는 것, 꼴불견이라고 생각해요. 한심하다고도 느껴지고요. 하지만 이런저런 생각을 하면 저도 모르게 눈물이 나와요. 죄송해요."

아카네 씨는 가방을 뒤지기 시작했다. 하지만 손수건을 찾지 못한 듯했다.

"바보 같네요, 나. 오늘따라 손수건을 깜빡하고 왔나 봐요. 미안하지만, 혹시 휴지 같은 거 있나요?"

아카네 씨가 거기까지 말했을 때, 나는 내 손수건을 꺼냈다.

"괜찮으시면 이거 쓰실래요? 오늘은 아직 사용하지 않아서 깨끗해요. 걱정 마세요, 아이들 것까지 해서 손수건이 많아요."

나는 울음을 참으려 필사적으로 감정의 방파제를 눌렀다.

"미안하지만, 그럼."

아카네 씨가 고개를 살짝 숙이며 내 손수건을 받아들었다.

또 그 손수건이었다. 큐피와 미츠로 씨와 처음으로 셋이 데이트 했을 때 사용했던 그 손수건. 나도 그때 손수건을 챙기지 않았었다. 큐피가 나눠준 디저트 푸딩의 달콤한 맛이 혀끝에 스멀스멀 되살아났다.

생각해보면 큐피는 이미 내게 충분할 만큼 많은 선물을 주었다. 그래서 지금 아이가 어떤 태도로 나를 대하든, 그리 중요하지 않을지도 모른다.

문득 그런 새로운 생각이 산들바람처럼 스쳐갔다.

아카네 씨는 손수건을 꼭 쥐고 말을 이었다.

"저기, 제 딸이 곧 결혼해요. 외동딸이죠. 원래는 하와이에서 결혼식을 올릴 예정이었는데, 내 병을 알고 급히 요코하마로 바꾸었어요. 날짜도 앞당겼고요. 하지만 나는 그 시간에 맞추지 못할 것 같아요. 기껏 경사스러운 날에 찬물을 끼얹은 것 같아 미안해요. 딸은 나를 걱정하며 정말 다정하게 대해주는데, 나는 내 감정이 공회전해서 제대로 마음을 전하지 못하고 있어요. 참 어리석은 엄마죠. 이제 시간이 얼마 남지 않았는데도 딸에게 화풀이만 하고 말이에요."

빛이 동그랗게 해안의 일부를 비추었다. 빛은 마치 의지가 있는 생물처럼 천천히 움직이다가, 이윽고 스르륵 사라졌다. 아카네 씨가 다시 입을 열었다.

"저는요, 지금까지 딸에게 편지를 써본 적이 없어요. 그래서 적어도 한 통쯤은 남기고 싶었는데, 수술 후유증으로 어깨가 아프고 오른손을 들지 못해서 편지를 쓸 수가 없답니다. 이럴 줄 알았다면, 건강할 때 많이, 많이 써서 남길 걸 그랬어요. 정말 바보 같았죠."

큐피의 손수건이 아카네 씨의 눈물을 부드럽게 빨아들이고 있었다. 나는 눈을 감았다가 천천히 다시 떴다. 석양을 머금은 바다가 근사하게 반짝였다. 그 빛은 살아 있는 모든 것을 무조건 축복하는 듯했다.

"춥지 않으세요?"

문득 걱정돼서 아카네 씨에게 물었다. 낮에는 더워도 아침저녁으로는 바람이 차갑다.

"괜찮습니다. 근데 슬슬 가는 게 좋겠어요. 다음 에노시마 방면 전철이 오면 그걸 탈게요. 포포 씨, 가마쿠라행이 오면 먼저 타고 가세요. 여기까지 오시게 해서 미안합니다."

"별말씀을요."

나는 말했다. 하늘에는 마치 사쿠라덴부(새우와 생선으로 만든 핑크색 가루 - 옮긴이)를 뿌린 듯한 밝은색 구름이 곳곳에 퍼져 있었다.

"평소에는 산만 보며 살아서요. 이렇게 찬찬히 바다를 바라보는 건 정말 오랜만이네요. 바다도 참 좋군요. 혹시 괜찮으시면, 다음에 또 여기서 함께 바다를 봐도 될까요?"

"물론이죠."

아카네 씨가 미소 지으며 대답했다.

아카네 씨가 탈 후지사와행 전철이 먼저 도착했다. 나는 플랫폼에 서서 아카네 씨를 배웅했다.

아카네 씨는 키가 훤칠하고 아주 아름다운 사람이었다. 단순히 외모가 예쁠 뿐만 아니라, 그녀에게는 여신 같은 강인함과 아름다움이 공존하고 있었다.

아카네 씨를 배웅하고 나니, 여러 가지 생각들이 머릿속에서 천 갈래, 만 갈래로 흩어져 바다 앞에서 한참 동안 움직일 수 없었다. 바다를 더 보고 싶어서 나는 다음 전철을 타지 않고, 그다음 가마쿠라행 전철을 탔다.

시치리가하마, 이나무라가사키, 하세를 지나 가마쿠라에 가까워질수록 하늘이 점점 어두워졌고, 에노덴 가마쿠라역 플랫폼에 내렸을 때는 이미 밖이 캄캄해져 있었다. 토요일인데도 플랫폼에는 사람이 거의 없어, 음산할 정도로 고요가 감돌았다.

집에 가까워지자, 안에서 아이들의 밝은 웃음소리가 들려왔다.

큐피도 동생들과 함께 깔깔 웃고 있었다. 이웃집의 까다로운 중년 여성에게서 시끄럽다는 항의가 올까 불안해졌다.

하지만 그런 건 과자 선물을 들고 미츠로 씨나 내가 사과하면 될 일이다. 지금 가장 중요한 것은 세 아이가 진심으로 웃고 있다는 사실이다.

나는 한동안 그 자리에 서서 세 아이의 웃음소리를 들었다.

하늘에는 마치 두 조각으로 나눈 무처럼 멋진 반달이 떠 있고, 발밑에서는 벌레들이 밤의 합창을 하고 있었다.

그다음 주부터 나는 시간을 내어 가능한 한 자주 아카네 씨를 만나러 갔다.

매번 가마쿠라코코마에역 플랫폼에서 만나 함께 바다를 바라보았다. 단지 그것뿐인데도, 오늘도 아카네 씨를 만난다는 생각만으로 내 마음이 깊은 감색으로 물들었다.

바다를 보며 아카네 씨에게 딸 이야기를 들었다. 딸이 태어난 날의 일, 어린 시절의 추억, 그리고 다양한 에피소드를 들으며 우리는 함께 웃기도 하고 울기도 했다.

가족사진도 보았고, 아카네 씨의 필체도 익혔다.

물론 아카네 씨가 건강을 회복하기를 간절히 바랐다. 그 바람은 여전히 강렬했지만, 현실적인 문제로 서둘러야 한다는 것을 인정할 수밖에 없었다.

가마쿠라코코마에역 플랫폼에서 아카네 씨를 만난 것은 그 주의 금요일 오후가 마지막이었다. 태풍이 접근 중이어서 벤치에 앉아 있자니 짭짤한 파도의 비말이 날아올랐다. 파도의 비말은 마치 돌멩이처럼 단단해서 이마와 뺨을 사정없이 때렸다. 아카네 씨는 우비의 모자를 뒤집어쓰고, 운명과 맞서는 듯한 숙연한 눈빛으로 미쳐 날뛰는 바다를 바라보았다.

둘 다 바람에 날려갈 것 같으면서도, 내가 가져온 하나 씨 가게의 후토마키를 함께 먹었다. 산은 어지간해서 움직이지 않지만, 바다는 늘 괴수의 배처럼 움직이며 유동적이다. 불꽃놀이처럼, 바다는 결코 질리지 않는다.

그날 우리는 거의 말을 나누지 않고, 그저 묵묵히 바다만 바라보았다. 집에 돌아온 뒤, 나는 필기구와 편지지를 준비했다. 이미지는 에노덴을 타고 돌아오는 동안 이미 완성되었다. 아카네 씨에게 부탁받은 딸에게 보낼 말을 조금도 줄이지 않고, 흠집 없이, 변색 없이 집까지 가져와 편지로 만든다. 그것이 내가 맡은 사명이다. 지금, 나는 그것을 위해 살고 있다.

결국 남는 것은 종이뿐이네요.

두 번째인가 세 번째 만났을 때, 아카네 씨가 문득 흘린 이 말이 가슴 깊이 와닿았다.

디지털 기술이 발전해 사진도 영상도 데이터로 반영구적으로 남길 수 있게 되었지만, 디지털은 한순간에 사라질 수 있다. 그것을 재현할 환경이 아니면 보지 못하는 위험도 있다.

종이는 얼핏 여려 보이지만, 그림도 사진도 편지도 잘만 보존하면 아주 오래된 것도 남아 있다. 태우거나 젖지 않는 한, 오래 간다. 할머니가 시즈코 씨와 주고받은 펜팔 편지가 그 좋은 예다.

아침에 쓸지 밤에 쓸지 고민한 끝에 나는 밤에 쓰기로 했다.

할머니는 늘 밤에 쓰는 편지에는 마물이 깃든다며, 되도록 밤 편지는 조심하라고 말씀하셨다. 하지만 지금 아카네 씨에게 부탁받은 대필은 왠지 밤 같은 느낌이 들었다. 밤이 아니면 쓸 수 없는 편지도 존재한다.

미츠로 씨에게 상황을 설명하고, 되도록 소리를 내거나 말을 걸지 않도록 부탁했다. 두 아이는 이미 꿈속에 있었고, 큐피도 자기 방에 들어갔다.

미츠로 씨는 이어폰을 끼고 텔레비전으로 스포츠 뉴스를 보았다. 좋아하는 야구팀이 홈런을 쳤는지, 소리 없이 조용히 브이를 그리며 기뻐했다.

나는 할머니와 시즈코 할머니의 불단 앞에서 손을 모으고, 무사히 대필 일을 마칠 수 있도록 기도했다.

카에에게,

처음으로 편지를 쓰는구나.

카에, 먼저 결혼을 축하해.

엄마는 정말 기쁘단다.

네가 결혼해서 쓸쓸하지 않다면 거짓말이겠지만,

그 쓸쓸함보다 몇 배, 몇 십 배 더 기뻐.

좋은 파트너를 만난다는 것은 인생에서 가장 큰 행복이라고

생각해. 게다가 카에의 첫사랑이라니, 얼마나 멋진 일이니.

오짱과 함께 앞으로 좋은 가정을 만들어가길 바란다.

평범한 말밖에 할 수 없지만, 엄마는 진심으로 너를 응원해.

언제나 너를 지켜보고 있을 테니 안심하고 앞을 향해

걸어가렴.

요즘 들어 자주 네가 태어난 날을 떠올리게 된단다.

카에는 미숙아는 아니었지만, 아주 작은 몸으로 태어났지.

예상은 했지만, 처음 너를 보았을 때 너무 작아서 엄마는 너를
품에 안는 것도 조심스러웠던 기억이 나는구나.

그래도 카에는 작은 몸으로 열심히 살려고 했지. 네가 엄마
젖을 찾아 빨 때, 엄마는 너무 기쁘고 행복해서 이 아이의
엄마가 되길 정말 잘했다고 생각했단다.

지금도 그 마음은 변함이 없어.

어릴 때는 사람들이 자주 너를 남자아이로 착각했지.

머리카락이 좀처럼 길지 않았던 데다, 아빠와 엄마 모두
파란색을 좋아해 파란색 옷을 자주 입혔거든.

너도 파란색이 참 잘 어울렸고. 너를 데리고 다닐 때마다
"남자답네요"라는 말을 듣곤 했지. "아뇨, 얘는 딸이에요"라고
하면 다들 눈을 동그랗게 떴잖아.

카에는 단풍나무(楓, 카에데)에서 따온 이름이란다. 아빠가
먼저 생각했는데 엄마도 예뻐서 찬성했지.

나무처럼 땅에 발을 딛고, 바람처럼 가볍게 살아가기를
바라는 마음을 담은 이름이란다.

어려운 일이겠지만, 아빠와 엄마는 너라면 잘할 수 있을
거라고 믿는다.

결과적으로 우리 카에는 외동딸로 자랐구나.

너와 함께 보낸 19년은 정말 눈 깜짝할 순간이었어.

네가 고열이 났을 때 이마에 소고기를 올려둔 일,

아빠가 그 고기를 아깝다고 며칠 뒤에 스테이크 해 먹은 일,

초등학생 때 해마다 여름 캠핑을 갔던 일 등 하나만 고르기엔

너무 많아. 모든 날이 보물처럼 소중하게 느껴진단다.

지금까지 우리는 사이좋은 모녀였지만, 엄마가 병이 난 뒤로

몇 번이나 심하게 다퉜지. 그때 고집 부려서 미안해.

네 마음을 헤아리지 못했던 미숙한 엄마를 용서해주렴.

카에, 어떤 일이 있어도 부탁이니 결혼식은 예정대로

올려주렴. 엄마가 그 자리에 있건 없건,

카에의 행복을 비는 엄마의 마음은 변하지 않아.

우리 모녀가 함께한 시간이 다른 모녀보다 짧을지도

모르지만, 엄마는 최근에 깨달았단다. 인생은 살아 있는

시간의 길이가 아니라는 걸. 억울해서 하는 말이 아니야.

정말로 인생은 그 깊이에 있다고 생각해.

카에, 정말 고맙다.

엄마의 배 속에 와준 것, 엄마는 진심으로 고맙게 생각해.

아마도 카에는 착해서 엄마가 떠나면 '이렇게 해줄걸, 저렇게

해줄걸' 하고 후회할지도 모르겠구나.

하지만 그런 생각은 전혀 할 필요 없어.

카에가 엄마와 아빠의 자식으로 태어나 준 것만으로도,

이미 충분히 엄마에게 큰 은혜를 베푼 거야.

너를 만난 덕분에 엄마의 인생은 많이 달라졌어.

사고방식도, 행동도. 물론 좋은 방향으로 말이야.

카에, 앞으로도 마음껏 너의 인생을 살아가렴.

웃는 얼굴로 인생을 즐기며 살아가렴.

인생은 우리가 생각하는 것보다 더 빨리 지나가니까.

하고 싶은 것 다 하면서 인생을 마음껏 누리렴.

이것이 너에게 보내는 엄마의 마지막 인사란다.

한 번 더 말할게.

결혼, 축하해.

행복해야 해.

엄마가

이 모든 말은 아카네 씨의 말이다.

아카네 씨가 바다를 보며 내게 해준 이야기들이다. 나는 그것을 아카네 씨를 대신해 따님인 카에 씨에게 전했다. 대필이란, 결국 오른쪽에 있는 것을 왼쪽으로 옮기는 것, 단지 그것뿐인 일이기도 하다.

미처 모르는 사이에 미츠로 씨는 침실로 간 것 같다. 거실에는 이제 아무도 없다.

다음 날 아침, 나는 편지를 다시 읽었다. 내용은 이걸로 충분했다. 하지만 뭔가 가슴에 걸렸다. 아무래도 찜찜하고 석연치 않았다. 몇 번이고 다시 읽으면서 그 원인을 찾았다.

글씨가 문제일지도 모른다.

그런 생각이 든 것은 방에 청소기를 돌리고, 문총 앞에 물을 새로 떠놓고 손을 모을 때였다.

문득 글씨를 너무 잘 쓴 게 아닌가 하는 생각이 들었다.

글씨는 아카네 씨의 글씨체와 똑같이 썼으니 그 점만 보면 성공이다. 하지만 어쩌면 중요한 것은 그게 아닐지도 모른다.

왼손으로 써보면 어떨까?

그런 생각이 스친 것은, 아르바이트 하러온 미대생 여자아이가 무코다 구니코라는 작가가 쓴 『아버지의 사과편지』라는 문고본의 작가 후기를 읽다가 "헐" 하고 소리를 냈을 때였다.

"왜 그래?"

옆에서 재고 정리를 하던 내가 물어보자,

"이 에세이, 작가가 전부 왼손으로 썼대요. 병을 앓은 후유증으로 오른손을 쓸 수 없게 돼서요."

아르바이트생은 여우에 홀린 듯 놀란 얼굴로 말했다.

"나는 메모조차 스마트폰에 치는데, 대단한 집념이네요. 꼭 글을 남기고 싶었던 거겠죠?"

그녀는 신기하다는 듯이 말하며 문고본을 덮었다.

아카네 씨의 편지를 왼손으로 써야겠다는 생각이 번쩍 떠오른 것은 그때였다.

아카네 씨도 몇 번이나 직접 쓰려고 했다고 말하지 않았는가. 하지만 아파서 도저히 무리였다고.

오른손으로 쓰면 물론 예쁘고 읽기 쉽게 쓸 수 있다. 하지만 왼손으로 바꾸면 당연히 글씨는 오른손보다 서툴어지고, 시간도 더 걸린다. 그러나 한 글자 한 글자에 담긴 생각은 왼손으로 쓴 쪽이 무게를 더 지닐 것이다.

아카네 씨의 딸을 향한 마음은 그만큼 묵직한 무게감이 있다. 그렇다면 왼손으로 글씨를 쓰는 게 의미가 있을지 모른다.

아르바이트생에게 가게를 맡기고, 오후에 한 번 더 왼손으로 편지를 써보았다. 문장이 약간 달라진 부분도 있었지만, 개의치 않고 계속 써나갔다.

몇 번이고 멈추면서.

나는 아카네 씨와 카에 씨가 함께 걸어온 시간을 되짚어보는 기분으로, 때로 펜을 쉬며 그곳에서 보이는 경치나 바람의 냄새를 느끼면서 글을 써나갔다.

같은 내용인 두 통의 편지를 각각 다른 봉투에 넣었다. 왼손으로 쓴 쪽은 글씨가 커서 편지지 장수도 더 많아졌다.

두 편지를 아카네 씨에게 보여주고, 어느 쪽이 더 좋을지 아카네 씨가 선택하도록 하기로 했다.

받는 사람 이름은 쓰려다가, 일단 쓰지 않고 남겨두었다. 가능하다면 아카네 씨가 직접 써주길 바랐다.

며칠 뒤, 아카네 씨에게서 "오늘은 상태가 조금 좋네요"라는 연락이 와서, 두 통의 편지와 편지를 쓸 때 사용한 펜을 들고 아카네 씨의 자택을 찾았다. 재택근무 중인 남편이 아카네 씨의 방으로 나를 안내해주었다.

아카네 씨는 가동식 침대에 누워 있었다. 명백히 지난번 만났을 때보다 상태가 좋지 않아 보였다. 내가 온 걸 알아차린 아카네 씨는 부드럽게 미소를 지어주었다. 아카네 씨가 가혹한 운명을 온전히 받아들이고 있는 것처럼 느껴졌다.

"따님에게 보낼 편지를 가져왔습니다."

나는 아카네 씨 귓가에 속삭이듯 말했다.

고맙다는 표정으로 아카네 씨가 나를 바라보았다.

"같은 내용인데요, 한 통은 오른손으로, 다른 한 통은 왼손으로 썼습니다. 아카네 씨가 보시고 마음에 드는 쪽을 골라주시겠어요?"

내가 말하자 아카네 씨는 여러 번 천천히 고개를 끄덕였다.

나는 두 통의 편지를 아카네 씨에게 펼쳐서 건넸다.

아카네 씨의 이미지와 딱 어울리는 서양식 거실에는 커다란 꽃병에 하얀 백합이 꽂혀 있었다. 백합은 달콤한 향기를 뿜어냈다.

"이쪽."

아카네 씨가 이날 처음으로 소리를 냈다. 그녀가 고른 것은 왼손으로 쓴 편지였다.

"혹시 괜찮으시다면, 아카네 씨, 봉투에 받는 사람 이름을 써보시겠어요? 제가 도와드릴게요."

아카네 씨가 어떻게 대답할까 생각하며 제안해보았다.

아카네 씨는 잠시 생각에 잠긴 듯하다가, 온몸의 힘을 쥐어짜는 듯한 목소리로 "쓸게요" 하고 대답했다.

남편을 불러 침대에서 일으켜달라고 부탁한 뒤, 오른쪽 아래에 수건을 받쳐 아카네 씨의 몸에 부담이 가지 않도록 도왔다. 나는 아카네 씨의 오른손에 뚜껑을 연 펜을 쥐여주었다.

하지만 손가락에 힘이 들어가지 않아 펜은 곧 아카네 씨의 손바닥에서 굴러떨어졌다. 남편은 묵묵히 그 모습을 지켜보았다.

몇 번의 시도 끝에 아카네 씨의 엄지와 검지 사이에 펜이 끼워졌다. 나는 봉투를 아카네 씨 손 옆에 갖다 대주고, 아카네 씨가 이름 쓰는 걸 도와주었다.

아카네 씨는 천천히, 아주 천천히 글씨를 써 내려갔다. 지금까지의 모든 인생을 그 글씨에 담아내는 것 같았다.

카에에게

다 쓰고 난 뒤, 마를 때까지 잠시 기다렸다가 뒤집어서 이번에는 '엄마가'라는 글씨를 썼다.

아카네 씨는 이미 온 힘이 다한 모습으로, 침대를 원래 위치로 돌려놓자마자 눈을 감더니 잠이 들었다.

오른손으로 쓴 편지는 펜과 함께 다시 가방 속에 넣었다.

가마쿠라코코마에역 벤치에서 카에 씨가 얼마 전까지 무민에게 빠져 있었고, 사실은 아카네 씨와 함께 핀란드로 여행을 가고 싶어 했다는 이야기를 해주었기에, 마지막으로 집에서 가져온 무민 스티커를 붙여 봉인했다.

편지는 겉을 위로 해서 아카네 씨가 잠든 머리맡에 살포시 놓아두었다.

이렇게 강한 글씨, 나는 물구나무서기를 해도 따라 쓰지 못할 것이다.

지금 이 순간이기에, 지금의 아카네 씨이기에 쓸 수 있었던 '카에'라는 글씨에는 아카네 씨의 생명력이 가득 담겨 있었다.

"또 만나요. 아카네 씨를 만나서 정말 기뻤어요."

나는 아카네 씨에게만 들릴 목소리로 속삭이고 자리를 떴다.

어쩌면 아카네 씨와 만날 수 있는 것은 오늘이 마지막일지도 모른다. 그렇게 생각하면서도, 한편으로는 '아니야, 아니야, 또 함께 가마쿠라코코마에역 플랫폼의 벤치에서 바다를 보는 날이 올지도 몰라' 하고 기대했다.

아카네 씨가 하늘로 여행을 떠난 것은 그 후 보름 뒤의 일이었다. 가족이 지켜보는 가운데 아카네 씨다운 평온한 여행을 떠났다고 한다.

편지는 카에 씨 결혼식 때, 아카네 씨를 대신해 남편이 읽어주었다고 한다. 그리고 무사히 딸인 카에 씨에게 건넸다고 한다.

그럭저럭하는 사이에 그의 상경 날이 다가왔다. 내가 "시간이 없어서요"라고 했더니, 그쪽이 가마쿠라까지 오겠다고 했다. 어디서 만나는 게 좋을지 묻기에 순간 대답한 곳이 붕붕 홍차점이었다.

역 뒤로 7, 8분 걸어가면 있는 오래된 홍차 전문점이다. 그곳이라면 아는 사람과 마주칠 확률이 낮다.

애초에 남편 이외의 남성과 만난다는 행위가 결혼 이후 처음이다. 게다가 상대는 할머니가 사귀었던 유부남의 친척이다.

누군가에게 들켜도 설명할 수 없다.

그렇다면 아무에게도 들키지 않을 장소에서 은밀히 만나는 것이 현명할 것이다.

그래서 순간적으로 떠오른 것이 붕붕 홍차점이었다.

요코스카선 선로를 넘어 시청 앞을 지나 터널을 빠져나갔다. 가마쿠라역 서쪽의 사스케라는 곳은 어지간한 일이 아니면 좀처럼 발을 들이지 않는 지역이다.

화장을 예쁘게 하고 외출복을 입는 것도 이상해서, 나는 말끔한 평상복을 입고 집을 나섰다. 할머니의 사생활 문제이기에 미츠로 씨에게는 일절 얘기하지 않았다. 따라서 지금부터 미지의 남성을 만나는 것도 비밀, 아니, 극비다.

그 사람의 성은 미무라(美村), 이름은 토마(冬馬) 씨라고 한다. '아름다운 마을의 겨울 말'이라니, 마치 한 장의 완성된 그림엽서 같은 이름이다. 나는 그 이름만으로도 마음이 끌렸다.

아직 얘기를 나눠본 적은 없고, 글씨 외에는 정보가 없어서 나이도 모르지만, 편지 내용을 통해 추측하건대 아주 느낌이 좋은 사람일 것이다. 토마 씨는 여성처럼 글씨체가 섬세했다.

가게에 들어가 멍하니 자리에 앉아 있는데, 토마 씨가 나타났다. 나는 그가 토마 씨란 걸 바로 알았다.

"안녕하세요" 하고 말을 걸자, 그쪽에서도 "안녕하세요" 하고 시원하게 웃었다. 호감이 가는 훈남이지 않은가. 나이는 나보다 서너 살 아래로 보였다.

일단은 날씨 이야기를 나누었다. 그리고 메뉴를 펼쳐서 토마 씨에게 고르게 했다.

"하토코 씨는요?" 하고 토마 씨가 물어서, 나는 "따뜻한 차와 케이크 세트로 할게요. 케이크는 스노우플레이크 케이크로 하겠습니다"라고 대답했다. "그럼, 저도 같은 것으로요." 이렇게 되어 가게 직원을 불러서 주문했다.

내심 심장이 쿵쿵거렸다. 초면인 남성이 갑자기 내 이름을 불러주었다. 동요를 감추기 위해 나는 메뉴를 뚫어지게 들여다보며 다양한 홍차 이름과 설명을 읽었다. 하지만 글씨는 그저 뇌를 스쳐 지나가고, 눈에 들어오자마자 사라졌다. 그렇게 해서나마 간신히 나를 진정시킬 수 있었다.

스노우플레이크 케이크에는 두 가지 맛이 있어서 사과와 베리를 각각 하나씩 주문했다. 마치 영국의 시골 한구석에 있는 듯한 기분이 드는 이 가게에는 젊은 여성들이 많았다. 대부분의 손님이 사진이 예쁘게 나오는 스노우플레이크 케이크를 먹고 있었다.

"가게, 바로 찾으셨어요?"

"네, 서쪽 출구로 나오라고 가르쳐주셔서 헤매지 않고 올 수 있었습니다. 여긴 자주 오시나요?"

"실은 처음이에요."

맞선을 보는 것도 아닌데, 토마 씨와 마주 앉아 있으니 뭔가 쑥스러웠다.

이 가게를 가르쳐준 것은 홍차를 좋아하는 바바라 부인이었다. "가마쿠라에서 최고로 맛있는 홍차를 마실 수 있는 가게가 있어" 하고.

한동안 침묵이 흐른 뒤, 토마 씨가 본론에 들어갔다.

"그래서."

"네."

"저희 삼촌과 하토코 씨 할머니가."

"네, 근데 도무지 믿을 수가 없어서."

"그렇죠. 저도 그랬으니 이해합니다. 그래서 흔적을 가져왔습니다."

토마 씨가 가방에서 작은 상자를 꺼냈다.

데자뷔처럼 느낀 것은 전에도 유학생 뇨로가 불쑥 나타나서 내 앞에 할머니가 보냈다는 편지를 산더미처럼 쌓아놓은 적이 있어서다.

실제로는 쌓아놓은 게 아니라 깨끗한 슈퍼마켓 봉지에 담아서 봉지째 건네준 것뿐이지만. 편지는 이탈리아에 사는 펜팔 친구, 뇨로의 어머니인 시즈코 씨에게 쓴 것이었다.

"여기."

토마 씨가 상자 뚜껑을 조심스레 들어 올리자, 할머니의 글씨가 눈에 들어왔다. 뒤집어서 보낸 사람의 이름을 확인하지 않아도 할머니가 쓴 것임을 명확히 알 수 있었다.

모든 편지에는 '미무라 류조 님'이라고 적혀 있었다.

"안에, 읽어봐도 될까요?"

그냥 느낌이었지만, 미무라 류조 씨는 이미 이 세상에 없을 것이라는 생각이 들었다. 없으니까 이렇게 편지가 눈앞에 있는 것이리라.

천천히 편지지를 펼쳐 읽으려 할 때, 토나 씨가 못을 박았다.

"꽤 자극적인 내용이 쓰여 있습니다."

내가 편지를 읽는 동안 홍차와 케이크가 나왔다. 테이블 위를 정리하고, 두 사람의 찻주전자와 케이크 접시를 놓을 공간을 만들었다.

스노우플레이크 케이크는 바위처럼 생긴 케이크가 크림 위에 아슬아슬하게 균형을 잡고 있어 박력 만점이었다.

편지에는 할머니가 썼다고는 믿기 어려운, 정열적이고 적나라한 내용이 담겨 있었다. 머리를 쾅 하고 망치로 맞은 기분이 들어 한동안 말을 잃었다. 그것은 분노도, 슬픔도, 기쁨도 아닌 감정이었다.

지금까지 상상도 하지 못한 할머니의 모습을 느닷없이 마주한 나는 천장을 올려다보며 멍하니 있었다. 또 한 번, 할머니에게 당한 기분이었다.

그 편지에는 한 여자로서의 할머니가 살아 있었다.

"역시 놀라셨군요."

먼저 홍차에 입을 댄 토마 씨가 말했다.

"삼촌, 만년에는 지역에서 의원도 하시고 아주 고지식한 사람으로 유명했는데."

"저희도요."

좀전에 읽은 할머니의 연애편지 내용을 떠올리면 얼굴이 붉어질 것 같아서 되도록 생각하지 않기로 하며 대답했다.

"나한테는 그렇게 엄했으면서."

자기는 불륜에 빠져 있었다.

나는 할머니에게 약간 배신당한 기분이 들었다. 정직하고 청
렴한 할머니라고 믿어 의심치 않았는데 말이다.

화풀이를 하려는 것은 아니었지만, 약간의 분노를 담아 눈앞
의 케이크를 포크로 산산조각 냈다. 이렇게 형태를 무너뜨려서
섞어 먹는 것이 스노우플레이크 케이크를 먹는 방법이라고 한다.

그래서 당당하게 엉망으로 만들어도 상관없었다. 눈앞의 토
마 씨는 약간 조심스럽게 포크를 움직였다.

아직 연애편지를 전부 읽지 않아서 두 사람의 관계가 얼마나
친밀했는지는 모르지만, 그렇다 해도 말이다. 글씨 자체가 축축
했다. 아직도 단어들이 젖어 있다.

"여자였다는 거군요."

할머니의 얼굴을 떠올리며 침울한 기분으로 나는 말했다. 아
무리 마음을 뒤져도 그 말밖에 나오지 않았다.

끈질기게 섞어서인지 스노우플레이크 케이크는 말로 표현할
수 없는 깊은 맛이 났다. 커스터드 크림과 생크림, 머랭, 사과의
달콤하고 새콤한 맛이 입속에서 광란을 벌였다.

문득, 접시 위에 엉망진창이 된 케이크의 모습이 미무라 씨의
품속에서 흐트러진 할머니의 모습과 겹쳐 보였다.

"서로 사랑하셨던 것 같습니다."

토마 씨가 포크에 뭉개진 스노우플레이크 케이크를 올린 채 중얼거렸다.

가게를 나온 뒤, 한동안 토마 씨와 나란히 인기척 없는 주택가를 걸었다.

토마 씨는 이즈오시마섬에서 도예를 하고 있다고 한다. 도쿄에서 태어나고 자랐지만, 환경이 좋은 지방을 찾아 3년 전, 아무도 사용하지 않아서 방치된 삼촌의 집으로 이사한 모양이다.

"그곳에서 짐을 정리하는데 카시코 씨의 편지가 나왔어요. 봉투에 '극비'라고 쓰여 있으니 더 궁금하지 않겠습니까? 비상금인가 싶기도 했고요. 그래서 바로 열어보았더니, 연애편지여서 놀랐습니다."

"두 사람은 어떤 관계였을까요."

나는 천천히 걸으면서 말했다.

할머니는 가마쿠라에 있었고, 상대인 미무라 씨는 이즈오시마섬에 살았다. 그리 자주 만나지는 못했을 것이다.

"우연히 만났던 거겠죠."

토마 씨가 조용히 대답했다. 내 질문에 대한 답은 아니었지만, 그 한마디가 천천히 가슴에 여운을 남겼다.

"이대로 곧장 가서 안내 간판을 따라 걸으면 제니아라이벤텐 신사가 나올 거예요."

가마쿠라가 처음이라는 토마 씨에게 명소를 안내해주면 좋았겠지만, 나는 이제 돌아가야 했다. 그래도 최단 거리로 집에 가지 않고 조금 돌아서 가려고 이쪽으로 온 것은, 오랜만에 그 터널을 지나고 싶었기 때문이다.

"그럼 찾으면 연락드릴게요."

나는 말했다.

토마 씨는 할머니의 유품 중에도 미무라 씨가 보낸 편지가 있을 것 같다고 했다. 그것들을 모아서 두 사람을 위해 제를 지내자는 것이 오늘 가마쿠라까지 나를 만나러 온 이유였다.

"그럼 또."

안녕히, 하고 손을 흔드는 것은 너무 친한 느낌이 들어서 나는 그렇게 말했다. 토마 씨는 두세 번 꾸벅거리다 멀어져갔다.

어깨에 멘 가방이 갑자기 무겁게 느껴졌다. 그 안에는 할머니가 보냈다는 여러 통의 연애편지가 들어 있었다.

천천히, 마치 할머니와 나란히 걷는 것 같은 기분으로 언덕길을 올랐다. 모야이 공예점 앞을 지나니, 조금씩 터널이 보이기 시작했다.

"이 터널, 좋지."

할머니와 함께 이 길을 지나간 것은 한두 번뿐이었지만, 그 목소리는 묘하게도 선명하게 떠올랐다.

나도 이 길을 좋아한다. 좁은 터널 출구 너머로 나무들의 초록이 조그맣게 보였다. 걸어가면서 마치 만화경을 보는 것 같은 기분이 들었다. 할머니도 만화경처럼 빙글빙글 모양을 바꾸며 나를 노골적으로 놀린다.

"하토코."

문득 할머니의 목소리가 들렸다.

"혼자 잘 걸을 수 있게 됐구나."

터널을 걸을 때 어린 나는 무서워서 할머니의 손을 꼭 잡고 있었다는 사실이 떠올랐다.

"그러게. 혼자서도 걸을 수 있게 됐네."

하지만 아직 밤에는 이곳을 혼자 걷는 게 무서울지도 모른다.

"샛길로 새지 말고 얼른 돌아가."

할머니가 언제나의 톤으로 매몰차게 말했다.

"네에."

나는 길게 대답하면서 터널 밖으로 나왔다.

어느새 해가 저물고 어두워지는 시간이 빨라졌다. 밤이 되면 가마쿠라는 갑자기 딴사람의 얼굴이 된다. 마치 착한 아이는 일찍 집으로 돌아가라고 서두르는 것처럼 느껴져서 걸음을 재촉했다. 날이 어두워졌는데도 아직 밖에 있으면 불안한 기분이 드는 것은 어른이 된 지금도 변하지 않았다.

할머니와 미무라 씨의 관계를 직접 할머니에게 물어보고 싶었지만, 나는 굳이 그 이야기는 꺼내지 않았다. 할머니도 젊은 시절에 쓴 연애편지를 손녀가 읽는 건 부끄러울 것이다.

아까 할머니의 목소리가 왠지 서먹했던 것은 그 부끄러움을 감추기 위해서일까. 어차피 집에 돌아가면 나는 할머니가 아무리 거부하고 욕을 해도, 연애편지를 처음부터 끝까지 다 읽을 생각이다.

요코스카선 건널목의 땡땡땡 소리를 들으니 묘하게 기분이 풀렸다. 아는 곳으로 돌아왔다는 안도감에 몸과 마음이 편안해졌다.

같은 가마쿠라여도 사스케라는 곳은 친숙하지 않아서 무의식적으로 긴장하고 있었는지도 모른다. 더욱이 오늘 처음 만난 토마 씨에게 할머니의 연애편지를 받았다. 이 비밀을 공유하는 사람은 세상에서 나와 토마 씨, 단둘뿐이다.

선로를 넘어서 니노도리이 앞 신호를 건너 자전거 보관소에 세워둔 자전거를 탔다. 오늘 저녁은 멘치가스 정식이다. 멘치카스와 크로켓은 정육점에서 사온 것을 냉동해두었다. 양배추를 채 써는 것은 미츠로 씨의 특기여서 이미 썰어둔 것이 냉장고에 대기하고 있을 것이다. 나는 집에 돌아가서 멘치가스와 크로켓을 튀기기만 하면 된다.

내 일상은 점점 더 바빠졌다.

미무라 류조 씨가 할머니에게 보냈을 연애편지를 찾으면서, 우리 집 모유 대마왕을 상대하고, 큐피에게 미움을 받으면서도 매일 빨래를 하고, 개고, 정해진 자리에 물건을 넣고, 츠바키 문구점에 오는 아르바이트생들의 일정을 조정하고, 의뢰를 받으면 재빨리 대필 일을 한다.

코우메의 인형 놀이에 어울려주면서 미츠로 씨의 양말에 난 구멍을 꿰매는 일도 해야 한다. 손이 열 개여도 부족할 정도다.

게다가 아줌마가 불쑥 되돌아왔다.

아줌마는 이 지역을 마음대로 어슬렁거리며 돌아다니는 길고양이다. 어디서 보아도 뒷다리 사이에 당당하게 고환이 있어 원래는 수컷이었다는 것을 한눈에 알 수 있지만, 거세를 했기에 우리 집에서는 친근함을 담아 '아줌마'라고 부른다. 이름을 지은 사람은 미츠로 씨다.

아무튼 최근의 나는 아줌마 뒷바라지까지 떠맡고 있다. 약간 살이 찐 아줌마에게 열량 낮은 다이어트식을 주는 것이 일과이다.

그럴 때, 큰 작업이 들어왔다.

크다는 말은, 내 기준에서 보수가 상당히 후하다는 뜻이다.

"주인아지매, 있능교?" 하는 첫 마디를 듣고 가게를 보던 아르바이트생이 내게 달려왔다. 나는 마침 밖에서 코우메와 렌타로의 운동화를 빨고 있던 참이었다.

"무, 무, 무, 무, 무서운 쪽 사람이 주인아줌마 있냐고 물어요."

아르바이트생은 명백히 동요한 모습으로 말했다.

"무서운 쪽 사람? 주인아줌마라니, 나?"

"하하, 네. 그런 것 같아요."

순간 뇌리에 엄마인 레이디 바바가 스쳤다.

한동안 가마쿠라 지역을 방랑하는 것 같았지만, 최근에는 남자라도 생겼는지 소식불통이다. 만약 레이디 바바와 관련된 인물이라면 바로 돌려보내려고 단단히 결심하고 가게 쪽으로 향했다. 아르바이트생이 금붕어 똥처럼 바싹 뒤따라왔다.

"어서 오세요."

평소와 다름없는 목소리로 인사하며 상대의 모습을 본 순간, 나는 얼어붙었다. 그곳에 서 있는 사람은 어디서 어떻게 봐도 지적인 야쿠자였다.

지적인 야쿠자는 시커먼 라이방 선글라스 너머로 나를 보면서 말했다.

"주인아지매한테 부탁이 있어서 왔습니더."

완벽한 간사이 사투리였다.

진짜 야쿠자를 보는 것은 처음이라 긴장되었다.

"이거는, 선물입니더."

지적인 야쿠자가 보자기에서 꾸러미를 꺼냈다. 순간, 손가락이 다섯 개 제대로 있는지(야쿠자 세계에서는 잘못에 대한 속죄와 책임을 표하기 위해 손가락을 자르는 행위를 한다 – 옮긴이) 확인했지만, 움직임이 빨라 잘 보이지 않았다.

아마 가나가와현에도 폭력단 배제 조례가 있을 터다. 재빨리 경찰을 불러야 할까? 하지만 눈앞의 지적인 야쿠자는 아직 아무런 위협을 가하지 않았고, 그저 내게 선물을 주려는 것뿐이었다. 사건이 일어나지 않으면 경찰도 움직이지 않을 것이다. 일단 여기서는 냉정하게 상황을 지켜볼 수밖에 없었다.

"자, 이리로 앉아서 기다려주세요."

심호흡을 한 뒤, 나는 말했다. 선물로 받은 꾸러미를 들고 안으로 들어갔다.

아까 지적인 야쿠자는 부탁할 게 있다고 했다. 그 말은 대필의뢰일 것이다. 어떤 손님이든 음료를 내는 것이 츠바키 문구점의 전통이다. 같은 상황에서 할머니도 차 정도는 내왔을 것이다.

자, 지적인 야쿠자에게 무슨 차를 내갈까?

요즘 다시 마시기 시작한 교반차는 내 입에야 맛있지만, 외국에서 먹는 초밥이 현지인에게 별로일 수 있듯이, 간토에서 마시는 교반차는 어쩌면 간사이 사람에게는 별로일지도 모른다.

그렇다면 간토다운 음료를 내는 것이 최적일 것이다. 하지만 가마쿠라를 대표하는 명과인 하토사브레나 구루미코 같은 것들은 있어도, 가마쿠라다운 차라면 뭐가 있을까? 바로 떠오르지 않는다. 빨리 해야 한다고 초조해 할수록 사고가 공회전한다.

그때 문득, 줄기 호지차를 다시 덖어서 내면 어떨까 하는 생각이 번뜩였다. 오래된 호지차를 다시 덖으면 향기로워져서 맛이 좋아진다고 이전에 스시코 아주머니가 팁을 알려주었다.

지적인 야쿠자의 상태를 보러 일단 자연스럽게 가게로 돌아와보니, 그는 흥미롭게 문구류를 구경하고 있었다.

"시간이 좀 걸릴 것 같은데 괜찮으실까요?"

내가 머뭇거리며 물었다.

"시간 억수로 많습니더."

진한 간사이 사투리로 대답했다.

나는 재빨리 질냄비에 찻잎을 넣고 불에 올렸다. 그사이에 물을 끓이고, 찻잎에서 향긋한 향이 날 때쯤 불을 끄고, 덖은 호지차를 찻주전자로 옮겼다. 뜨거운 물을 붓고 찻주전자와 찻잔을 쟁반에 올려 가게로 돌아왔다. 아까부터 아르바이트생이 어쩔줄 모르고 내 주위를 어슬렁거리고 있었다.

별일 아니었다. 얘기를 해보니 그냥 흔한 화통한 간사이 아저씨였다. 게다가 그는 남작의 동생이라고 한다. 그러고 보니 남작이 언젠가 그런 인물이 가마쿠라에 올 테니 잘 부탁한다고 한 것 같았다.

하지만 각 잡힌 슈트 차림과 라이방 선글라스 탓에 아무래도 지적인 야쿠자로 보였다. 자기도 그걸 의식하는지,

"아저씨, 이래 봬도 안 무서버요" 하고 웃는 얼굴이 귀여웠다. 경찰을 부르지 않길 잘했다.

남작과는 하토코(일본어로 6촌 형제를 뜻한다 – 옮긴이)라고 했다. 제

이름과 같네요, 라고 했더니, 순간 눈이 동그래지더니 그렇게까지 웃지 않아도 되지 않나 싶을 정도로 배를 잡고 웃었다.

주인아지매라는 호칭에는 아무래도 위화감을 지울 수 없었지만, 또 웃음이 멎지 않게 되면 얘기를 진행할 수 없으니 그냥 두기로 했다.

어쩐지 갓 덖은 호지차가 지적인 야쿠자의 입맛에 맞았던 것 같다.

"이야, 간토 차 맛있네요."

등을 펴고 지적인 야쿠자가 진지하게 호지차를 마시는 모습은 딱 틀이 잡혔다.

"무슨 참니까?"

"호지참니다."

왠지 나까지 간사이 억양이 옮아서 이상한 말투가 되었다.

"호지차라꼬요. 첨 묵어봤네."

"간사이에서는 호지차, 별로 마시지 않나요?"

마치 간토 사투리와 간사이 사투리가 씨름을 하는 듯한 대화에 내가 얘기하면서도 웃겼다.

"별로 안 묵지 않나. 잘 모르겠지만. 간사이에서 차라 카는 건 말차나 녹차지요. 그라고 생과자."

"죄송합니다."

어울리는 과자가 없을까 찾았지만, 하필 고바토마메라쿠도

다 먹고 없었다.

"괜찮심더, 괜찮심더. 나는 단 거 싫어합니더."

그렇게 말하고 고급스러워 보이는 가죽 가방에서 한입 크기의 양갱을 꺼냈다.

지적인 야쿠자는 민첩하게 껍질을 까더니 양갱을 반으로 나누어서 싸인 종이 위에 올렸다.

"자, 주인아지매하고 반씩."

"고맙습니다."

예상 밖의 전개에 머리를 숙여 인사를 했다.

양갱을 입에 넣으니, 겉은 바삭하고 안에는 통팥이 빼곡하게 들었다.

"맛있네요."

나도 모르게 웃는 얼굴이 되었다.

"건양갱이라 카는 겁니더. 주인아지매가 태워준 호지차하고 어울리겠네예."

지적인 야쿠자가 가방에서 손수건을 꺼내 손가락 끝을 닦았다. 화려한 색감에 광택이 나는 매끄러운 실크 질감의 손수건은 깔끔하게 다림질이 되어 있었다.

"이걸 얄부리하게 썰어가꼬 레몬 뿌리 묵으면 이기 또 술하고도 억수로 잘 어울린다 아입니꺼."

지적인 야쿠자도 웃는 얼굴이다.

"술, 좋아하시는군요."

내가 말하자,

"걍 쪼매 즐기는 정돕니다."

지적인 야쿠자가 수줍어했다. 처음에는 그저 무서운 세계의 사람인 줄 알고 몸을 사렸지만, 완전히 달라서 웃겼다.

지적인 야쿠자와 화기애애하게 차를 마시고, 뭔가 이대로 수다나 떨다 끝날 분위기다. 하지만 과연 지적인 야쿠자다. 끊어야 할 곳에서 확실히 끊었다.

"실은 주인아지매한테 긴히 상담할 게 있습니다."

자세를 바르게 하고 그렇게 말하더니, 지적인 야쿠자는 그다음을 이었다.

"내가 억수로 귀여워하는 동생한테요, 좀 곤란한 일이 생겼어요. 그래서 형한테 주인아지매 얘기를 듣고 힘을 빌리고 싶어서 이래 찾아왔습니다."

그 후, 길게 설명했지만, 요컨대 이런 내용이었다.

지적인 야쿠자의 동생이 친척들에게 돈을 빌려서 해외에서 양질의 애완동물 식품을 수입해와 판매를 시작했다. 물건 자체는 품질이 뛰어나서, 유기농 인증을 받은 채소와 고기, 생선을 사용한 사람이 먹어도 될 정도로 고품질의 식품이라고 한다.

지금 일본은 반려동물 붐으로 사육하는 개나 고양이의 수가 15세 미만의 아이들 수보다 많아졌다. 반려동물에게 들이는 돈은 옛날과 비교가 되지 않을 정도다. 반려동물을 자식처럼 사랑하는 사람도 늘어서 고품질 애완동물 식품의 수요는 반드시 있다고 보고 수입 판매를 시작했지만, 도통 궤도에 오르지 않았다.

지적인 야쿠자 왈, 애완동물 식품 내용물이 아니라 마케팅에 문제가 있다는 것. 홍보 방법을 더 연구하면 구매자를 늘릴 수 있다. 하지만 대대적으로 광고를 할 만한 자금력이 없다. 그래서 생각한 것이 상품과 함께 편지 발송하기라고 한다.

"주인아지매, 요번에 한번 도와주이소."

갑자기 지적인 야쿠자가 일어서서 머리를 숙여 깜짝 놀랐다.

"보수는 이만큼 드릴 생각입니더."

의자에 다시 앉은 지적인 야쿠자가 계산기를 꺼내 내 앞에 내밀었다. 일, 십, 백, 천, 오른쪽에서부터 0을 차례대로 세다가, 아니야, 그럴 리가 없어 하고 이번에는 왼쪽에서부터 차례대로 손가락을 움직이며 확실하게 셌다. 엉겁결에 코피가 날 뻔했다. 평소 대필 일로는 상상도 못할 금액이다. 심장이 벌렁거렸다. 0이 하나 적다 해도 충분히 큰돈이었다.

"좀 생각해봐도 될까요?"

그런 엄청난 의뢰에 즉답할 수는 없다.

"물론이지요, 주인아지매. 잘 생각해봐주이소. 그라믄 나는 또 일주일 뒤에 찾아오겠습니더."

그렇게 말하면서 지적인 야쿠자는 가죽 커버를 씌운 두꺼운

스케줄러를 꺼내 거기에 뭐라고 메모했다.

"편지는 참 좋은 기지요. 나도 어쩌다 쓰는데, 착한 기분이 막 들고 말입니더. 어떤 비싼 선물보다 훨씬 기쁜 게 편지 아입니꺼."

지적인 야쿠자가 어떤 글씨를 쓸지 상상해봤지만, 좀처럼 감이 잡히지 않았다. 하지만 어떤 문구류를 좋아하는지는 왠지 상상이 갔다. 이 가느다란 손에는 펠리컨 만년필이 어울릴 것 같다.

"고맙습니더. 잘 먹었습니데이. 잘 팔리는 편지 기대하께요. 잘 부탁합니데이."

지적인 야쿠자는 한층 명랑해진 목소리로 인사하고, 츠바키 문구점을 뒤로했다. 바로 선물 받은 꾸러미를 개봉했다. 정성껏 싼 연두색 포장지에서 나온 것은 후노야키라는 과자였다. 아르바이트생과 선 채로 한 개씩 맛을 보았다가 너무 맛있어서 멈추질 못했다. 얇게 구운 달콤한 전병 같은 과자로 식감이 가벼워서 얼마든지 들어갔다. 빈 과자 깡통은 문구를 담기에 좋을 것 같다.

일주일이 눈 깜짝할 사이에 지나갔다. 그동안 나는 일을 맡을지 말지 몇 번이나 주저했다. 지금까지 몇 번의 예외를 제외하고 대필 의뢰는 기본적으로 거의 맡았다. 거절할 처지가 아니기도 하고, 눈앞에 편지를 쓰지 못해서 곤란한 사람이 있으면 손을 내미는 것, 그것이 할머니 때부터의 일관된 자세다.

하지만 이번 의뢰는 지금까지와는 좀 다른 것도 사실이다.

지금까지의 대필 의뢰는 모두 개인을 상대로 했다. 그런데 이번에는 기업이다. 게다가 순수한 대필 일이 아니다.

공교롭게도 내게 차례가 돌아왔지만, 이 일에 더 적합한 인물이 따로 있을지도 모른다. 아니, 분명히 있을 터다.

그러나 역시 파격적인 보수가 매력적이었다. 산다는 것은 먹는 것, 즉 배를 채우는 일과도 같다. 하지만 먹을 것은 공짜로 생기지 않는다. 세상은 결국 돈이 필요하다.

게다가 우리 집에는 한창 자라는 아이가 셋이나 있다. 좋은 일만 해서는 먹고 살아갈 수 없다.

큐피는 내년에 고등학생이 된다. 공립 고등학교에 진학할 생각으로 준비하는 것 같지만, 사립에 갈 가능성도 없지 않다. 이웃집과의 소음 문제가 이대로 심각해지면 이사해야 할 날이 올지도 모른다.

각박한 얘기지만 우선은 돈이다. 미츠로 씨의 가게도 앞으로 어떻게 될지…….

예전에 할머니가 말했다.

대필업이란 동네의 과자 가게 같은 것이라고. 누군가에게 과자를 선물할 때 자기가 만들 줄 아는 사람은 직접 만들어서 갖고 가면 된다. 하지만 그렇지 않은 사람은 맛있다고 생각하는 과자를 사서 선물하면 된다.

편지도 마찬가지다. 자기 기분을 글로 잘 전할 수 있는 사람이 있는가 하면, 그렇지 않은 사람도 있다. 그렇지 않은 사람을 위해 대필업이 존재하는 것이다.

만약 이번 일을 받게 되면, 지금까지 하나하나 수작업으로 만들던 과자를 기계로 대량 생산하는 것과 같다. 표면적으로는 비슷한 모양의 과자를 만들지도 모른다. 하지만 거기에 담긴 기분, 마음, 혼은 같지 않을 것이다.

기계로 대량 생산하면 아무래도 거기에 담기는 마음이 덜해진다.

그렇긴 하지만 나도 대필업 재개 공지를 프린터로 인쇄하지 않았는가. 책도 작가가 쓴 원고를 활자로 만들어 인쇄하여 대량 생산한다. 지금은 처음부터 컴퓨터로 쓰고 있겠지만.

"어떻게 하면 좋을까?"

벌써 몇 번이나 같은 말을 아줌마한테 중얼거렸다.

아까부터 아줌마는 깡통에 든 습식 사료를 열심히 먹고 있다. 시험 삼아 써보이소, 하고 내가 부재 중일 때 지적인 야쿠자가 몇 개 견본을 갖다주었다. 간만 더하면 사람이 먹어도 맛있게 먹을 수 있는 내용물이라고 한다.

아줌마는 아주 맛있게 먹었다. 지금까지 주던 바삭바삭한 저열량 사료에는 눈길도 주지 않는다. 다이어트는 처음부터 다시 시작해야 한다.

잘 팔리는 편지라는 말.

지적인 야쿠자가 뱉은 한마디가 줄곧 머릿속에서 부메랑처럼 맴돌았다.

　어떻게 할지 망설이는 동안 또 다른 대필 의뢰가 들어왔다. 어쩐지 식욕과 독서의 가을 이외에 편지의 가을이라는 것도 있는 듯하다.

　그 남성은 사표를 쓰지 못해 난감해 하고 있었다. 그런 것, 인터넷에 검색하면 얼마든지 예문이 나올 텐데.

　나는 언젠가의 다케다 군을 떠올렸다. 햇병아리 편집자였던 다케다 군은 어느 평론가 선생님에게 원고 청탁하는 것을 대필해주길 바란다고 츠바키 문구점에 찾아왔었다.

　그 의뢰를 나는 단칼에 거절했다.

　정중했다고 하긴 어려운 거친 거절 방식은 당시 내가 철이 없었기 때문이었다고 반성하지만, 거절한 것 자체는 후회가 없다. 훗날 다케다 군에게서 직접 쓴 편지가 왔다.

　사표는 본인이 쓰는 것이 원칙이라고 생각한다.

　하지만 이번 의뢰는 마담 칼피스의 남편이 소개한 것이었고, 솔직히 거절하는 게 더 번거로웠다. 일을 계속해나가려면 원만한 어울림도 중요하고, 식은땀 흘리며 거절하느니 차라리 흔쾌히 받는 편이 속 편하기도 하다.

　회사를 그만두겠다는 편지라고 해도 사표를 내는 타이밍이나 상황에 따라 그 종류가 다르다.

사표는 사장이나 부장 등 직책이 있던 기업인이나 공무원이 그 직책을 그만둘 때 내는 서류다.

이번 의뢰자는 회사원으로 4반세기 근무한 회사를 조기 퇴직한다고 했다. 본인은 그 표현만큼은 절대 하지 않았지만, 실제로는 해고였다.

즉, 그의 경우는 이미 퇴사가 정해져 있어서 제출해야 할 것은 사표가 아니라 퇴직원이었다.

'일신상의 사정으로'라는 표현이 일반적이지만, 회사 사정에 의한 퇴직인 경우는 자신의 문제로 퇴직하는 것이 아니라는 사실을 조금 더 구체적으로 명시해야 한다. 그렇게 해두지 않으면 나중에 실업보험금이나 퇴직금을 받지 못하게 될 우려가 있다.

그의 장래와도 관련 있는 문제이기 때문에, 너무 사무적이지 않으면서도 감정을 담지 않도록 주의하며 나는 의뢰자 간다가와 씨와 함께 만년필을 드는 기분으로 퇴직원을 작성했다.

사용한 만년필은 할머니가 애용하던 승부 만년필이었고, 잉크는 군이 블루블랙이 아니라 칠흑을 선택했다.

다만, 세로쓰기를 할 때는 잉크가 마르기 전에 계속 써나가면 손바닥에 묻은 잉크로 종이를 더럽힐 수 있어서 그 점에 특히 신경 쓰며 얇은 얼음 위를 걷는 듯한 기분으로 써나갔다.

한 걸음, 또 한 걸음, 나는 시간을 들여 골을 향해 갔다.

《퇴직원》

본인

이번에 실적 부진으로 인한 부서 축소로 인해,
2022년 12월 31일을 기해 퇴직합니다.

2022년 10월 1일

제2영업부
간다가와 다케히코

주식회사 미츠와
대표이사 사토 히로시 귀하

절대 어려운 일이 아니었다. 극히 간단한 대필, 아니, 정확하게는 대서였다. 어쩌면 빨리 이 일을 마무리 짓고 싶은 마음이 어딘가에 있었을지도 모른다.

글씨가 완전히 마르기를 기다리는 동안, 나는 간다가와 씨에게 음료수를 건넸다. 선물 받은 드립백 커피가 있어서 드물게 커피를 끓여보았다. 간다가와 씨와 마주 앉아 블랙커피를 마셨다.

"정말 감사합니다."

김 너머로 간다가와 씨가 희미하게 웃는 게 보였다.

"아닙니다."

'누워서 떡 먹기죠'라는 말을 블랙커피와 함께 삼켰다.

"저요, 이거 절대로 제 손으로 쓰고 싶지 않았습니다."

분명히 퇴직을 강요당했을 것이다. 간다가와 씨의 말에서 분함이 배어 나왔다.

"나름대로 열심히 해왔는데, 회사에서는 좀처럼 평가를 해주지 않더라고요. 하지만 마지막으로 이렇게 멋진 퇴직원을 써주셔서 속이 시원해졌습니다."

앞으로 어떻게 살아갈지, 다음 일자리는 정했는지 묻고 싶었지만 차마 물어볼 수가 없었다.

고작 퇴직원 한 장 쓴 것만으로 이렇게 감사를 받는 것이 당황스러웠다. 간다가와 씨가 죽어도 쓰기 싫었던 기분을 완전히 이해할 수는 없지만, 어느 정도는 알 것 같았다.

잉크가 마른 퇴직원을 아래쪽 3분의 1 지점을 먼저 접고, 이어서 위쪽 3분의 1 지점을 접었다. 봉투에 넣어 간다가와 씨 앞에 내밀었다.

간다가와 씨가 봉투 겉에 쓰인 '퇴직원' 세 글자를 잡아먹을 듯이 바라보았다. 그리고 문득 고개를 들더니 내 눈을 물끄러미 보며 말했다.

"고맙습니다."

한참 나이 어린 내게 정중하게 머리 숙여 인사를 했다.

나는 마음속으로 간다가와 씨에게 응원을 보냈다.

이 퇴직원이 간다가와 씨의 인생에 새로운 출발점이 되길 바랍니다, 하고.

내게는 대수롭잖은 일이지만, 간다가와 씨에게는 매우 의미 있는 대필이었다. 이래서 실제로 해보지 않으면 모르는 법이다. 처음부터 거절했더라면 모든 것이 거기에서 끝났을 것이다.

그리고 딱 일주일 뒤, 그것도 거의 같은 시간에 다시 츠바키 문구점에 나타난 지적인 야쿠자에게 나는 말했다.

"기꺼이 맡겠습니다."

마치 프러포즈를 받아들이는 것 같네, 하고 내심 투덜거렸지만, 얼굴은 지극히 진지했다.

"주인아지매, 고맙심더."

온 마음을 다해 감사하듯 촉촉한 목소리로 지적인 야쿠자가 말했다.

남작도 그렇고 지적인 야쿠자도 그렇고, 겉보기에는 거칠어 보이는 사람일수록 속은 다정할지도 모른다.

"자, 이런 내용으로 부탁합니데이."

분위기가 확 바뀌며 지적인 야쿠자가 가죽 가방에서 서류를 꺼냈다.

"완전히 똑같지 않아도 됩니다. 오히려 주인아지매의 말투나
아이디어가 들어가면 더 멋지겠지요."

"알겠습니다. 며칠 시간이 걸립니다만."

"괜찮심더, 괜찮심더."

지적인 야쿠자의 얼굴이 환해졌다.

"일이 성사된 기념으로 주인아지매, 미안하지만 요전에 마신
호지차, 한잔 줄랍니꺼? 오늘은 맛있는 과자를 갖고 왔습니데이."

기쁜 얼굴로 그렇게 말하며 지적인 야쿠자가 상자를 꺼냈다.

"이거, 내가 좋아하는 과일 찹쌀떡인데요. 마침 와카미야대로
에 가게가 생겼더라꼬요. 여덟 개 샀는데 남는 건 나눠 잡수이
소. 여러 종류가 있으이까 주인아지매, 먼저 고르이소."

뚜껑을 열자, 시그니처인 딸기뿐만 아니라 감, 복숭아, 멜론,
무화과 등 여러 가지 맛의 과일 찹쌀떡이 들어 있었다. 고민 끝
에 나는 귤을 골랐다.

"주인아지매, 안목이 높네. 제일 비싼 거 골랐심더."

죄송합니다, 하고 미안해 하자,

"칭찬한 긴데요."

지적인 야쿠자가 덧붙였다. 지적인 야쿠자가 고른 것은 무화
과였다.

"교토에 우리 부모님 댁에 커다란 무화과나무가 있었는데요."

내가 안에서 호지차를 준비하는 동안 지적인 야쿠자가 이야기했다.

"어무이가 해마다 가을만 되면 무화과 튀김을 만들어줬어요."

차 세트를 갖고 가자, 지적인 야쿠자가 찹쌀떡을 준비해놓고 기다리고 있었다.

"요래 실로 반으로 짜르는 겁니더."

지적인 야쿠자가 양손으로 실을 잡아당기자, 찹쌀떡이 예쁘게 둘로 갈라지며 무화과의 단면이 드러났다.

"예뻐라."

내가 감탄하는 소리를 흘리자,

"주인아지매도 해보이소."

하고 실을 건네주었다. 나는 귤 찹쌀떡의 통통한 허리에 실을 감아 꽉 조였다.

"재미있네요."

아이들에게도 해보게 해야겠다고 생각하면서 말했다. 그러다 문득, 지난번에 받은 후노야키에 대한 인사를 하지 못한 게 생각나서 황급히 덧붙였다.

"지난번에 주신 그 얇은 과자, 정말 맛있었어요."

그랬더니,

"받는 사람이 좋아해주시는 기 저한테 행복입니더."

지적인 야쿠자가 당연한 듯이 말했다. 무슨 일을 하는지, 왜 가마쿠라에 사는지는 모르지만, 나쁜 사람이 아닌 것만은 확실했다.

예쁜 단면을 위로 놓은 과일 찹쌀떡을 종이에 나란히 놓고, 지적인 야쿠자와 함께 호지차를 마셨다.

"행복하네요."

나는 말했다.

그냥 양갱이나 먹는 게 낫지 않을까 잠시라도 생각했던 내가 부끄러워졌다. 얇고 하얀 백앙금이 귤 주위를 싸고, 그 위를 부드러운 찹쌀떡이 감쌌다.

눈앞에 있던 귤 찹쌀떡이 순식간에 내 배 속으로 사라지고 종이만 덩그러니 남았다.

"주인아지매, 괜찮으면 무화과도 반, 먹어볼랍니꺼? 나는 언제든지 또 사 묵을 수 있습니더."

아까부터 먹고 싶었던 것을 지적인 야쿠자에게 간파당했다.

출산 전의 나였더라면 사양했을 것이다. 하지만 세 아이 엄마가 된 나는 빙그레 미소 지으며 말했다.

"고맙습니데이."

지적인 야쿠자를 흉내 내며 나도 간사이 사투리를 써보았다.

"음, 68점입니더. 아직 간토 억양이 마이 남았습니더."

지적인 야쿠자가 웃으며 말하고는, 내 종이에 무화과 찹쌀떡 반을 순간 이동시켰다. 무화과는 무화과대로 또 다른 맛이 있었다.

오늘은 마침 아르바이트생이 감기에 걸려 내가 가게를 보고 있었다. 이렇게 차와 과일 찹쌀떡을 먹으며 여유를 즐기다니, 참으로 운 좋은 오후였다.

"그라믄 이만, 그쪽 일, 잘 부탁합니데이."

지적인 야쿠자가 가게 입구에서 예의 바르게 인사를 했다.

이성으로만 살면 모가 난다. 정에 이끌리면 휩쓸린다. 고집만 부리면 갑갑해진다. 하여간 인간 세상은 살기 어렵다.

이런 글을 쓴 사람은 나츠메 소세키였던가. 아마 『풀베개』 서두였을 것이다.

결국 정면충돌을 피하고 요리조리 몸을 피해가며 사는 게 좋은 걸까. 가마쿠라에 돌아온 지 약 10년. 내게도 처세술이 생긴 건가. 어쩔 수 없다.

지적인 야쿠자를 배웅하고 돌아섰는데, 오랜만에 『풀베개』가 읽고 싶어졌다. 할머니의 책장에 낡은 문고본이 있을 터다.

많은 애완동물 식품 중에서 저희 제품을 선택해주셔서
진심으로 감사드립니다.
혹시 '의식동원(醫食同源)'이라는 말을 아시나요?
의식동원이란, 병을 고치는 약과 음식은 본래 근원이 같다는
생각입니다. 평소 균형 잡힌 식사를 통해 병을 예방하고
치료한다는 뜻이랍니다.
저희 애완동물 식품은 바로 이 의식동원이라는 철학에 따라,

127

최고 품질의 식재료를 사용해 진심을 담아 정성껏 만들고 있습니다. 멍멍이와 야옹이가 날마다 먹는 즐거움과 살아가는 기쁨을 느끼며 행복한 하루하루를 보내기를 바라는 마음으로 제품을 준비했습니다.

가족 같은 멍멍이와 야옹이와 함께 즐겁고 행복한 시간을 보내시길 바랍니다. 애완동물 식품에 관한 질문이나 요청 사항이 있으시면 언제든지 연락해주세요.

홈페이지에 후기도 기다리고 있겠습니다!

몇 번의 시도 끝에 드디어, 이 정도면 될 것 같다는 글을 완성했다. 흔한 수성 볼펜을 사용해, 마치 한 장 한 장 누군가가 손으로 쓴 듯한 분위기로 꾸며 편지지에 인쇄했다.

마지막으로 문득 좋은 아이디어가 떠올랐다. 둘째 딸 코우메는 동물 그림을 잘 그린다. 그래서 코우메에게 부탁해 개와 고양이 그림을 그려달라고 했고, 그 그림을 편지지의 무늬로 사용했다.

이렇게 간단한 일로 고액의 보수를 받아도 되는 걸까? 벌을 받는 건 아닐까? 꺼림칙함과 죄책감이 전혀 없는 것도 아니다. 아니, 사실 꽤 있다.

그러나 세상일이란 원래 그런 것이라고, 미츠로 씨가 한마디 해주었다. 미츠로 씨도 한때 광고 대행사에서 일한 적이 있다고 한다. 같은 일이라도 광고가 되면 개런티가 훌쩍 뛴다는 사실을 알고 나니 조금 안심이 되었다.

완성했다고 알리자마자, 지적인 야쿠자가 바로 받으러 왔다. 평소의 대필 일과는 또 다른 긴박감이 느껴졌다.

두근거리며 지적인 야쿠자에게 종이를 건넸다. 몇 번을 읽는 걸까 싶을 정도로, 지적인 야쿠자는 미동도 없이 바른 자세로 내가 쓴 편지를 보고 있었다.

안으로 들어가 호지차 찻잎을 질냄비에 덖었다. 다과는 아마 지적인 야쿠자가 가져왔을 것이다.

"좋네예."

내가 차 쟁반을 들고 나와 지적인 야쿠자 앞에 호지차를 내밀었을 때, 그가 고개를 들었다. 그렇게 생각해서 그런지 그의 눈이 촉촉해 보였다.

"글씨가 빵실빵실 웃고 있네예."

"제 글씨가 웃고 있어요?"

"물론 좋은 뜻입니데이."

지적인 야쿠자가 마음에 들어 하는 것 같아 안도했다. 글씨가 웃다니, 지적인 야쿠자도 참 낯간지러운 표현을 쓰는구나 싶었다.

기껏 호지차를 준비했는데, 지적인 야쿠자는 급한 일정이 생겨서 바로 다음 방문지로 향해야 하는 것 같았다.

오늘의 선물은 슈크림이었다. 유이가하마거리에 새로 생긴 양과자점 그란디르 어쩌고 하는 곳에서 샀다고 한다.

"나중에 또 천처이 들리겠습니다."

고맙심더, 라는 말을 남기고, 지적인 야쿠자는 바람처럼 사라졌다.

찻주전자에 그대로 남은 호지차를 마시며, 한동안 고액의 보수를 어떻게 쓸지 생각했다.

반은 장래의 비자금으로 저축하고, 나머지 반은 가족의 즐거움을 위해 기분 좋게 써야겠다고 생각했다.

올가을에는 대필 의뢰가 끊임없이 들어왔다. 육아 휴직 기간 동안 밀려 있던 것일까. 쓰고 또 써도 이내 또 다른 의뢰자가 찾아온다.

"호적에 나만 남아 있어서요."

늦가을 어느 날, 마치 이웃에 채소를 사러온 듯한 차림으로 나타난 중년 연배의 여성이 느닷없이 자신의 신상 이야기를 꺼냈다.

"친구는 많이 있어요. 그런데 점점 얼굴과 이름이 일치하지 않아서, 도중에 누구와 얘기하고 있는지 알 수 없게 돼요. 상대에게 실례를 범하지는 않았는지 걱정되어 사람 만나는 게 무섭고요. 이런 상황에서 몸과 마음을 맡길 사람이 떠오르지 않아요. 역시 이럴 때 의지할 수 있는 건 가족뿐인가 봐요. 그런데 가족이 없는 나는 결국 나 자신에게 의지할 수밖에 없네요."

치매가 걸린 자신에게 보내는 편지를 써달라는, 아주 독특한 의뢰였다. 의뢰자는 50대 후반의 여성이었다. 독신이었고 아이도 없으며, 부모님도 이미 돌아가셨고 형제자매도 없다고 했다.

초로기 치매에 걸린 사람을 만나 이야기를 듣는 것은 처음이었다. 이렇게 평범한 이야기를 할 때는 딱히 심각해 보이지 않았다. 하지만 본인의 말에 따르면, 이제 한자는 거의 쓸 수 없고, 집안일도 못하는 일이 많아졌다고 한다.

실수가 잦아지고, 기억력도 떨어져 최근에 일도 그만두었다고 한다. 가끔은 자기 이름조차 생각나지 않는다며, 항상 가지고 다닌다는 노트를 펼쳐 보여주었다.

그 노트에는 "내 이름은 고모리 츠타코입니다"라고 적혀 있었다.

"그런데 언젠가는 이 말의 의미도 낯선 외국어처럼 읽힐지도 모르겠어요. 정말 끔찍해요. 적어도 내 이름만큼은 마지막까지 기억하기 위해 매일 백 번씩 연습하고 있어요."

아마도 그래서 츠타코 씨의 오른손 중지에 펜혹이 생겼을 것이다.

"원래 저는, 제 입으로 말하기는 그렇지만 커리어우먼이었어요. 대기업의 관리직으로 활발히 일했죠. 일도 열심히, 놀기도 열심히를 모토로 삼아 시간을 쪼개 해외여행도 다녔어요.

여러 나라 사람들과 친구가 되었고, 사람 만나는 걸 좋아해서 영어, 프랑스어, 스페인어, 러시아어 등 어학 공부도 열심히 했어요.

그런데 어느 순간, 신뢰하던 부하에게 같은 질문을 몇 번이나 한다는 지적을 받고, 저도 어라? 싶은 일이 많아서 병원에 갔더니, 알츠하이머라고 하더군요.

조기 발견한 것은 부하 직원 덕분이었죠. 지금은 약으로 증세가 진행되는 걸 막고 있는데, 앞으로 어떻게 될지는……

요컨대 점점 기억을 잃어가는 병이에요. 그래서 내가 어떤 사람이고 어떤 인생을 살아왔는지, 같은 내용이어도 상관없으니 정기적으로 제게 보내주는 시스템을 확립해둘까 하고요."

고모리 츠타코 씨는 담담하게 얘기했다.

"어, 이건 뭐라고 하는 음료수였죠?"

잠시 후, 고모리 씨가 고개를 들고 질문했다.

"마신 적은 있는데 이름이 생각나지 않네요."

"쿨피스입니다."

나는 말했다.

"오늘은 추워서 쿨피스를 따뜻하게 데워보았어요."

"아, 쿨피스군요. 쿨피스, 쿨피스, 기억해야지. 그러고 보니 40대 때였나, 한때 라트비아 남성과 사귄 적이 있어요. 그 사람이 무척 좋아하던 게 이 음료여서, 나 일본에서 라트비아로 놀러 갈 때마다 쿨피스 팩을 날랐죠."

마치 컵 바닥이 라트비아에 연결된 것 같은 시선으로 고모리 씨가 따뜻한 쿨피스 컵을 들여다보았다.

나라고 뭐가 다를까. 나도 어제 저녁에 뭘 먹었는지 생각나지 않고, 가끔 미츠로 씨를 아들이라고 착각하고 렌타로라고 부르기도 한다.

나이를 먹을수록 기억이 흐려지는 것은 자연스러운 일이지만, 치매라는 병에 걸리면 그 속도가 부자연스럽게 가속되는 것일까.

"내일 눈을 뜨면 어제까지의 일을 전부 잊고 내가 무엇을 하는 사람인지 모르게 되는 건 아닐까, 상상만 해도 갑자기 불안해져서 잠을 잘 수가 없어요."

그래도 이렇게 어떻게든 대책을 세우는 고모리 씨는 인생의 용감한 도전자라고 생각했다. 그 얘기를 본인에게 했더니,

"그런 게 아니에요."

고모리 씨는 웃으며 부정했다.

"나, 지금까지 독신 생활을 즐기며 살아왔잖아요. 그래서 에너지가 잔뜩 모였어요. 이건 뭐랄까, 내 뒤처리를 하는 거랄까요. 부모님에게 감사해야 할 일이지만, 나는 원래 엄청나게 긍정적이에요. 회사에서 아무리 곤란한 일이 생겨도 '어떻게든 되겠지'라고 생각하는 타입이었죠. 근거 없는 자신감이었지만.

그런데 정말 어떻게든 되더라고요. 이제는 그런 식으로 몸도 마음도 만들어졌다고 할까요, 반사 신경 같은 거죠.

물론 이 나이에 알츠하이머라니, 인생 최고로 맥이 풀려요. 하

지만 나로선 어찌할 수 없는 것 아닌가요? 악은 먹고 있고, 진행을 늦추려는 노력도 최대한 하고 있어요. 하지만 나머지는 하늘에 맡길 수밖에 없는 것도 사실이에요. 이럴 때는 내가 신에게 시험당하고 있다는 생각을 해요. 신이 내가 어디까지 할 수 있는지 능력을 시험하고 있으며, 이것이 인생 최고의 시험이라고요. 이 시험에 합격하면 분명 좋은 일이 있을 거라고, 신에게 포상을 받을 수 있을 거라고 믿고 있어요."

이런 가혹한 상황에서도 고모리 씨는 아직 미소를 짓고 있다. 얼마나 강한 사람인가.

"알겠습니다. 고모리 씨가 자신에게 보내는 편지 대필이군요. 편지는 어느 정도 빈도로 보낼까요?"

"그러게요."

고모리가 씨가 고개를 갸웃거렸다.

"한 달이면 너무 뜸한 것 같고, 일주일이면 너무 잦은 것 같으니, 보름에 한 번, 이를테면, 아, 보름달과 초승달 뜨는 날에 맞춰서 우체통에 넣는 걸로 하면 어떨까요? 내가 달을 좋아해서."

"그거 좋네요. 멋있어요."

나는 말했다. 보름달과 초승달이 뜨는 밤, 나는 고모리 씨의 일생을 정리한 편지를 고모리 씨에게 보낸다.

어쩌면 달님이 고모리 씨의 기억이 더 오래가도록 작은 도움을 줄지도 모른다.

고모리 씨의 노트에 쓰인 주소를 내 노트에 옮겨 적었다.

"어어, 이건 뭐라고 하는 음료수라고 했죠?"

마지막으로 컵에 남은 것을 비우면서 고모리 씨가 내게 물었다.

"쿨피스랍니다. 오늘은 쌀쌀해서 따뜻한 물에 데워 핫 쿨피스로 해보았어요."

나는 같은 설명을 되풀이했다.

"고모리 씨, 라트비아의 남자분과 사귀었죠?"

내가 말을 계속하자 고모리 씨가 웃는 얼굴이 되었다.

"잘 아시네요! 그 사람, 이걸 아주 좋아했어요."

고모리 씨의 표정이 더 밝아지더니 눈이 부실 정도로 환하게 웃었다.

며칠 뒤, 문득 예쁜 단풍잎이 보고 싶어졌다.

그래서 일요일 오전에 가족끼리 단풍 구경을 가기로 했다. 큐피에게도 함께 가자고 했더니, 어쩐 일로 가겠다고 해서 황급히 도시락을 쌌다. 도시락이라고 해봐야 주먹밥과 단무지 정도였지만.

다섯 식구가 나란히 외출하는 것은 정말 오랜만이었다. 언제나 누군가가 빠지거나 2대 3으로 나뉘어 행동했다. 최근에는 미츠로 씨와 큐피가 둘이 자주 나간다. 내가 소외되는 것 같아 조금 서운하기도 하지만, 아빠와 딸이 사이좋게 지내는 모습을 보는 것은 기분 좋은 일이다.

아래 두 아이도 요즘에는 내가 끼지 않아도 둘이 잘 놀았다. 손이 많이 간다고 한탄하곤 하지만, 아이들도 언제까지나 아기로 남아 있진 않는다. 성장하여 언젠가 부모 곁을 떠난다.

서늘한 공기가 기분 좋았다.

도중에 산길로 들어서서 단풍을 즐겼다. 빨강과 노랑으로 물든 나뭇잎 사이로 들어오는 한 줄기 빛이 가족을 비추었다.

시시마이에 간 것이 몇 년 만일까.

미츠로 씨와 결혼하기 전, 큐피와 셋이 갔던가. 아, 아니지. 결혼한 해 연말에 셋이 갔던가?

돌아오는 길에 큐피가 하늘을 향해 "풍선 아저-씨!" 하고 외쳤던 그 목소리는 아직도 선명하게 기억에 남아 있다.

나도 앞으로 20년이 지나면 어떻게 될지 모른다. 고모리 씨처럼 초로기 치매에 걸릴지도 모르고, 아니, 살아 있을지조차 알수 없다. 미래는 아무도 모르는 법이다.

문득 아카네 씨의 옆얼굴이 뇌리를 스쳤다.

그때, 가마쿠라코코마에역 플랫폼에서 함께 바다를 바라보았던 아카네 씨의 영혼은 지금 어디에서 어떤 풍경을 보고 있을까.

고모리 츠라코 씨,

안녕하세요? 몸은 어떠신지요?

당신의 이름은 고모리 츠타코입니다.

부모님은 안 계십니다. 당신은 무남독녀로 결혼도
하지 않았습니다.

하지만 걱정하지 않아도 괜찮습니다!

당신의 부모님은 당신에게 아주 강하고 밝은 마음을
남겨주셨거든요.

당신은 언제나 용감하게 싸우는 전사입니다.

당신은 언제나 긍정적입니다.

당신은 세계 곳곳에 많은 친구들이 있습니다.

당신은 절대 외톨이가 아닙니다.

당신이 좋아하는 꽃은 라벤더.

당신이 좋아하는 색은 초록.

당신의 생일은 9월 15일.

당신이 좋아하는 간식은 비스킷.

당신이 좋아하는 말은 우애.

당신이 좋아하는 과일은 샤인머스캣.

당신이 좋아하는 동물은 알파카.

당신이 좋아하는 작곡가는 바흐.

당신이 좋아하는 악기는 쳄발로.

당신은 젊을 때, 아주 일을 잘하는 능력자였습니다.

일하는 것도 노는 것도 몹시 좋아해서 자신의 인생을

신심으로 즐겼답니다.

당신은 잘 잊어버리는 병이 있습니다.

잊어버리지 말고 약 잘 챙겨 드세요.

모든 한자에 토를 달고, 봉투에 넣어서 고모리 씨가 뜯기 쉽
도록 마스킹 테이프로 봉인했다. 그것을 시시마이에서 오는 길
에 빨간 우체통에 넣었다.

요후쿠지 절터에서 조금 이른 점심을 먹기로 했다.

아이들이 이쪽이라고 해서 따라갔더니 산책길이라고 쓰인 산
길 계단 끝에 확 트인 넓은 공간이 나왔다. 그곳에 무심하게 벤
치가 나란히 있다.

이런 곳이 있는 줄 전혀 몰랐다.

어른 팀과 아이들 팀 둘로 나뉘어서 벤치에 앉았다. 아이들
팀은 바로 벤치를 떠나 주변을 뛰어다니면서 주먹밥을 먹었다.
큐피도 동생들과 같이 뛰어다녔다.

별것 아닌 주먹밥이라도 어째서 밖에서 먹으면 이렇게 맛있
게 느껴질까. 물통에 담아온 따뜻한 율무차를 미츠로 씨와 번갈
아 마시면서 나는 멍하니 하늘을 바라보았다.

'더(the)' 겨울의 파란 하늘이다. 올해도 조금만 있으면 한 해
가 저문다.

"미츠로 씨는 말이야, 어떤 식으로 일생을 마치는 것이 희망 사항이야?"

뜬금없나, 생각하면서 나는 미츠로 씨에게 질문을 했다. 아카네 씨 일도 그렇고 고모리 씨 일도 그렇고, 늙음도 병도 절대 남의 일이 아니다. 최근, 원치 않아도 인생의 종말을 의식하게 되었다.

"그러게."

평소, 그런 걸 화제로 삼은 적이 없어서 미츠로 씨가 당황했다. 하지만 부부가 그런 얘길 하는 것은 아주 중요하다고 생각한다.

"당신보다 먼저 죽고 싶어."

미츠로 씨가 말했다. 그건 전에도 미츠로 씨에게 들은 적이 있다.

결혼 보고를 하러 미츠로 씨네 본가가 있는 고치에 갔을 때, 돌아오는 차 안에서 미츠로 씨가 말했다. 나중에 생각해보니 그것이 우리의 신혼여행이었다.

하지만 나는 그런 것 까맣게 잊은 척하고, 능청 떨며 말했다.

"자기만 먼저 죽다니, 너무 얌체 아냐? 남자들은 말이야, 아내보다 먼저 죽어서 번거로운 일은 전부 아내한테 떠맡기려는 거지?"

그리고,

"나도 미츠로 씨한테 간병 받고 싶다고."

하며 입을 삐죽거렸다.

누구나 사랑하는 사람에게 돌봄을 받으면서 일생을 마치고 싶어 하는 것이 본심이지 않을까.

"나는 자다가 즐거운 꿈을 꾸면서 그대로 죽는 것이 희망 사항이려나."

미츠로 씨가 말했다. 나는 말했다.

"뭐, 그건 본인에게 행복이지. 하지만 미츠로 씨가 어느 날 갑자기 죽는다면 주위 사람들은 깜짝 놀라고, 후회하고 그러지 않겠어?"

미츠로 씨의 전 아내인 미유키 씨도 어느 날 갑자기 일생을 마쳤다. 아니, 강제로 마침을 당했다. 그러니까 내게도 미츠로 씨에게도 이 주제는 아주 무겁다. 하지만 나는 굳이 미츠로 씨와 이것에 관해 얘기해두고 싶었다.

"제대로 이별을 할 수 있는 건 역시 암이지."

미츠로 씨가 의외의 말을 했다.

"그러게. 암이라면 남은 시간을 알 테니 나름대로 준비가 되겠지."

그래서 사실 나도 암으로 일생을 마치는 게 좋지 않을까, 생각했다.

"갑자기 죽으면 말이야, 부끄러운 편지나 아무한테도 보여주고 싶지 않은 사진이나 그런 거 처분하지 못하잖아."

나는 말했다.

"하토짱, 그런 것 있어?"

미츠로 씨가 누구 엄마가 아니라 하토짱이라고 불러준 게 신선했다.

"당신은 없어?"

"으음, 지저분한 바지나 그런 건 남기지 않고 죽고 싶어. 이를 테면 사고로 죽어도 그때 더러워진 바지 같은 거 입고 있으면 부끄럽잖아."

"그건 싫지."

"그렇지."

그때, 저쪽에서 엄마, 이거 봐! 하는 렌타로의 목소리가 들렸다. 또 벌레나 뭐를 주웠을 거라고 방어 태세를 하고 있었더니 작살나무 가지 하나를 손에 들고 달려왔다.

"예쁘지?"

보라색 열매가 잔뜩 달린 작살나무 가지는 누군가가 고심하여 만든 장식품 같았다. 뒤늦게 큐피와 코우메도 합류했다.

"자, 엄마 선물."

렌타로가 작살나무 가지를 주었다.

"이것도."

이번에는 코우메가 드라이플라워가 된 수국을 건넸다.

"고마워, 가게에 꽂아둘게."

내가 받아 들자, 코우메는 수줍은 듯이 웃으며 큐피를 올려다

보고, 렌타로는 얼른 내 가슴에 손을 뻗쳐 만졌다.

"야!"

미츠로 씨가 길고양이를 쫓아내듯 큰 소리로 나무랐다.

이럴 때 렌타로의 손은 엄청나게 빨라서 정말 방심할 수가 없다. 나는 도저히 미츠로 씨처럼 엄하게 화를 내지 못하겠다. 화를 내면 두고두고 트라우마가 되지 않을까, 생각이 많아진다.

"고마웠어, 라는 말로 일생을 마칠 수 있으면 행복하겠다."

나는 하던 얘기를 계속했다. 아이들은 또 어딘가로 가서 놀고 있다.

"만약 내가 치매 걸려서 기저귀를 차고 있어도 하토짱, 괜찮아? 기저귀 갈아줄 거야?"

미츠로 씨가 진지한 얼굴로 물었다.

"그야 그러려고 부부가 된 거잖아. 게다가 내 쪽이 먼저 그렇게 될지도 모르고. 그때는 미츠로 씨 도망가지 마."

어쩌면 이제 먼 미래의 일이 아닐지도 모른다. 시간은 눈 깜짝할 사이에 흘러서, 어느새 미츠로 씨도 나도 할아버지와 할머니가 되어 두 사람 다 치매에 걸려 서로가 누군지 몰라보는 일도 있을 수 있다는 얘기다.

"큐피 말이야."

이럴 때가 아니면 얘기를 하지 못할 것 같아서 나는 또 한 가지 중요한 얘기를 꺼냈다. 아까 렌타로와 코우메가 준 작은 꽃다

142

발을 손가락 끝으로 빙글빙글 돌리면서.

"내가 싫어진 걸까."

그렇게 말하는데 나 자신도 깜짝 놀랄 정도로 눈물이 주르륵 쏟아졌다.

이것만큼은 뭔가 결정타를 날리는 말 같아서 입 밖으로 내어 말하지 않으려고 피해왔다. 하지만 그 생각이 계속 마음에 걸려, 나는 마치 초등학생 여자아이가 좋아하는 친구에게 미움을 산 건 아닐까 하고 불안해 할 때처럼 씁쓸한 기분이었다.

"걱정하지 마."

미츠로 씨가 부드럽게 어깨를 안아주었다.

아이들도 옆에 없어서 그대로 미츠로 씨 어깨에 머리를 기대고 하늘을 보았다.

하늘은 여전히 완벽한 겨울의 파란 하늘이었다.

새파란 캔버스 위에는 화가가 단숨에 그린 추상화 같은 옅은 구름이 걸려 있다. 그 순간, 나는 구름 속에서 천사를 보았다. 좀 더 그 장면 속에 머물고 싶어서 눈을 감고 미츠로 씨의 고동 소리에 귀를 기울였다.

쿵쿵, 쿵, 쿵.

미츠로 씨가 살아 있다는 증거였다.

혼란스러운 틈을 타 슬쩍 미츠로 씨와 키스했다.

어쩐지 지난 태풍에 시들었던 금목서 꽃이 다시 핀 것 같다.

어디선가 싱그러운 향이 퍼졌다.

동백꽃

요즘 들어 알코올 섭취량이 늘어났다. 출산과 육아를 계기로 거의 술을 마시지 않는 생활을 해왔지만, 작년 크리스마스 전부터인가, 자기 전에 술을 마시는 게 일과가 되었다.

계기는 미용실에서 가끔 펼쳐보던 여행 잡지에 실린 글뤼바인 기사였다. 독일에서는 크리스마스 시기가 되면 레드와인을 데워 마시는 전통이 있다고 한다. 그 레시피가 함께 실려 있어서 집에 있는 재료로 얼른 만들어보았더니, 이게 완전히 중독적인 맛이었다.

그 후로는 미츠로 씨 가게에서 레드와인이 남으면 가져와서, 작은 냄비에 계피와 정향, 팔각 등 향신료와 꿀을 넣고 불에 올려 따뜻한 와인으로 만들어 마시고 있다. 얇게 썬 오렌지나 사과를 넣어도 좋다.

할머니에게 물려받은 오래된 일본 가옥을 조심스레 수리해가며 살고 있어서 겨울에는 얼어붙을 듯한 추위가 느껴지지만, 이 와인을 마시면 몸이 서서히 따뜻해진다. 그 온기를 포기할 수 없게 되었다.

술을 마시면 발꿈치가 지면에서 살짝 뜨는 느낌이 들어 기분이 좋다. 성가신 일들을 모두 잊고, 자기 전 아주 잠깐 동안 나만의 세계에 빠진다.

졸음이 밀려오면 미츠로 씨의 귀가를 기다리지 않고 망설임 없이 이불 속으로 들어가 쿨쿨 잔다. 그렇게 하면 일찍 자고 일찍 일어나는 생활습관이 자리 잡힌다.

아래 두 아이가 이제는 자기 일을 스스로 할 줄 알게 되면서, 나는 또다시 나 자신과 일대일로 마주할 수 있는 시간을 갖게 되었다. 그것이 무엇보다 기쁘다. 이 집에 혼자 살며 바바라 부인과 가볍게 어울리던 시절이 떠올랐다.

곧 수험생이 될 아이가 있는 연말연시에는 어디에도 가지 않고, 이곳 가마쿠라 산속에서 겨울잠 자듯 조용히 보냈다. 큐피는 어쩐지 현에서도 최상위인 명문고에 진학하고 싶은 듯, 자기 방에 틀어박혀 공부에 열중했다.

'어쩐지'라는 표현을 쓰는 이유는, 큐피가 진로에 관해 나에게는 전혀 상의하지 않기 때문이다. 이 문제에 대해서는 미츠로 씨가 창구가 되고 있다.

설날 음식은 해마다 고치에서 미츠로 씨 어머니가 대량으로 보내주신다. 나는 물냉이와 도리이치 정육점에서 산 다짐육을 넣고 경단을 만들어, 아메미야 가의 전통 오조니(설날에 먹는 떡국 같은 음식 - 옮긴이)를 준비하기만 하면 된다.

연하장에 수신인명 쓰는 작업은 코우메를 출산한 이후 대부분 그만두었고, 개인적인 연하장도 암묵적 양해를 구하고 해마다 수를 줄이고, 메일로 인사를 대신한다.

해마다 연말연시에는 츠바키 문구점도 일주일 정도 쉬기 때문에 내게는 오랜만에 문자 그대로의 휴식이 주어졌다. 핫와인 맛에 빠져서 자꾸 마시고 있다.

그것을 발견한 것은 설 연휴 마지막 날, 밤 9시가 지나서의 일이었다.

나츠메 소세키의 『풀베개』를 읽은 것이 마중물이 되어, 나는 일본 고전문학 책들을 별 생각 없이 잇따라 훑어 보았다. 할머니의 책장에서 다음에 뭘 읽을까, 하고 문고본 한 권을 꺼내 페이지를 휘리릭 넘겼을 때, 마치 압화처럼 무언가 팔랑이며 책장 사이에서 떨어져 내렸다.

바닥에 떨어진 것은 한 장의 그림엽서였다.

그림엽서의 사진은 동백꽃이었다. 흰색과 다홍색 동백꽃 두 송이가 기대듯이 지면에 구르며 하늘을 향해 노란 꽃가루 듬뿍 묻은 수술을 펼치고 있다. 다만, 컬러 인쇄의 색채가 상당히 바래서 흑갈색에 가까웠다.

바닥에 쭈그리고 앉아서 그림엽서를 주워 들고 뒤집은 순간, 숨이 멎는 줄 알았다. 각이 진 낯선 필체가 내가 아는 이의 이름을 당당하게 표기하고 있는 게 아닌가.

'아메미야 카시코 님'

보낸 사람은 미무라 류조 씨로 틀림없이 이즈오시마섬에서 보낸 것이었다. 다만, 보낸 사람의 구체적인 주소는 적지 않고, "이즈오시마섬에서"라고만 쓰여 있다. 그림엽서의 사진은 이즈오시마섬의 동백꽃을 찍은 것 같다.

"있다."

간신히 그 한마디만 소리가 되어 나왔다. 토마 씨가 찾던 미무라 씨가 할머니에게 보낸 편지가 정말 이 집에 있었다.

손에 든 문고본 표지에는 '잠자는 미녀'라고 쓰여 있다. 작가는 가와바타 야스나리다. 내 뇌리에 그리운 얼굴이 풍선처럼 둥실 떠올랐다. 야스나리 씨를 그토록 사랑했던 후지산 이마 씨는 잘 지내고 있을까. 엽서라도 써서 보내봐야지. 그런 생각을 하면서 나는 미무라 씨가 쓴 편지를 읽었다.

가나가와현 가마쿠라시

니카이도 988

아메미야 카시코 님

이즈오시마섬에서

카시코 님,

당신에게서 러브레터를 받고 너무나 기뻐 하늘로 날아오를

것만 같은 기분으로, 몇 번이고 편지를 품에 꼭 껴안았습니다.

당신의 사진은 부적처럼 항상 갖고 다닙니다.

그런데 가마쿠라의 고유루기에서 이즈오시마섬이

보이는군요.

다음에는 시간 약속을 해서 같은 시간에 석양을 보지

않겠습니까.

나도 당신에게 손을 흔들겠습니다.

편지가 아니라 당신을 이 손으로 꼭 안고 싶습니다.

류

고유루기란 지명, 오랜만에 본 것 같다. 작을 소(小)에 움직일
동(動)이라고 써서 고유루기라고 읽는다. 에노덴의 고시고에역
에서 가까운데, 바다로 불쑥 튀어나온 고유루기사키 곶에 고유
루기 신사가 있는 것은 알고 있지만, 아직 가본 적은 없다. 무엇
보다 할머니와 고유루기가 좀처럼 연결이 되지 않는다.

대충 추측하건대 할머니와 미무라 씨가 사귄 것은 지금부터 반세기 전이다. 할머니가 아직 엄마(레이디 바바)를 출산하기 전이니 20대의 젊을 때였을 터다. 아마 미무라 씨는 할머니보다 조금 연상이지만, 뭐 동세대라고 해도 좋을 나이다. 미무라 씨는 이미 결혼해서 자식도 있었던 걸로 추측된다.

가족의 복잡한 불륜 얘기를 생생하게 마주하는 것은 힘든 일이다. 나는 밀크 팬에 평소보다 많은 양의 레드와인을 부어서 불에 올렸다. 거기에다 적당한 향신료를 넣었다. 꿀이 얼마 남지 않아서 대신 마멀레이드를 넣고, 숟가락으로 빙빙 저었다.

이 그림엽서를 받을 때의 할머니는 지금의 나보다 젊었을 터다. 머리로는 이해를 해도 나보다 젊은 할머니가 도저히 상상되지 않는다.

지금까지 나는 할아버지에 관해 조금도 생각한 적이 없다. 정말 그런 존재에 관해 단 한 번도 상상한 적이 없다. 내게는 할머니가 전부여서 레이디 바바조차 그 그림자가 희미하다. 나는 할머니와 굵은 튜브로 직결되어 있다고, 그렇게 생각했다.

하지만 남자와 여자가 없으면 자식은 얻을 수 없다. 그 말은 레이디 바바에게도, 그리고 당연하지만 할머니에게도 상대 남성이 있었다는 것. 그래서 지금 내가 이렇게 존재하고 있는 것이다. 새삼스럽지도 않지만 그 사실에 놀랄 뻔했다.

오른손에 미무라 씨의 그림엽서를, 왼손에는 찰랑거리는 핫

와인 머그컵을 들고 고타츠로 이동했다. 미츠로 씨는 내일 장사 준비 때문에 오늘은 귀가가 늦을 거라고 한다.

겨울밤은 길다.

나는 토마 씨가 일부러 가마쿠라까지 가져다준, 할머니가 쓴 연애편지 상자를 고타츠에 올렸다.

조심스레 뚜껑을 열고 편지 다발을 꺼냈다. 모두 다섯 통이다. 그중 네 통에는 20엔짜리 우표가 붙어 있다.

미무라 씨에게 온 그림엽서에는 브라질 이주 50주년 기념 10엔짜리 우표가 붙어 있다. 달랑거리는 우표를 위에서 눌러 평평하게 폈다.

미무라 씨의 글씨는 잘 썼다고도 못 썼다고도 할 수 없는, 독특한 개성이 느껴진다. 글씨만으로는 그가 어떻게 생긴 사람인지 상상하기 어렵다. 키가 큰지 작은지, 뚱뚱한지 말랐는지, 글씨를 보면 쓰는 사람의 실루엣이 대체로 떠오르는데, 미무라 씨만은 전혀 그려지지 않았다.

누군가가 누군가에게 쓴 사적인 편지를 읽는 것은 어떤 경우에도 꺼림칙한 일이다. 하물며 할머니가 쓴 연애편지라니, 더욱 그렇다.

할머니는 아무것도 알리지 않은 채로 일생을 마치고 싶었을지도 모르지만, 나는 이제 그 사실을 알아버린 이상 뒤로 물러날 수 없다. 마치 본인의 의지와는 상관없이 입고 있는 옷을 벗기는 듯한 미안함을 느끼며, 나는 봉투에서 편지지를 꺼냈다.

그리고 각오를 단단히 하고 읽기 시작했다.

류조 씨,

잘 지내시는지요. 요전 편지에 감기 걸려서 열이 난다고
하셨는데, 이제 괜찮으신가요. 하루에도 몇 번씩 당신을
생각합니다. 아니, 솔직히 말하면 종일 당신만 생각합니다.
사실은요, 바다에 풍덩 뛰어들어 당신이 있는
이즈오시마섬까지 헤엄쳐서 만나러 가고 싶습니다.
이즈오시마섬까지의 거리가 카시코에게는 미치도록
얄밉습니다.
팔을 길게 길~게 뻗어서 당신의 얼굴을 만질 수 있다면
좋을 텐데요.
요전에 귤을 먹다가 문득 당신 입술의 촉감을 상상하니 미칠
것 같은 기분이 들었습니다. 매일매일, 아침, 낮, 밤, 당신과
입술을 포갤 수 있다면 얼마나 행복할까요. 그런 걸 바라서는
안 된다는 걸 알면서도 상상하며 욕망에 몸부림치는 제가
있습니다.
류조 씨, 또 꿈속에서 카시코를 안아주세요.
카시코는 당신에게 안겨 있을 때가 가장 행복하니까요.

당신 앞에서라면 아무리 흉한 모습이라도 다 보여줄 수

있어요.

정말 신기하게도 부끄럽게 느껴지지 않아요.

그보다 당신에게 가까이 가고 싶어요. 더 곁으로 가고 싶어요.

그저 몸을 포개고 있는 것만으로 만족해요.

당신에게 안긴 꿈을 꿀 때마다 카시코는 너무 기뻐서

그날 하루 행복해진답니다.

부디 꿈이 현실이 되기를.

오늘 밤에도 당신을 만날 수 있기를.

카시코

연애편지 속의 할머니는 너무나 싱그럽고 눈부셔서, 나는 그 빛을 똑바로 마주할 수 없었다.

미무라 씨는 혹시 할머니의 첫사랑이었을까? 할머니는 벼락을 맞은 듯한 우연과 필연이 겹쳐진 끝에 미무라 씨를 좋아하게된 걸까? 사랑에 빠진 걸까?

할머니 앞에는 사랑한다는 단 한 가닥의 길밖에 선택지가 없었던 걸까?

문득 그런 생각이 들어, 아까 책 사이에서 모습을 드러낸 미무라 씨의 그림엽서를 불단에 올려놓고 초에 불을 붙인 다음, 향을 피웠다. 방울 소리가 고요한 방 안에 스며들듯 울려 퍼졌다.

그리고 두 손을 모으고 눈을 감았다.

"발견했어."

내가 말하자,

"발견했냐."

할머니는 장난을 들킨 아이처럼 혀를 날름 내밀었다.

"대단한 연애를 하셨네."

내가 놀리자,

"마음만 한창이라, 대단한 연애를 했네. 네가 태어나기 한참 전의 얘기지만 말이야. 내게도 그런 시절이 있었다."

할머니와의 대화가 평소와 달리 통통 튄다.

"평생 단 한 사람이어도 그렇게 곁눈 팔지 않고 무아지경으로 사랑한 사람이 있다는 건 멋진 일이잖아. 류조 씨를 만나서 좋았 겠네."

다 이해한다는 듯이 내가 말하자,

"가늘고 길게 사랑할지, 굵고 짧게 사랑할지, 사랑이란 건 말 이다, 어차피 둘 중 하나뿐이잖냐?"

할머니가 의미 깊은 말을 했다.

"오래 깊게 사랑하는 선택지는 없어?"

"글쎄, 그건 네가 해보면 되잖아. 그보다 다른 편지들도 찾아 서 처분해줘."

"왜?"

"이제는 필요 없으니까. 이제 와서 그런 게 드러나면 창피할 뿐이고."

"연애편지에는 무엇 하나 부끄럽지 않다고 썼으면서."

"그야 그 사람 앞에서는, 이라는 말이지."

"뭐, 알지만."

"그럼 부탁한다."

"잠깐만. 앞으로 얼마나 더 남았고, 어디에 있는지 가르쳐줘."

"나도 그런 옛날 일 기억나지 않아."

"류조 씨, 지금도 좋아해? 사랑해?"

내가 마지막 질문을 하자,

"그러게. 좋은 사람이어서 금방 반해버렸지."

할머니는 태연하게 내뱉었다. 그리고 흔적도 없이 사라졌다.

어느샌가 잠이 든 것 같다. 문득 얼굴을 들자, 아직 향에서 연기가 오르고 있다. 불단에 공양한 미무라 씨의 그림엽서를 양손으로 들어보았다. 그걸 할머니가 보낸 연애편지 위에 살짝 포개놓고 원래 상자의 뚜껑을 덮었다. 상자 속에서 두 사람은 아마지금 이 순간에도 엉켜 있을 것이다.

엉켜 있다는 것이 육체적인 것만은 아니다. 글씨와 글씨도 서로 어울리고, 장난치고, 사이좋게 지낸다. 그런 세계가 있다는 걸 지금까지 30여 년간 줄곧 모르고 살아왔다.

다시 사랑을 나눌 두 사람의 상자를 극비 서랍 깊은 곳에 넣어놓았다.

1월 6일, 해도 저물기 시작해서 슬슬 가게를 정리하려고 일어섰을 때, 남작이 어슬렁어슬렁 나타났다.

"자, 늘 먹던 거."

여전히 무뚝뚝한 얼굴로 들고 있던 종이가방을 내게 내밀었다.

"해마다 감사합니다."

인사를 하면서 두 손으로 종이가방을 받아 들었다. 이제 굳이 내용물을 확인하지 않아도 안다. 안에는 일곱 가지 나나쿠사(봄을 대표하는 일곱 가지 푸성귀 – 옮긴이)가 들어 있다.

"새해 복 많이 받으세요. 올해도 잘 부탁합니다."

뭔가 해마다 차례가 거꾸로라고 생각하면서 남작에게 새해 인사를 했다.

얼핏 보기에는 지난번에 만났을 때와 별로 달라지지 않았지만, 실제로는 어떤지 잘 모른다. 그 후 빵티와의 사이가 어떻게 됐는지 궁금했지만, 본인이 밝히지 않는 이상 묻지 않기로 했다.

남작은 나나쿠사를 배달할 곳이 또 있는지 빠른 걸음으로 츠바키 문구점을 뒤로했다.

얼마 전까지 아무런 의심도 없이 땅에 뿌리를 내리고 흙 속에서 태평스럽게 지내고 있었을 푸성귀들을 물을 가득 채운 볼로 옮겼다. 나물들은 이미 깨끗이 씻은 것이었다. 빵티가 씻어주었을지도 모른다.

다음 날 아침, 죽에 넣기 전에 나나쿠사즈메(1월 7일에 나나쿠사
물에 손톱을 불렸다가 손톱을 깎는 의식 – 옮긴이)를 했다. 먼저 내 손가락
끝을 봄나물이 헤엄치는 볼의 물에 담갔다가 손톱을 깎았다.

작년에는 생각만 하다가 결국 하지 못했다. 재작년에도 허둥
지둥 보내다 보니 그럴 겨를이 없었다.

그런 생각을 무심히 하면서 손톱을 짧게 깎았다.

이걸 하면 그해 한 해 감기에 걸리지 않는다고 한다. 할머니
는 해마다 거르지 않고 했지만, 어쩌면 할머니도 지금의 나와 마
찬가지로 어차피 미신이라고 생각하면서, 그러나 겉으로는 진지
한 얼굴을 했을지도 모른다.

아래 두 아이를 불러서 인터넷에서 막 검색한 얕은 지식을 잘
난 척하며 펼쳐 보였다.

"이건 말이야, 미나리라는 거야. 이쪽은 냉이, 떡쑥, 별꽃, 광대
나물, 순무, 무."

하나하나 손가락으로 가리키면서 잘난 척하며 가르치는 내가
웃겼다. 조금 전에 알았으면서.

"이 나물들은 있잖아, 지금부터 다져서 죽에 넣어 먹을 거야.
그리고 그 전에 이 물에다 손톱을 불려서 자를 거야. 그러면 1년
동안 감기에 걸리지 않고 건강하게 지낼 수 있거든."

나는 초등학교 1학년인 두 아이가 알아듣도록 되도록 말을

골라서 설명했다. 하지만 그걸 들은 두 아이는 거의 동시에 소리를 질렀다.

"거짓말!"

코우메도 렌타로도 깔깔깔 배를 잡고 웃었다.

"하지만 옛날 사람들은 그걸 믿었고, 엄마도 사실일지도 모른다고 생각해."

대체 무엇이 그렇게 이상하고 웃긴 건지 모르겠지만, 나는 오기로 계속했다. 직접적인 인과 관계는 없을지도 모르지만, 플라시보 효과는 있을지도 모른다. 아니, 분명히 있다. 그런 마음으로 단단히 방어하면 감기도 걸리지 않는다.

죽을 올린 불을 조절하면서 두 아이의 손톱을 톡톡 깎고 있는데 잠이 부족한지 평소 이상으로 짜증이 난 얼굴로 큐피가 좀비처럼 나타났다.

"잘 잤니."

밑져봐야 본전이라는 생각으로 말을 걸었지만, 역시 대답은 없다. 하지만,

"나나쿠사 죽 먹을래?"

그 물음에는 약간 고개를 움직였다. 게다가

"그보다 손톱."

입술을 삐죽거리면서 큐피가 말했다.

"감기 걸리고 싶지 않으니까."

말투는 공격적이지만, 하는 말은 미소를 짓게 했다.

수험생이어서 감기 걸리고 싶지 않으니 자기도 나나쿠사즈메를 하고 싶다는 것이다.

조금이라도 반응해준 것이 기뻐서 나는 그 자리에서 브이를 그릴 뻔했다. 하지만 그런 마음을 꾹 누르고 나도 최대한 쿨하게 대꾸했다.

"자. 손톱깎이, 여기 둘게."

어릴 때, 해마다 나나쿠사즈메를 한 것이 이런 데서 열매를 맺다니.

과거의 내가 현재의 나에게 구조선을 띄운 것이다. 그 무렵의 나를 마음껏 칭찬해주고 싶었다. 할머니에게도 새삼스럽게 감사했다. 그때,

"넘쳐."

큐피가 날카롭고 낮은 소리로 말하며 죽이 끓고 있는 냄비 쪽을 턱으로 가리켰다.

"어머 어머."

나는 급히 불을 낮추었다. 여기서부터는 뚜껑을 가볍게 올리고 약한 불로 뭉근하게 죽을 끓인다.

구수하고 달짝지근한 죽 냄새가 겨울 부엌을 채우며 만세를 부르고 있다. 왠지 오늘 하루를 잘 보낼 것 같은 예감이 들었다.

"실례합니다."

그 여성이 찾아온 것은 얼어붙을 듯 추운 어느 날 오후였다. 츠바키 문구점의 상징인 야생동백은 드문드문 빨간 꽃을 피웠지만, 추운 날씨 때문인지 대체로 얌전하게 입을 다물고 있었다.

실내에서도 추위가 느껴져서 나는 손가락 끝만 나오는 장갑을 끼고 컴퓨터로 사무 일을 하고 있었다. 아르바이트생 한 사람은 본가에 갔고, 또 한 사람은 해외에 나갔다. 따라서 1월 중순까지는 거의 혼자 가게를 봐야 했다. 맹렬한 한파가 다가오고 있는지, 며칠 뒤 날씨 예보에는 눈 마크가 보였다.

여성에게서는 만만찮은 긴장감이 느껴졌다. 이건 틀림없이 대필 의뢰다.

"어서 오세요, 이쪽에 앉으세요."

나는 그녀를 언제나의 동그란 의자로 안내하고, 안으로 들어가 음료를 준비했다. 어제 아이들 간식으로 만든 감주가 아직 조금 남아 있었다. 다시 데워서 카페오레 볼에 따라 가게로 돌아왔다.

여성은 50대 초반쯤 되었을까. 가마쿠라 주민, 그것도 산속에서 살아온 사람이 분명해 보이는 분위기였다.

"어디서 오셨어요?"

감주를 내려놓으면서 자연스럽게 묻자, 역시나

"오기가야츠에서 왔어요."

여성이 대답한다. 역시, 하고 나는 마음속으로 생각했다.

오기가타니(扇ガ谷)라고 쓰고 오기가야츠라고 읽는 것은 가마

쿠라 주민이어도 아는 사람이 별로 없다. 실은 나도 최근에야 그렇게 읽는다는 것을 알게 된 한 사람이다.

그리고 잠시 대필 의뢰자와 잡담을 나누었다. 그녀가 이웃에 새로 생긴, 아침에만 여는 베이글 가게를 가르쳐주어서 나도 답례로 이 주변의 숨은 맛집 정보 등을 알려주었다.

이런 지역 주민의 입소문이 잡지 같은 데보다 훨씬 빠르고 정확하다.

그녀의 이름은 자코메티 씨였다. 전에 어딘가에서 만난 기분이 드는 것은 그 때문일지도 모른다. 전체적으로 늘씬한 실루엣이 정말 자코메티(스위스의 조각가이자 화가. 가늘고 긴 인체 조각상 작품이 유명하다─옮긴이) 작품을 닮았다. 물론 별명이지만, 나도 그렇게 부르기로 했다.

잡담이 일단락된 타이밍에 자코메티 씨가 조용히 말을 꺼냈다.

"실은 오늘 여기 찾아온 것은 아버지 때문에 상담할 게 있어서랍니다."

좀 전까지 웃고 있던 자코메티 씨의 표정이 순식간에 오늘 하늘과 같은 톤이 되었다.

"같이 사세요?"

내가 묻자,

"오기가야츠에 2세대 주택을 지어서 살고 있어요. 엄마는 1년쯤 전에 넘어지면서 골절한 이후로 요양원에 계시고요. 아버지

163

는 올해 여든네 살이세요."

자코메티 씨가 어쩔 줄 몰라 하는 모습으로 대답했다.

"아버지, 아직 운전을 하세요. 오기가야츠는 여간 불편한 지역
이 아니어서 가마쿠라에서도 기타가마쿠라에서도 상당히 거리
가 있잖아요. 그래서 아버지의 불편함을 이해하니까 아직 괜찮
으려나, 해왔는데 아버지도 나이가 드셔서. 아버지가 운전을 잘
하는 건 확실해요. 본인도 그렇게 생각하고 있고, 운전에는 상당
히 자신감을 느끼고 계세요.

하지만 나이를 생각하면 말이죠, 무슨 일이 생기면 돌이킬 수
없게 될 테니 가족으로서는 슬슬 면허증을 반납했으면 하거든요.

근데 면허증 반납을 권하면 미친 듯이 화를 내서 도무지 얘기
가 되지 않아요. 내 수족을 다 뽑아버릴 생각이냐며 광분하는가
하면, 차라리 지금 죽어버리는 게 낫다고 하고요.

요전에는 이건 영혼 살해라며 아이처럼 엉엉 울었어요.

이웃분들도 아버지의 운전을 보며 조마조마해 한다는 걸 알
고 있어요. 본인만 다친다면 그건 어쩔 수 없다고 생각할 수 있
지만, 누군가를 다치게 한다거나 최악으로 누군가의 목숨을 빼
앗는 걸 상상하면 정말 밤에 잠도 오지 않아요."

자코메티 씨는 단숨에 얘기했다.

그러고 보니 최근에도 고령자가 운전하는 차가 줄지어 걸어
가는 유치원 아이들을 들이박아서 어린아이 몇몇의 생명을 앗

아갔다. 액셀러레이터와 브레이크 밟는 걸 혼동했다고 한다.

"오기가야츠는 버스도 다니지 않죠."

나는 말했다.

이곳 니카이도는 역에서 떨어져 있긴 하지만, 버스가 다닌다. 하지만 오기가야츠는 길도 좁고, 언덕도 많고, 요코스카선 이외에는 교통수단이 없다.

"만약 면허증을 반납해준다면 택시비는 우리 부부가 부담하고, 장보기는 적극적으로 협력하겠다고 말했어요. 전에는 아버지를 대신해서 이번에는 제가 면허를 따자는 얘기도 나왔지만, 그것도 내키지가 않아서요.

저도 남편도 면허증 자체가 없어서 운전을 하지 않아요. 둘다 집에서 일하기도 하고, 현재는 건강해서 자전거만으로도 해결되는데, 아버지에게는 차가 절대적인 이동 수단이랄까, 몸의 일부여서……

당신은 행동의 자유를 뺏기는 것에 엄청난 공포심이 있는 것 같아요. 남편이 한번은 자동차 열쇠를 몰래 숨겼거든요. 그때 아버지의 반 광적인 모습은 생명의 위협을 느낄 정도였어요.

나이를 먹으면 감정 조절이 어려워지는 걸까요.

그런 일도 있고 해서 남편은 이 건에 관해 되도록 상관하지 않고 싶다는 태도고요. 아버지와 같은 피가 흐르는 저는 아무래도 말이 거칠어져요. 처음에는 차분하게 얘기를 나누어도 마지막에는 늘 격렬한 말싸움이 되죠.

지난 1년 동안 이 일로 심신이 얼마나 피폐해졌는지. 그래서 더 이상 이 문제를 가족만의 힘으로 해결하는 건 무리라고 판단했답니다."

얘기하는 동안 날이 점점 추워졌다. 등에 오들오들 소름이 돋아서 난로의 화력을 최대한으로 올렸다. 금방이라도 눈이 날릴 것 같은 무거운 겨울 하늘이다.

마지막으로 자코메티 씨는 눈물을 글썽이며 중얼거렸다.

"아버지가 70대 초반일 때는 우리도 아버지가 운전하는 차를 많이 얻어 탔어요. 급한 일이 생겨서 기타가마쿠라까지 가야 했을 때나 키우는 고양이가 아파서 밤중에 동물병원에 갈 때나. 그럴 때마다 아버지는 싫은 얼굴 하나 하지 않고 차를 태워주셨죠. 그런 일을 생각하면 이따금 내가 아버지에게 너무 못되게 구는 것 같아서 괴로워요.

어릴 때는 여름마다 차를 타고 엄마 고향에 데려가 주기도 했죠. 나는 아버지 차를 타고 소풍 가는 걸 제일 좋아한 아이였어요. 하지만 이대로 언제까지고 운전대를 잡게 할 수도 없잖아요. 정말 어려운 문제입니다."

"정말 어렵네요."

나는 말했다. 운전하는 고령자가 있는 집이라면 어디나 남 일이 아니라, 머리를 싸매게 하는 문제일지도 모른다.

가족인 만큼 배려도 없어지고 말도 심해진다. 눈앞의 자코메티 씨에게서는 상상도 되지 않지만, 그녀도 지금까지 여러 아수라장을 겪어왔을 것이다. 나와 할머니의 관계가 그랬던 것처럼.

"아버님이 잠자코 말을 듣는 분이 계실까요?"

그런 사람이 있다면 자코메티 씨가 고생할 것도 없을 테고, 분명히 그런 사람이 있을 거라고 생각하면서 물어보았다. 그러자 자코메티 씨에게서 의외의 대답이 돌아왔다.

"우리 아버지, 엄마가 하는 말이라면 들을 거라고 생각해요. 아버지는 엄마를 아직도 제일 사랑하니까요. 다만 엄마 쪽은, 이렇게 말하긴 그렇지만, 아버지한테 별 느낌이 없는 것 같지만요. 그 츤데레한 태도가 아버지를 붙들어두고 있는 건지도 모르겠어요.

근데 아버지는 아버지대로 엄청나게 고집이 세고 자기 생각이 확고하고 자신감이 넘쳐서, 엄마가 하는 말을 그리 쉽게 들으려 하진 않아요. 그 점이 또 아버지의 골치 아픈 문제죠."

"실례지만, 아버님, 직업은?"

"의사예요. 지금은 은퇴했지만, 그러나 꽤 최근까지 현역 의사 선생님이었어요. 그래서 더 남의 말을 듣지 않는 경향이 있어서……."

자코메티 씨가 깊디깊은 한숨을 쉬었다.

무언가 파파 자코메티의 윤곽이 보이기 시작했다. 확실히 만만치 않은 상대다.

"이제 곧 부모님 결혼기념일이에요. 아버지는 그날 엄마에게 예고도 없이 가서 서프라이즈 축하를 하려고 준비하고 있어요. 그런데 그날 눈이 온다는 예보가…….

그래서 절대로, 절대로 아버지에게 운전대를 잡게 할 수 없어요. 가능하면 하루라도 빨리 면허증을 반납하게 하고 싶어요. 눈길에 미끄러지는 사고라도 생기면 그야말로 기껏 지금까지 쌓아 올린 아버지의 인생이 허무해질 것 같은 기분이 들어서……."

"어머님도 아버지 운전에는?"

"절대 반대이죠. 요즘은 스마트폰 화면 너머로 만나실 수 있으니 굳이 차를 타고 만나러 올 필요가 없고, 장보기도 택배를 이용하면 된다고요. 꼭 차가 필요할 때는 택시를 부르면 되니까 차는 이제 필요 없다, 얼른 팔아버리라고 하세요."

"상당히 진보적인 어머니시네요."

내가 말하자,

"맞아요. 엄마는 굉장히 깬 사람이에요."

그제야 자코메티 씨의 표정에 볕이 깃들었다.

"엄마는 이런 식이라면 이혼도 불사하겠다고까지 했어요. 어차피 곧 이별의 시간이 올 테니 살아 있는 동안에 헤어지나 죽어서 헤어지나 별 차이가 없다고. 요양원에 들어가신 것도 집에 있으면 아버지가 이래저래 신경을 쓰는 게 성가셔서 그렇대요.

아버지는 자신이 엄청나게 주변을 배려하며 산다고 생각하지만, 실제로는 주위에서 아버지를 엄청나게 배려하고 있어요. 본인이 그걸 깨닫지 못할 뿐이지."

우리 집에는 아버지라는 존재가 없어서 상상밖에 할 수 없지만, 분명 그런 '아버지'가 세상에 많을지도 모른다.

"엄마에 대한 애정은 진심이에요. 하지만 그건 어디까지나 자기한테 편한 방식대로의 애정이에요. 이래라저래라, 이런 건 안 된다, 하는 식으로 엄마에게도 일일이 간섭을 해서 엄마는 그만 내버려달라고 스스로 요양원으로 옮겼어요. 그곳에서 나이 어린 남자친구까지 생겨서 아주 즐겁게 지내세요. 아버지한테는 입이 찢어져도 말할 수 없지만."

"어머나!"

얘기를 듣다 보니 마마 자코메티 씨를 만나고 싶어졌다.

"여기, 엄마가 전에 쓴 이혼 신고서가 있어요."

자코메티 씨가 클리어 파일에 꽂아서 가져온 봉투에서 초록색 선이 인쇄된 얇은 종이를 꺼냈다.

"이것과 함께 보낼 엄마의 마지막 통고 편지를 써주시지 않겠어요? 엄마가 직접 쓰면 좋겠지만. 엄마한테 의논했더니 자기는 늙어서 눈도 잘 보이지 않고, 귀찮고 싫다며 거절했어요."

"그러면 아버지를 설득하는 자체는."

"엄마도 이해해서 승낙을 얻었어요."

그렇다면 이혼과 맞바꿔 운전면허증 반납을 다그치는 건 가능할지도 모른다.

문제는 파파 자코메티가 격앙하여 그 분노의 칼끝이 마마 자코메티에게로 향하는 것이었지만, 그 얘기를 하니 자코메티 씨가 안도의 표정을 지으며 말했다.

"저도 조금은 그런 걱정을 했는데요. 엄마는 아버지 성격을 파악하고 있어서 상당히 자신이 있는 것 같아요. 아버지는 엄마가 자기 손바닥 위라고 생각하지만, 실제로는 아버지가 엄마 손바닥에 있거든요. 엄마 쪽이 훨씬 우위이고, 연기자여서 그 점에 관해서는 그다지 걱정하시지 않아도 괜찮을 거예요. 이쪽에서 다 준비해놓으면 나머지는 엄마가 전부 알아서 마무리해줄 거예요."

"역시 어머니시네요."

내가 말하자 자코메티 씨는 얼굴 가득 겨울 아침 햇살 같은 맑은 미소로 끄덕였다.

"엄마가 정말 하루라도 더 오래 살며 옆에 있어주었으면 좋겠어요."

엄마에 대한 애정을 솔직하게 말하는 자코메티 씨가 나는 정말 부러웠다.

"알겠습니다. 되도록 빨리 완성하도록 노력하겠습니다."

어떻게 해서든 이 가족에게 힘이 되고 싶다고 생각하면서 말했다.

파파 자코메티가 순순히 이해하고 직접 면허증을 반납하도록 만들어야 한다. 쓸 수 있을까. 하지만 프로 대필업을 하는 사람으로서 결과를 내지 않으면 의미가 없다.

이런 것은 지금까지 부탁한 적 없지만, 이라고 생각하면서 나는 마지막으로 덧붙였다.

"저기, 혹시 이 마지막 통고 편지 건이 성공한다면 말입니다만."

돌아갈 채비를 하던 자코메티 씨가 손을 멈추고 내 쪽을 보았다.

"어머니를 만나뵐 수 있을까요? 정말 뻔뻔한 부탁이어서 죄송합니다만."

그러자, 갑자기 그곳에 해가 떴나 싶은 표정의 자코메티 씨 목소리가 통통 튀었다.

"물론이죠! 부디, 꼭이요. 엄마도 젊은 사람이 만나러 오면 기뻐할 거예요. 우리, 자식이 없어서 엄마는 손주 세대의 젊은 분을 보면 적극적으로 말을 걸며 친해지고 싶어 한답니다."

뭔가 큰 목표가 생겼다. 마마 자코메티를 만나고 싶은 마음에 대필 일에 더 의욕이 생긴다.

"완성하는 대로 연락드리겠습니다."

나는 말했다. 아직 그런 시간이 아닐 텐데 바깥은 벌써 단숨에 하루를 끝낼 것 같은 희미한 어둠으로 감싸였다.

"정말 역대급 한파네요."

자코메티 씨가 고개를 움츠리면서 밖으로 나갔다.

"조심해서 돌아가세요."

잠시 바깥 냉기를 접했을 뿐인데 추워서 떨림이 멈추지 않았다.

츠바키 문구점 유리문을 닫은 뒤, 나는 얼른 일을 시작했다. 편지 내용은 왠지 모르게 자코메티 씨와 얘기를 나눌 때부터 부연 안개처럼 완성돼 있었다.

그 안개가 사라지기 전에 규쿄도(1663년에 창업한 문구점으로 전통 문양의 편지지와 액세서리가 유명하다 - 옮긴이)의 오리지널 세로쓰기 편지지를 준비하여 거기에 붓펜으로 쓰자.

이혼 신고서에 있는 마마 자코메티 필체를 참고하면서 의지가 강해 보이는 글씨를 써나갔다.

여보, 오랜 세월 정말 고생 많았어요. 당신과 함께 걸어온
60년. 즐거운 추억이 압도적으로 많은 것은 당신 덕분입니다.
당신은 최고로 멋진 남편이고, 최고로 멋진 아버지였습니다.
그래서 이런 식으로 당신과 이별하는 것이 슬프기 짝이
없습니다. 당신과 평생 함께할 생각으로 살아왔습니다.
하지만 유감스럽게도 당신은 나보다 차를 더 사랑하는 것
같습니다.
당신이 의사로서 많은 생명을 구하고, 사람들의 행복에
공헌해온 것은 내게 정말 큰 자랑입니다. 그런데 당신은

자신이 운전하는 차로 누군가를 다치게 해도 괜찮나요?

당신이 사고를 일으켜서 당신이 다치고 최악의 경우 목숨을

잃는다 해도 그것은 자업자득으로 끝날 겁니다.

하지만 누군가를 상처 입히고, 그 사람의 인생을 빼앗는다면

당신이 기껏 많은 사람의 생명을 구한 것이

다 물거품이 돼버려요.

정말 그렇게 일생을 마쳐도 괜찮은가요?

나는 가해자의 아내로 일생을 마치는 것은 절대 싫습니다.

그러니 당신이 운전을 그만두지 않는 이상, 나는 당신과

헤어질 수밖에 없습니다.

나를 선택할지 아니면 차를 선택할지 어느 쪽이든 지금 당장

결론을 내려주세요.

둘 다는 있을 수 없습니다.

나는 건강해요.

당신과 헤어져도 앞으로 남은 인생, 뭐 그리 길진 않을 테니

가진 것만으로도 충분히 살아갈 수 있습니다.

이혼 신고서를 동봉합니다.

앞으로도 운전을 계속하고 싶다면 먼저 이 이혼 신고서를

내세요.

눈앞의 편리와 자존심으로 남의 생명을 빼앗는다는 것은

언어도단입니다.

사고를 일으킨 후에는 늦어요.

생명의 소중함을 당신은 누구보다 잘 알고 있을 터.

하지만 만약 당신이 차가 아니라 나를 선택한다면 다음에

느긋하게 열차 여행을 같이 가요.

나 규슈 신칸센도 아직 타본 적이 없어요. 한 번 더 신혼여행

가는 기분으로 즐거운 여행을 하지 않겠어요?

기차 여행도 재미있겠네요. 내 휠체어, 밀어줄래요?

나는 당신의 판단을 존중하겠어요.

앞으로의 인생을 어떤 형태로 살아가는 게 좋을지, 그리고

어떤 얼굴로 우리의 일생을 마치는 게 좋을지 지금 한번

냉정하게 생각해보길 바라요.

만약 결혼기념일에 차를 타고 와서 축하할 생각이라면 그건

내가 먼저 거절합니다. 큰 위험을 무릅쓰고까지 와주지

않아도 괜찮습니다.

어쩌면 이것이 당신에게 쓰는 마지막 편지가 될지도 모르니,

한 번 더 같은 말을 되풀이하겠습니다.

오랜 세월, 정말 고생 많았어요.

이혼 신고서에서 이름을 확인하고 마마 자코메티의 본명을

썼다.

붓펜 글씨가 완전히 마른 뒤, 편지를 이혼 신고서와 함께 봉

투에 넣었다.

이혼 신고서의 증인 칸에는 각각 다른 필체로 이름과 주소 등이 쓰여 있었다. 성과 주소가 같은 것으로 보아 아마 자코메티 씨와 남편일 것이다.

가족이 하나가 되어 파파 자코메티에게 메시지를 전하려고 한다. 이건 어떻게 해서든 성공으로 이끌어야 한다.

대설이 내리면 편지도 전하기 어려우니 아이들에게 저녁을 먹인 뒤, 자코메티 씨에게 편지를 갖다주러 가기로 했다.

원래라면 하룻밤 봉투를 열어둔 채 불단에 올렸다가 다음 날 아침 한 번 더 읽어본 뒤 봉투를 봉하지만, 그렇게 한가한 소리를 하고 있을 때가 아니었다. 뉴스에서는 끊임없이 수십 년 만의 대한파가 온다고 떠들고 있다.

신중하고 또 신중하게 방한 채비를 했다. 외출하기 전에 거울을 보니 지금부터 설산 등산이라도 하러 가는 것 같다. 좀 야단스러운가 하고 생각했지만, 앞으로 무슨 일이 있을지 모른다. 무사히 집에 돌아오기를 기도하면서 만약을 위해 륙색에 고바토 마메라쿠 과자를 넣어서 출발했다. 도중까지 버스로 가서 거기서부터 다음은 걸어간다.

그건 그렇고 순간 냉동될 것 같은 추위다. 춥다기보다 따가웠다. 작고 작은 얼음 가시가 눈두덩과 뺨을 사정없이 찔렀다. 아직 저녁 8시 전인데 마치 한밤중처럼 사람이 없다. 사람이 살지 않게 된 마을을 걷는 기분이다.

자코메티 씨가 자택 위치를 친절하게 가르쳐주었음에도 정신을 차리고 보니 나는 미아가 되어 있었다. 조코묘지사 앞에서 포기하고 자코메티 씨에게 전화를 걸었다. 자코메티 씨가 바로 마중을 나와주었다. 그 자리에서 편지를 건네도 됐지만, 일단 부족한 게 없는지 확인받기 위해서 집으로 갔다.

자코메티 씨는 건축가이고 남편은 인테리어 디자이너. 오기가야츠의 2세대 주택은 두 사람이 도면을 그려서 지었다고 한다. 당연히 우리 집과는 정반대로 현대적이고 기능적이며 아름다운 주택이었다.

편지를 읽는 동안 나는 현관 앞에서 기다릴 생각이었지만, 자코메티 씨가 추우니 안으로 들어오라고 한사코 권해서 결국 집 안에서 기다렸다.

정말 우리 집과는 딴 세상이었다. 어디선가 조용하게 클래식 음악이 흐르고, 자코메티 씨 남편은 식후주를 마시면서 소파에서 쉬고 있었다.

두 마리의 고양이는 우아하고 애교가 많아서, 이내 하악질 하며 위협하는 우리 길고양이 아줌마와 완전히 달랐다. 집 안에 있는 가구나 조리 기구도 전부 세련되어 탄성이 나왔다.

나를 가장 놀라게 한 것은 바닥 난방이었다. 뜨끈뜨끈해서 지금 당장 바닥에 웅크리고 앉아 있고 싶어졌다. 이 집에 사는 고양이들이 진심으로 부러웠다.

먼저 자코메티 씨가, 그다음에는 남편이 편지를 읽었다. 이 순간에는 언제나 긴장된다. 심장이 벌렁거리고 어디에 시선을 두어야 좋을지 몰라 안절부절못하게 된다.

"감사합니다."

먼저 말을 꺼낸 것은 남편 쪽이었다. 부부가 서로 눈짓을 하면서 끄덕였다.

"괜찮을까요?"

나는 머뭇머뭇 부부의 진심을 살폈다.

"완벽하다고 생각합니다."

자코메티 씨가 온화하게 웃으면서 말했다.

"빨리 엄마한테도 보여주고 싶네요."

이번에는 남편 쪽을 보고 동의를 구했다.

내가 자코메티 씨 집에 있는 동안에 눈이 내리기 시작했다. 빨리 집에 가야 한다. 돌아가는 길이 눈으로 막힐지도 모른다.

"이거, 괜찮으면 쓰시겠어요?"

돌아갈 무렵, 자코메티 씨가 핫팩을 내밀었다.

"사실은 더 천천히 계시다 가셨으면 좋겠는데 이 눈이 걱정되네요. 일부러 편지를 갖다주러 와주셔서 감사합니다. 다음에 저희 집에서 식사라도 함께해요."

자코메티 씨가 구김살 없는 얼굴로 웃어 보였다.

모자를 뒤집어쓰고 밖으로 나왔다. 이번에야말로 미아가 되지 않도록 요코스카선 선로를 난간처럼 의식하면서 밤길을 걸었다.

확실히 이곳에서 차에 의지하지 않고 생활하는 건 쉽지 않다. 산자락을 깎아지른 형태로 아슬아슬하게 집들이 서 있다.

문득 궁금해서 자코메티 씨 댁을 돌아보았다. 주차장에 차가 한 대 있다. 나는 차에 관해 전혀 모르지만, 동그스름한 형태의 귀여운 차였다.

파파 자코메티가 그 편지를 받는 것은 내일 아침이 될까. 어쨌든 할 수 있는 일은 다 했다. 다음은 평온하게 일이 진행되기를 기도할 뿐이다.

도중에 버스를 타고 싶었지만, 다음 버스가 올 때까지 한참 시간이 남아서 결국 집까지 걸어갔다.

눈은 뜻밖에도 오래 내려서 야무지게 쌓였다. 우편함도 지장보살님(길거리에 서 있는 돌로 된 불상. 앞치마나 턱받이를 하고 있다 - 옮긴이)도 마시멜로 같은 솜 모자를 쓰고 있었다. 아이들, 특히 아래 두 아이는 신나서 눈사람도 만들고, 작은 이글루도 쌓고, 썰매도 타며 하얀 세계를 마음껏 즐겼다.

어른도 아이도 모두 장화를 신고, 눈사람처럼 옷을 빵빵하게 입고, 여기저기서 예외 없이 미끄러졌다.

정말 만화처럼 미끄러져서, 미끄러지는 순간 웃음이 터졌다. 눈이 쿠션 역할을 해주어 크게 미끄러진 데 비해 별로 아프진 않았다.

눈 때문에 손님이 없을 줄 알았더니, 미츠로 씨네 가게는 개점 이후 가장 바빴다고 한다. 다들 눈 덕분에 비일상의 분위기에 들뜬 것 같다. "난리야, 난리"라고 말은 하지만, 어딘가 즐거운 기색이 역력했다. 눈 구경하며 혼자 즐기는 핫와인도 근사했다.

이대로 눈에 갇히는 것도 나쁘지 않겠다고 생각했는데, 어느 날 커튼을 걷자 단번에 눈이 다 녹고 파란 하늘이 펼쳐졌다. 눈 녹은 물이 작은 강이 되어 도로 옆을 따라 흘렀다.

계절은 성큼성큼 점프하여 매화 봉오리가 떡처럼 봉긋하게 부풀어 올랐다. 눈에 싸였던 날들이 거짓말처럼 느껴졌다.

큐피의 수험 공부도 드디어 막바지에 이르렀다. 자코메티 씨 일가처럼 우리 집도 가족이 하나가 되어 이 난국을 돌파해야 하는 게 아닐까.

파란 하늘을 올려다보는데 여느 때와 달리 마음이 근육질이 된 듯, 씩씩하고 긍정적인 기분이 싹텄다.

파파 자코메티는 마마 자코메티로부터 이혼 신고서를 첨부한 마지막 통고를 받고, 그날로 당장 운전면허증을 반납했다고 한다. 역시 실물 이혼 신고서의 공이 컸다. 격앙하지도 않고 울지도 않고, 그저 담담하게 절차를 마치고 차도 일찌감치 내놓았다고 한다.

마마 자코메티의 승산은 멋지게 적중했다.

"지금까지 엄마가 면허증 반납에 관해 말하지 않았던 게 도움이 됐을지도 모르겠어요."

전화로 경과를 들려준 자코메티 씨가 생기가 도는 밝은 목소리로 말했다.

"엄마는 언젠가 이런 날이 와서 가족이 곤란해질 걸 몇 년 전부터 알고 있었대요. 그래서 그때가 오면 자신이 한 방에 해결할 수 있도록 그전까진 굳이 참견하지 않고 상황을 조용히 지켜봤다고 해요."

"과연 대단하시네요."

나는 말했다. 가까운 시일에 마마 자코메티 씨를 만나기로 했다.

"엄마도 우리하고 하나가 되어 아버지한테 이래라저래라 하면서 면허증 반납을 재촉했더라면, 아버지는 삐쳐서 고집을 부렸을 거예요. 그러지 않았기 때문에 엄마의 운전 만류 편지가 최고의 효과를 발휘한 것 같아요. 모든 게 다 하토코 씨 덕분입니다. 정말 고마웠어요. 엄마도 무척 감사하다고, 직접 인사를 전하고 싶다고 했어요."

몸이 얼어붙는 듯한 추위 속에 아무도 없는 밤길을 묵묵히 걸어서 편지를 전하러 간 일이 헛되지 않았다. 아, 잘되었다, 하고 나는 진심으로 안도했다.

"부모님, 제2의 신혼여행 가시겠네요!"

전화에 대고 내가 말하자,

"아버지는 자기가 여행 계획을 짜겠다며 의욕이 충만해서 종일 팸플릿을 보고 있어요."

자코메티 씨가 들뜬 목소리로 말했다.

"좋은 부부네요."

할머니도 미무라 씨와 사실은 그렇게 세월을 쌓아가고 싶었을지도 모른다. 그렇게 생각하니 괜히 코끝이 시큰해졌다.

"다음에 엄마가 요양원에서 잠시 귀가할 때 연락드릴게요. 괜찮으시면 저희 집에 놀러 오세요."

자코메티 씨의 말에 나는 웃는 얼굴로 끄덕였다.

가나가와현 가마쿠라시

니카이도 988

아메미야 카시코 님

새해 복 많이 받으세요. 올해는 요시야 신사에서 정월제가

열립니다. 몇 년에 한 번 열리는 축제인데, 미하라산의

분화를 신이 한 일이라 여기며 춤을 봉납하는 행사입니다.

오늘 아침에는 당신이 곁에 있다면 얼마나 좋을까 생각하며

첫 일출을 보았습니다. 바다에서 떠오르는 해가 참
아름답더군요.

카시코 씨, 올해야말로 이즈오시마섬에 오시지 않겠습니까?
제가 안내하겠습니다. 올 한 해도 당신이 건강하게
보내시기를 기도하면서.

류

가나가와현 가마쿠라시
니카이도 988

아메미야 카시코 님

카시코 씨, 잘 지내나요. 지난번에 온 당신의 편지는 몇 번이고
몇 번이고 읽었습니다. 당신의 마음은 충분히 이해합니다.
이해하지만, 받아들일 수가 없습니다. 이렇게도 서로
사랑하고 있는데……. 그런 슬픈 일, 상상하는 것만으로
괴로워집니다. 다음에는 꼭 미래를 향한 즐거운 얘기를
들려주세요. 부디, 부디 부탁합니다.

류

미무라 씨의 두 번째와 세 번째 엽서도 역시 책 사이에서 나

타났다.

할머니는 그에게 온 엽서를 책갈피로 사용한 걸까. 아니면 꽂아둔 페이지에 실은 중요한 메시지라도 숨어 있는 것일까.

어느 페이지에 꽂혀 있었는지 모르기 때문에 설령 그렇다고 해도 이제 와서 할머니의 메시지를 해독하기는 어렵겠지만.

대체 미무라 씨는 몇 통의 편지를 이즈오시마섬에서 할머니에게 보낸 걸까.

미무라 씨의 엽서에는 날짜가 없고, 소인도 거의 알아볼 수 없어서 명확하지는 않지만, 이렇게 점과 점을 이어가다 보니 희미하게나마 할머니와 미무라 씨의 관계가 떠오른다.

나는 시간이 나면 할머니 책장에 꽂힌 책을 한 권씩 뽑아서 페이지와 페이지 사이에 엽서가 꽂혀 있지 않은지 확인했다.

그 봉투는 만요슈(일본에서 가장 오래된 시가집 - 옮긴이)와 고킨와카슈(10세기 초에 편찬된 일본 왕실의 첫 공식 시가집 - 옮긴이) 사이에서 나왔다. 페이지 사이에 끼어 있는 게 아니라 책과 책 사이에 미끄러져 들어간 모양새로 끼어 있었다.

겉에는 '미무라 류조 씨'라고 쓰였고, 미무라 씨의 주소와 함께 우표도 붙어 있다. 그러나 인상 깊은 초록색 범종의 60엔짜리 우표에는 소인이 찍혀 있지 않았다. 뒤에는 보낸 사람으로 츠바키 문구점 주소와 할머니 이름이 쓰여 있다.

만약 편지가 봉해져 있었다면, 나는 그대로 어둠에 묻을 생각이었다. 하지만 할머니는 봉투를 봉하지 않았다.

다시 한 번 읽을 생각이었을지도 모르고, 달리 무언가 더 넣을 생각이었을지도 모른다.

어쨌든 봉하지 않았기 때문에 나는 편지지를 꺼내 읽기 시작했다.

할머니에게 마음속으로 사과하면서.

전략.

안녕하세요.

당신은 무사하신지요?

미하라산이 분화할 것 같다는 뉴스를 본 이후로, 최근 며칠

동안 텔레비전 앞에 붙어 앉아 상황을 지켜보고 있습니다만,

드디어 초저녁 무렵 대분화를 일으킨 것 같습니다.

몇 년, 아니, 십 년 이상이나 연락을 하지 않았으면서,

갑자기 이런 편지를 보내는 무례를 부디 용서해주세요.

하지만 저는 미무라 씨가 걱정돼서 미칠 것 같습니다.

지진도 계속되고 있다고요. 가마쿠라에서도 약간의 흔들림이

느껴졌습니다.

검은 연기가 피어오르고, 새빨간 불길이 대지에서 뿜어져

나오는 영상을 보며 떨림이 멎질 않습니다.

그 영상을 반복해서 볼 때마다 당신이 무사하기를 기도하는

마음뿐입니다.

계속해서 분화 활동이 활발해지고 있다고 합니다. 모토마치를 향해 용암이 흘러내리는 모습도 보입니다.

모토마치는 아마도 당신이 저를 맞이해준 항구였죠.

지인이 가나가와현 내의 고지대에서도 분화가 보였다고 하더군요. 한시라도 빨리 자위대 출동 요청이 내려지기를.

불안하기 그지없습니다.

드디어 모든 섬 주민에게 피난 지시가 내려졌다고 하는군요. 어쨌든 용암이 당도하기 전에 도망가세요. 부탁입니다.

캄캄한 가운데, 입은 옷 그대로 동해 기선을 탄 사람들 속에서 눈을 크게 뜨고 당신을 찾고 있습니다. 하지만 아직 발견하지 못했습니다.

부디 당신도, 그리고 당신의 가족도 무사하시기를.

부디 배를 타셨기를.

그저, 그 생각뿐입니다.

아메미야 카시코

전략.

섬에 남겨진 개와 고양이가 많다는 뉴스를 보았습니다.

당신이 집에서 키우던 소가 마음에 걸립니다.

이즈오시마섬의 해면 온도가 높아져 해수가 붉어진 모습을

영상으로 보았습니다. 지진도 아직 계속되고 있는 것

같더군요. 지하 활동은 진정될 기미가 보이지 않습니다.

아까 벼랑이 무너지는 모습을 보는데, 눈물이 멈추지

않았습니다. 당신과 손을 잡고 걷던 동백꽃 터널,

당신이 좋아하던 하지카마 신사, 바다를 앞에 두고 모닥불을

피우던 모래사장, 당신이 안내해준 수령 800년의 커다란

동백나무……

이런저런 것들이 떠올라 가슴이 미칠 듯이 아파 견딜 수

없습니다. 마치 당신과 내가 보낸 시간이 용암에 녹아내린

것만 같습니다.

미하라산을 당신은 신화(神火)님이라고 부르셨는데,

정말 그랬네요. 이제야 그 말의 뜻을 알겠습니다.

섬 사람들은 피난지인 이나토리에서 도쿄도가 준비한

시설로 옮겼다고 하던데, 당신도 가족과 함께 스포츠센터로

옮기셨을까요? 그곳으로 가면 당신을 만날 수 있을까요?

한 번이라도 좋으니 당신이 무사하다는 것을 이 눈으로

확인하고 싶습니다. 제가 가도 될까요?

부디 힘든 상황이겠지만, 몸도 마음도 건강하시기를

바랍니다.

카시코

전략.

실례합니다.

정말 무섭네요. 그나마 섬 주민들의 피난이 무사히 끝난 것이

불행 중 다행입니다. 대지에서 기세 좋게 올라가는 불기둥을

멍하니 보며, 당신과 보낸 시간을 떠올리고 있습니다.

앞으로 이즈오시마섬은 어떻게 될까요?

섬 주민들이 다시 이즈오시마섬으로 돌아갈 것이라고

들었습니다. 입은 옷 그대로, 물건도 챙기지 못하고 목숨부터

피난하셨을 걸 생각하니 정말 가슴이 아픕니다.

피난소 생활은 어떠신가요?

뭔가 부족한 것이나 필요한 것은 없나요?

조금이라도 제가 도움이 되고 싶습니다만, 어쩌면 제가

달려가는 것이 오히려 당신에게 폐가 되지 않을까,

그런 생각이 들어 좀처럼 몸을 움직일 수가 없습니다.

의지 약하고 겁이 많은 자신이 정말 한심할 따름입니다.

단 한마디라도 좋으니, 당신이 무사하다는 목소리를 듣고

싶습니다.

카시코

봉투에 담긴 편지지는 총 일곱 장이었다. 각각 다른 시기에

썼는지, 필기도구도 필체도 미묘하게 달랐다.

아마도 보내려고 썼겠지만, 결국 보내지 못했을 것이다. 당시에 이즈오시마섬의 미무라 씨 집 주소로 보내도 피난 중이라 아무도 없었을 것이고, 애초에 우편물 배달 자체를 하지 못했을지도 모른다.

조사해보니, 섬 밖으로의 피난 지시는 약 한 달 뒤에 해제되어, 피난 갔던 섬 사람들은 이즈오시마섬으로 돌아왔다. 그렇다면 미무라 씨도 역시 가족과 함께 이즈오시마섬으로 돌아왔을 터다.

몇 장의 편지지를 손바닥 위에 포개며, 이 편지를 쓸 당시 할머니의 마음을 생각했다.

할머니는 피난지까지 만나러 가고 싶었을 것이다. 그러나 실제로는 가지 않았다. 아니, 갈 수 없었을 것이다. 미무라 씨는 독신도 아니었고, 가족과 함께 피난한 미무라 씨를 보는 것이 두려웠을지도 모른다. 그래서 할머니는 자신을 "의지가 약한 겁쟁이"라고 자책하고 있다.

사실, 토마 씨가 일부러 가마쿠라까지 가져다준, 할머니가 미무라 씨에게 보낸 편지가 든 상자에는 개봉되지 않은 편지가 한 통 포함되어 있었다. 이것은 미하라산 분화 때 썼지만, 끝내 보내지 못한 편지와는 달리, 실제로 보내져 바다를 건너 미무라 씨 자택에 배달된 편지였다.

하지만 개봉되지 않은, 미무라 씨가 읽지 않은 편지였다.

소인을 보니 그렇게 오래전의 편지는 아니었다. 아마도 할머니가 만년에 써서 보낸 편지일 것이다.

어쩌면 미무라 씨가 할머니에게 보낸 엽서가 더 있을지도 모르지만, 일단 발견한 것을 보고하기 위해 토마 씨에게 연락했다. 책장의 책은 처음부터 끝까지 한 권씩 샅샅이 찾아보았다. 더 있다면 다른 곳에 있다는 뜻일 것이다.

"미무라 류조 씨가 할머니에게 보낸 편지를 찾았습니다."

메시지를 보내자,

"역시 있었군요!"

토마 씨에게서 곧바로 답장이 왔다.

"두 사람의 편지, 어떻게 할까요?"

다시 메시지를 보내자,

"저로서는 함께 성불하게 해주셨으면 좋겠습니다."

토마 씨가 제안했다.

실은 나도 두 사람 편지를 공양해주고 싶다고 생각했다.

나는 토마 씨에게 내가 해마다 하는 편지 공양에 관해 설명했다. 그랬더니 토마 씨에게 잠시 후 답장이 왔다.

"그렇다면 할머님과 삼촌, 두 사람만을 위해 음력 2월 3일, 특별히 공양하는 것은 어떨까요?"

음력 2월 3일이 언제인지 바로 달력을 찾아보았다. 마침 큐피의 입시일 며칠 뒤였다. 타이밍으로는 딱 좋을지도 모른다.

"어디서?"

일단 존칭 어미 없이 답장을 하자, 한참 시간이 지난 후,

"가능하면 이즈오시마섬에서 하고 싶은데."

토마 씨에게서도 존칭 어미 없이 답장이 왔다.

잠시 생각한 끝에 다시 답장했다.

"그럼 그렇게 하죠. 두 사람이 주고받은 편지를 전부 갖고 내가 이즈오시마섬으로 갈게요. 그곳에서 편지를 태워 재로 만들어요. 할머니도 그러길 바랄 것 같아요."

두 사람의 추억 장소에서 공양해주면 분명히 두 사람도 기뻐할 것이다.

"좋네요. 그때쯤이면 동백꽃도 한창 예쁠 겁니다. 이즈오시마섬을 안내할 테니, 그때 다시 연락합시다."

가슴속이 술렁거렸다. 잘못한 일은 아무것도 없는데, 남편 이외의 남성을 만나기 위해 이즈오시마섬에 갈 생각을 하니 왠지 목이 타고 물이 마시고 싶어졌다. 당일치기로 다녀올 수도 있지만, 1박 이상으로 머물러야 시간에 구애받지 않고 할머니와 미무라 씨의 흔적을 마주할 수 있을 것이다.

미츠로 씨에게 어떻게 설명하면 좋을까?

사정을 모두 이야기하면, 미츠로 씨는 웃으며 "좋아" 하고 보내줄 터이다. 하지만 그러자면 할머니의 부도덕한 사랑 이야기

를 미츠로 씨에게도 해줘야 한다.

할머니의 불륜은 죽어도 미츠로 씨에게 비밀로 하고 싶었다. 마치 할머니가 그걸 강하게 바라는 것 같은 기분이 들었다.

미츠로 씨가 기분 좋게 취해 밤늦게 귀가한 것은 그로부터 일주일 뒤의 일이다.

그야말로 고주망태가 되었다. 원래 미츠로 씨도 나처럼 술이 센 편은 아니다. 술은 세지 않지만, 싫어하지는 않는다. 하지만 취하면 마음이 풀어져서 일하기 싫어지므로, 가게에서는 아무리 손님이 권해도 마시지 않도록 주의하고 있다. 그런데,

"하토~ 하토~ 포포야아~"

이미 이불 속에 들어가 자고 있던 나에게 갑자기 덤벼들어 차가운 입술을 포개려 했다. 술 냄새가 고약했다. 미츠로 씨의 옷과 머리에서 바깥세상의 냄새가 풀풀 풍겼다.

억지로 혀를 집어넣으려 해서 완강하게 거부했다. 아무리 부부라고 해도, 아니, 부부이기 때문에 TPO를 지켜주길 바란다. 지금 내게는 조금도 그러고 싶은 마음이 없다. 부부 사이에서도 억지로 몸을 비벼대는 것은 불쾌하다.

잠시 긴장을 풀고 과음한 거겠지, 그렇게 너그럽게 봐주었더니, 다음 날도, 그리고 또 다음 날도 미츠로 씨는 마찬가지로 고주망태가 되어 귀가했다.

무슨 일이 있는지 슬슬 불안해졌다. 반쯤 잠들었는데 억지로

깨우는 것도 기분이 나빴지만, 미츠로 씨의 일도 걱정이 돼서 나는 일어나 미츠로 씨의 얘기를 듣기로 했다.

생전에 할머니가 애용하던 한텐(안에 솜을 넣어 만든 방한용 겉옷 - 옮긴이)을 입고, 고타츠 전원을 켰다. 미츠로 씨에게는 따뜻한 물을 준비했다. 미츠로 씨도 고타츠에 들어와 마주 앉았다.

"왜 그래? 무슨 일 있어?"

미츠로 씨의 눈을 보고 묻자, 미츠로 씨가 아픔을 참는 아이처럼 눈물을 뚝뚝 흘렸다. 취한 사람 상대하는 건 성가신 일이구나, 내심 씁쓸하게 생각하며 미츠로 씨 앞으로 티슈 통을 옮겼다.

"울기만 하면 모르잖아."

나는 말했다. 미츠로 씨가 우는 모습을 보는 것은 오랜만이다.

미츠로 씨는 조개처럼 입을 꼭 다물었고, 나도 졸려서 슬슬 이불로 돌아가려고 생각하던 찰나, 미츠로 씨가 구시렁구시렁 뭐라고 중얼거렸다.

"응? 뭐? 못 들었어."

내가 약간 튕겨내듯이 말하자,

"하토 말이야, 하토 말이야."

미츠로 씨가 또 아픈 것을 참는 아이처럼 울상을 지었다. 취한 사람을 상대하려니 슬슬 짜증이 나서 나는 강하게 말했다.

"그래서 뭐?"

나도 애들 보느라 바쁘다고, 하고 불평을 늘어놓고 싶어졌다.

"내일 아침에 제대로 얘기하자. 그만 잘래."

내가 일어서자, 미츠로 씨는 그제야 입을 열었다.

"하토, 좋아하는 남자 생겼어?"

"뭐어?"

미츠로 씨가 너무나 어이없는 소리를 해서 나는 엉겁결에 큰 소리를 냈다. 자다가 봉창 두드리는 소리를 한다 싶었다.

"그럴 시간, 있을 리 없잖아."

불쾌해진 내가 대꾸하자,

"그렇지만 하토가 작년 가을에 모르는 남자와 커피숍에서 즐겁게 있는 모습을 봤대. 단골손님이."

그 말에 나는 모든 걸 이해했다. 그런 거였냐. 낮말은 새가 듣고 밤말은 쥐가 듣는다더니. 가마쿠라라는 곳은 정말 말 그대로인 곳이다.

아는 사람들과 마주치지 않을 곳이라고 생각해서 일부러 붕붕 홍차점까지 갔더니 그래도 누군가가 보았다.

"그 사람은 전혀 그런 사이가 아냐. 가마쿠라역에 볼일이 있어 온다고 해서 옛날에 빌린 만화책을 돌려주러 갔을 뿐이야. 초등학교 동창."

입에서 나오는 대로 거짓말을 했다.

"그런 거야?"

콧물을 줄줄 흘리면서 미츠로 씨가 나를 보았다. 다 큰 어른도 이렇게 우는구나.

"그러면 왜 말하지 않았어? 누굴 만나면 만난다고 말해주면 좋았잖아."

휴지로 얼굴을 닦으면서 미츠로 씨가 호소했다.

"다 큰 어른이 일일이 누구 만나는지 말할 거 없잖아."

나는 입을 삐죽거렸다. 이러니 이즈오시마섬에 1박 하러 간다는 말은 입이 찢어져도 꺼낼 수 없을 것 같다.

"내일도 일찍 일어나야 하니까 그만 잘래. 잘 자."

잘 자, 하고 대답하는 미츠로 씨의 목소리가 힘없이 따라왔다.

하지만 이부자리로 돌아간 뒤에도 좀처럼 잠을 이루지 못했다.

미츠로 씨가 침실로 와도 눈을 감은 채 자는 척했다. 미츠로 씨의 코 고는 소리가 시끄러워서 도중에 몇 번이나 몸을 흔들어서 돌아눕게 했다.

간신히 잠이 든 것은 새벽 무렵이었다. 과연 그날은 종일 졸려서 숙취가 있는 것처럼 머리가 멍했다.

그럭저럭하는 사이에 큐피의 고교 입시일이 코앞으로 다가왔다. 여전히 반항기는 계속되었지만, 심한 언동은 진정되었다.

반항기가 한창때일 무렵의 큐피를 송이밤이라고 한다면, 지금은 장미라고 할까. 작년 여름방학 때는 완전히 무시당했지만, 최근에는 세 번에 한 번은 대답을 해준다. 큰 발전이다.

그날 아침에도 내가 부엌에서 설거지를 하고 있는데 큐피가 쓱 옆으로 오더니, 느닷없이 나를 향해 말했다.

"저기, 고등학교 합격하면 나도 서핑해도 돼? 아니, 하기로 했어."

여전히 말투는 퉁명스러웠지만, 이렇게 길게 말하는 건 오랜만이다. 다만, 뜬금없이 서핑이라니, 어떻게 대답해야 할지 모르겠다.

"아빠는? 의논했어?"

설거지하던 손을 멈추지 않고 내가 묻자,

"아빠가 서핑, 가르쳐준대."

큐피가 또 퉁명스럽게 대답했다.

"그럼 괜찮지 않아? 아빠랑 같이 바다에 들어가면 되겠네."

내가 말하자,

"진짜로?"

큐피가 눈을 동그랗게 떴다.

"좋다고 생각해."

내가 되풀이해서 말하자,

"분명히 반대할 줄 알았는데."

큐피가 어딘가 한 점을 노려보면서 말했다. 하지만 그 전에 합격부터 해야지, 하는 말은 삼켰다. 쓸데없는 소리 한마디 보냈다가 또 관계가 틀어지는 것은 피하고 싶었다.

"시간, 괜찮아?"

시계를 보면서 나는 말했다.

"아, 가야 돼."

큐피가 현관으로 향했다.

어느새 저렇게 키가 컸을까. 교복 치마가 상당히 짧아졌다.

"다녀와. 조심하고."

내가 등 뒤에 대고 말하자,

"다녀오겠습니다."

큐피가 마치 남학생 같은 낮은 목소리로 돌아보지도 않고 중얼거렸다. 그런 쌀쌀한 한마디라도 없는 것보다는 나아서 훨씬 마음이 밝아졌다.

오랜만에 제대로 엄마와 딸 사이의 대화를 나눠서 기뻤다. 사실은 그 자리에서 폴짝폴짝 뛰고 싶은 기분이었다.

늘 같은 아침이었겠지만, 왠지 새로운 아침 같기도 하고, 과장스럽지만 새로운 시대를 맞이하는 듯해서 기분이 장대해졌다.

큐피를 배웅한 뒤, 나는 얼른 펜을 꺼내 그 자리에서 편지를 썼다. 좋은 일은 서둘러야 한다. 이 기분이 내 가슴속에서 사라지기 전에 말의 캡슐에 담아 봉해두고 싶었다.

큐피가 힘을 낼 수 있도록, 평소에는 사용하지 않던 보라색 펜으로 글씨를 썼다. 나도 중학생으로 돌아간 듯한 기분이었다.

큐피에게

수험 공부하느라 고생이 많구나. 매일 밤, 매일 밤,

정말 늦게까지 공부해서 참 열심히 하는구나, 생각했단다.

졸릴 텐데 아침에 일찍 일어나서 하루도 지각하지 않고

등교하고, 정말 장하다고 엄마는 늘 감탄하며 지켜보고 있어.

괜히 네게 갑자기 편지를 쓰고 싶어졌단다.

네가 지금 이걸 읽고 있다는 건 아마 점심시간이란 거겠지.

혹시 아직 도시락에 손대지 않았다면 이걸 읽기 전에

도시락부터 먹으렴. 배고프면 안 되니까.

큐피와 가족이 되어 이 집에서 함께 산 지 벌써 몇 년이

지났지?

초등학교 1학년인 큐피에게는 책가방이 컸던 게 마치

어제 일처럼 떠오르는구나.

큐피는 별달리 다치는 일도 없고,

아파서 입원하는 일도 없이 쑥쑥 자라주었지.

그게 무엇보다 큰 효도였다고 엄마는 생각한단다.

건강하게 자라주어서 고맙다.

큐피와 가족이 돼서 엄마 정말, 정말 행복해.

이 입학시험을 무사히 돌파하고 큐피의 인생이 또 한 걸음,

꿈에 가까워지기를 기도할게. 오후 시험도 힘내서 잘 치렴.

응원할게!

PS

시험 끝나면 엄마랑 이즈오시마섬에 둘이 여행 가지 않겠니?

엄마, 꼭 가야 할 볼일이 생겼어.

생각해보니 큐피랑 둘이서만 여행을 한 적이 아직 없더라.

졸업 기념 여행을 가자.

자세한 건 나중에 또 얘기할게.

엄마가

요즘 인기 있는 일러스트레이터의 그림이 그려진 봉투에 편지를 넣었다. 이 봉투는 츠바키 문구점에서도 판매하고 있다. 귀엽지만 지나치게 귀엽지는 않은 디자인의 스티커를 붙여 마무리했다. 입시 당일, 며칠 전에 써둔 이 편지를 수험장에서 먹을 도시락에 슬며시 넣었다. 특별히 무엇을 전하고자 한 것은 아니었다. 다만 큐피에게 진심을 담아 편지를 쓰고 싶었다. 지난 1년간 우리 사이엔 모녀다운 대화나 다정한 몸짓이 거의 없었지만, 그 사실에 관해서는 굳이 언급하지 않았다.

토마 씨에게는 "중학교 3학년인 딸도 함께 갈지 모릅니다"라고 메시지를 보냈고, 미츠로 씨에게는 "큐피와 단둘이서 1박 2일 여행을 가보고 싶다"라고 말해두었다. 어쩌면 내가 아무리 가자고 해도 큐피가 가지 않겠다고 할 가능성도 있지만, 그때는 그것대로 받아들일 각오를 하고 있다.

올해도 음력 2월 3일이 다가왔다. 이 날을 앞두고, 새해부터 드문드문 공양할 편지들이 도착했다. 그중에는 해외에서 온 편지도 있었다. 모두 자기가 직접 처리할 수 없는 편지들로, 나는 그들을 대신해 정원에서 태워 공양을 올렸다.

할머니가 경건하게 이어오던 연중행사 중에는 내 대에서 그만둔 것도 많지만, 이 편지 공양만큼은 계속 이어가고 있다. 해마다 오는 편지의 수가 눈에 띄게 줄어들었지만, 0이 되지는 않았다. 보내온 편지가 0이 되지 않는 한, 나도 이 행사를 계속할 각오다.

올해는 이즈오시마섬에서 특별한 편지 공양이 기다리고 있지만, 그전에 언제나의 편지 공양이 먼저다.

양동이에 물을 가득 담아 들고 뒤뜰로 가서 툇마루에 앉아 편지 분리 작업을 시작했다. 편지에서 기부할 우표를 깔끔하게 도려냈다. 마른 낙엽과 가지를 섞어 작은 산을 만든 뒤, 불씨를 붙였다. 불을 붙이는 일도 이제는 제법 능숙해져서, 이번에는 단번에 멋지게 불꽃이 일어났다.

불꽃을 바라보며 문득 그때의 기억이 떠올랐다. 내가 이 집에 돌아온 지 얼마 되지 않았을 때, 똑같이 이곳에서 음력 2월 3일에 편지를 공양하던 날이었다. 그때 이웃집 바바라 부인이 슬쩍 얼굴을 내밀며, 모닥불을 피울 거라면 집에 있는 바움쿠헨을 구워도 되겠냐고 물었다. 그러라고 하자, 이참에 주먹밥, 감자, 사츠마아게(두꺼운 어묵－옮긴이), 카망베르 치즈도 함께 굽자고 해서 그렇게 하기로 했다. 그러다 바바라 부인이 가져온 로제 샴페인까지 마시며, 정말 즐거운 편지 공양이 되었다.

돌이켜보면 10년 전, 나는 가마쿠라에서 외톨이로 살았다. 바바라 부인과의 교류가 그나마 유일하게 따뜻한 인연이었다. 그런데 이제는 어느새 가족들에 둘러싸여 살고 있다. 츠바키 문구점을 이어받았을 무렵, 나는 이 오래된 일본 가옥에 홀로 살았지만, 한 사람, 두 사람 식구가 늘어나 지금은 다섯 명이 한 지붕 아래에서 함께 살고 있다. 생각해보면 기복이 많았던 격동의 10년이었다.

게다가 츠바키 문구점의 손님들도 예전에는 모르는 사람이 대부분이었는데, 지금은 남작, 마담 칼피스, 마이 등 단골손님이 많아졌다. 나는 얼마나 큰 은혜를 받고 있는가, 생각하니 연기와 함께 눈물이 차올랐다. 꼬치구이 가게 주인처럼 열심히 부채질하며, 언령들이 연기와 함께 3월의 아침 하늘로 빨려 들어가는 모습을 지켜보았다.

어젯밤에는 큐피에게 약속 장소를 자세히 적은 메모를 건넸다. 큐피는 오전에 학교에서 졸업식 준비가 있어 등교해야 했고, 나도 조금 일찍 집을 나서 토마 씨에게 줄 선물을 사야 해서, 이즈오시마섬으로 가는 제트선이 출항하는 도쿄 다케시바 여객터미널에서 만나기로 했다. 이제 큐피도 열다섯 살. 혼자 전철을 타는 것쯤은 어렵지 않을 것이다.

방과 후 서두르지 않고 이동할 수 있도록, 우리는 늦은 오후 배편으로 가기로 했다. 이즈오시마섬까지는 다케시바 여객터미널에서 제트선으로 1시간 45분이 걸린다. 아타미에서도 제트선을 탈 수 있고 시간도 반밖에 걸리지 않지만, 출항 시간이 맞지 않았다.

보내온 편지들이 전부 재가 되는 걸 지켜본 뒤, 양동이 물을 꼼꼼하게 부어서 불을 껐다. 그리고 문총 쪽으로 이동하여 올해도 무사히 편지 공양을 마쳤음을 편지의 신에게 보고했다.

야생동백은 세상의 봄을 구가하듯이 흐드러지게 피었다. 새빨갛지도 않고, 주홍도 아니고, 와인레드도 아닌, 이 야생동백만의 독특하고 아름다운 붉은색이 초록의 나뭇가지 가득히 흩어져 있다.

나는 살며시 야생동백 그루를 쓰다듬으며 속삭였다.

다녀올게.

순간, 야생동백에 올라가 발끝을 달랑거리는 천방지축 소녀였던 할머니가 보인 것 같았다. 집에 돌아와서 옷을 갈아입고 잊은 것이 없는지 체크하고 출발 준비를 했다.

미츠로 씨는 이미 가게에 간 것 같다. 결국 마지막까지 할머니의 불륜에 관해서는 미츠로 씨에게 얘기하지 않았다.

할머니와 미무라 씨가 주고받은 편지와 엽서는 전부 한 상자에 담아 보자기로 싸서 여행 가방 제일 아래에 넣었다. 이것만큼은 무엇이 어찌 돼도 잊어선 안 된다.

다시 화기를 점검하고 마지막으로 열쇠로 집을 잠그고 출발했다.

요코스카선을 타고 도쿄 방면으로 가는 것 자체가 오랜만이었다.

신바시에서 내려 다케시바 여객터미널까지 조금 걸었다. 가마쿠라역에서 전철로 한 시간 남짓 걸렸다.

토마 씨에게 줄 선물은 하토사브레로 했다. 이즈오시마섬도 도쿄도여서 도쿄 선물보다는 가마쿠라 선물 쪽을 좋아할 것 같아서 역으로 가는 도중에 도지마야 본점에 들러서 샀다.

너무 멋없나 생각했지만, 하토사브레를 이길 만한 가마쿠라 과자가 있을 리 없다. 물론 구루미코도 가마쿠라를 대표하는 훌륭한 명과지만, 확실하게 정하고 싶다면 역시 하토사브레 쪽일 것이다. 배에서 먹으려고 고바토마메라쿠도 갖고 왔다.

제트선이 떠나는 아슬아슬한 시간까지 출렁다리에 서서 기다렸지만, 끝내 큐피는 나타나지 않았다. 큐피에게 가겠다는 확실한 대답도 듣지 않았고, 나도 나대로 마음 내키면 오렴, 이라고밖에 말하지 않았다.

오는 도중에 사고가 난 건 아닐까, 하는 불길한 생각이 스쳤지만, 아마 그건 아닐 거란 걸 머리 한편으로 알고 있었다.

나는 더 이상 큐피를 기다리지 않고 예정대로 배를 탔다. 두 사람 분의 표를 사서 기다리고 있어서 한 장은 쓸모없어졌지만, 어쩔 수 없다. 둘만의 졸업 기념 여행이라고 들떠 있었는데, 큐피에게는 그럴 마음이 없었던 모양이다.

결국 나 혼자만의 여행이 되었다.

큐피는 절대로 괜찮을 것이다.

제트선 좌석에 앉아 창밖으로 서서히 멀어지는 출렁다리를 바라보며 그런 생각을 했다.

게다가 원래 이즈오시마섬 여행은 나 혼자 가야 하는 일정이었다. 큐피와의 졸업 기념 여행으로 얼버무리려 했던 내 생각이 짧았음을 반성했다.

배는 눈 깜짝할 사이에 항구를 떠났다.

과연 제트선이다. 시속 80킬로미터 속도로 해면을 미끄러지듯 직진했다. 부드러운 봄빛이 도쿄만을 자비롭게 비추었다.

나는 연애편지 상자를 무릎 위에 올리고, 보자기를 풀었다.

사실, 아직 읽지 않은 편지가 한 통 있다. 할머니가 우체통에 넣어 보냈지만, 미무라 씨가 개봉하지 않은 편지다.

처음엔 읽지 않으려 했다. 내 앞으로 온 편지가 아닌 이상, 읽지 않는 것이 예의라고 생각했다.

하지만 시간이 흐르면서 마음이 조금씩 바뀌었다.

멋대로 해석하는 것일지 모르지만, 할머니는 미무라 씨와의 관계를 나와 토마 씨가 알아주고 이해해주길 바랐던 것이 아닐까. 누군가 단 한 사람이라도 좋으니, 제삼자의 눈으로 자기들의 사랑이 진짜라고 인정해주길 바라지 않을까. 그래서 지금 나와 토마 씨가 이렇게 분주한 게 아닐까.

집에서 가져온 페이퍼 나이프를 봉투 입구에 조심스럽게 밀어 넣고 힘을 주어 개봉했다.

그 순간, 안에서 할머니의 기척을 느낀 것은 단지 기분 탓이었을까.

아니, 그렇지 않았다. 나는 분명히 봉투 속에 잠들어 있던 할머니의 숨결을 느꼈다.

가지런히 세 번 접은 편지를 펼쳐 천천히 읽기 시작했다.

이 편지가 개봉되지 않은 이유는, 할머니가 이 편지를 보냈을 때 이미 미무라 씨는 이 세상에 없었을 것이다.

할머니는 그 사실을 모른 채 편지를 쓴 것이다.

류조 씨, 그 후 긴 세월이 흘렀습니다. 시간이 갈수록 당신과 보낸 기억이 선명해지는 것은 참 신기한 현상입니다.

이제 와서 이런 편지를 당신에게 보내는 것이 무례인 줄 알면서도 나는 이 편지를 쓰고 있습니다. 벌써 몇 십 년 전 일이어서 당신은 이제 나 따위의 이름도 얼굴도 잊었을지 모르겠군요.

나는 지금 병원 침대에서 이 편지를 쓰고 있습니다.

이제 시간이 얼마 남지 않은 것 같습니다.

당신에게 이 편지를 보낼지 말지 한참 고민했습니다.

병원 중정에 여름 동백나무가 서 있는데, 그 나무에 예쁘게
꽃이 피었어요. 그 모습을 보고 있으면 이내 당신이
떠오릅니다. 지금 당신은 어떻게 지내고 있을까, 어디서 어떤
풍경을 보고 있을까. 그런 생각만 하고 있습니다.

(진통제가 듣기 시작해서 졸립니다. 여기서 잠시 휴식하겠습니다.

깨면 계속 쓰도록 할게요.)

실례했습니다.

이즈오시마섬에서 당신이 내게 쿠사야(이즈오시마섬
특산품으로, 생선을 염장한 것. 냄새가 고약하기로 유명하다—옮긴이)
를 꼭 먹이고 싶어 했던 게 문득 생각났습니다. 당신은 집에서
쿠사야를 구워서 김에 말아 숙소까지 가져와주었죠.

하지만 나는 고집스럽게 입을 열지 않았습니다.

냄새가 고약해서 먹고 싶지 않기도 했지만, 당신이 가족과
사는 집 부엌에서 만든 것을 입에 대고 싶지 않았습니다.

그때 우리는 드물게 살짝 다투었죠. 하지만 곧 그런 시간이
얼마나 아까운지를 깨닫고 이내 화해했습니다.

그때 우리 둘 다 20대였네요.

나는 당신을 정말 좋아했었나 봅니다. 당신과는 모든 것이

너무나 잘 맞았습니다. 너무 잘 맞아서 무서울 정도로

몸도 마음도 당신에게 꼭 맞았죠.

하지만 나는 내 손으로 당신과의 인연을 끊었습니다.

끊기 위해 아이를 낳았습니다.

그 후로 당신과는 한 번도 만나지 않았죠.

쇼와(일본의 연호로 1926년~1989년까지를 말함 – 옮긴이) 시대가

끝날 무렵, 미하라산이 대분화했을 때 당신이 너무 걱정되어

편지를 쓴 기억이 납니다. 하지만 결국 그 편지는 보내지

않았습니다.

당신에게는 당신의 인생이 있고, 내게도 내 인생이 있습니다.

이제 와서 내가 뻔뻔하게 얼굴을 내밀어서 어쩌겠다는

걸까요. 지난 시간을 되찾으려는 것만큼 어리석은 일도

없다고 생각합니다. 그런 일이 가능할 리 없잖아요.

우리는 어쨌든 앞으로 나아갈 수밖에 없습니다.

앞을 향해 나아가다, 언젠가 죽음을 맞이하겠죠.

그것이 산다는 것이라고 생각합니다.

지금 이렇게 당신에게 편지를 쓰는 나는, 결국 맺고 끊기를

제대로 하지 못하는 사람이네요. 정말 미숙한 인간입니다.

최근 병실에서 이로하 노래를 쓰고 있습니다. 처음에는 그저

심심풀이로, 시간을 보내느라 써본 것뿐이었어요.

그런데 놀랐습니다.

어쩌면 그렇게 깊은 뜻이 담긴 노래일까요.

꽃은 아무리 아름답게 피어도 결국엔 지고 맙니다.

이 침대에서 여름 동백나무를 보고 있으면 인생무상을

절실히 느낍니다.

더 바라는 것은 아무것도 없습니다.

오로지 당신에게 감사의 마음을 전하고 싶을 뿐입니다.

일생에서 보면, 당신과 보낸 시간은 극히 한순간의 빛에

지나지 않을지도 모릅니다. 하지만 나는 그 한순간의 빛을

숯으로 삼아 지금까지의 인생을 살아왔습니다.

당신을 만난 것을 진심으로 감사하게 생각합니다.

부디 마지막 순간까지 좋은 인생을 걸어가 주시기를.

아메미야 카시코

마지막 편지지에는 이로하 노래가 한자로 쓰여 있었다.

그리운 할머니의 글씨체가 펼쳐졌다. 마치 할머니가 두 팔을 벌리고 그곳에 있는 것 같았다.

여기에 할머니가 살아 있다.

나는 그 이로하 노래를 몇 번이나 읽고 또 읽었다.

이것은 할머니가 남긴 인생 마지막 연애편지라고 생각하면서.

새삼 꼿꼿했던 할머니의 인생에 박수갈채를 보내고 싶어졌다.

명일엽

흔들리는 제트선에 몸을 맡긴 채 한 시간 정도 꾸벅꾸벅 졸았다. 잠결에 오카다항에 도착할 거라는 안내방송이 희미하게 들려왔다.

이즈오시마섬에는 제트선이 정박할 수 있는 항구가 두 군데 있다. 그날의 파도 상태에 따라 어느 항구에 배를 댈지 정한다고 한다. 토마 씨는 그에 맞춰 마중을 나오기로 했다. 아무리 눈을 비비며 뒤를 돌아봐도 이제 다케시바 여객터미널은 보이지 않았다.

이즈오시마섬까지 얼마 남지 않았대.

나는 허벅지 위에 올려둔 상자를 향해 말했다. 편지들은 지금도 상자 안에서 나란히 포개져 있을까.

— 서로 사랑하셨던 것 같습니다.

붕붕 홍차점에서 들었던 토마 씨의 목소리가 문득 떠올랐다.

두 사람은 그들만의 방식으로, 조용하면서도 때로 격렬하게 사랑을 나누었으리라. 사랑에도 다양한 형태가 있는 법이다.

제트선은 서서히 속도를 줄이며 오카다항에 도착했다. 깎아지른 듯한 절벽이 눈앞에 펼쳐졌다.

이제 곧 하나가 될 수 있어요.

나는 다시 편지들에게 말을 걸며 상자를 정성스럽게 보자기로 싸서 발치에 두었다. 하늘은 두꺼운 구름으로 덮여 있었다.

배에서 내려 사람들을 따라 걸어가니, 한 남자가 소형 트럭에서 내려 손을 흔들었다.

처음엔 그가 토마 씨라는 걸 알아보지 못했다. 가마쿠라의 붕붕 홍차점에서 만났을 때와는 전혀 다른 분위기였다. 머리카락은 헝클어졌고, 온몸에서 야성미가 뿜어져 나왔다. 얼굴을 뚫어지게 들여다보고 나서야 토마 씨임을 알아챘다.

"오랜만입니다."

"배, 흔들리지 않았습니까?"

"괜찮았어요."

인사를 주고받고, 나는 소형 트럭 조수석에 올라탔다.

"따님은?"

차를 출발시키며 토마 씨가 물었다.

"오지 않았어요. 그래서 이번에는 혼자만의 여행이 됐네요."

짧게 설명하자,

"안됐군요."

토마 씨가 말했다.

"모처럼 동백꽃이 예쁜 섬에 데려오고 싶었을 텐데."

소형 트럭은 속도를 높이며 도로를 빠르게 내달렸다.

"잘 부탁합니다."

"저야말로."

토마 씨의 목소리를 들으면서 지금쯤 미츠로 씨는 무엇을 하고 있을까 생각했다. 이즈오시마섬에는 가마쿠라와는 전혀 다른 시간이 흘렀다.

소형 트럭은 섬 남쪽을 향해 질주했다.

"오시자마자 그렇긴 합니다만, 해야 할 일 먼저 해버릴까요."

토마 씨가 말해서,

"그러게요. 일단 편지 공양을 할까요. 그러기 위해 왔으니."

나도 동의했다.

이즈오시마섬의 첫인상은 절대 화려하지 않았다. 뭔가 전체적으로 부옇다. 주민은 어느 정도일까. 차에서 얼핏 보기로도 빈집이 상당히 많아 보였다.

"이즈오시마섬, 처음이세요?"

핸들을 조작하면서 토마 씨가 질문했다.

"네, 이렇게 도쿄에서 가까운 줄 몰랐어요."

213

소형 트럭은 색 바랜 상점가를 달려갔다. 가게 대부분은 셔터가 내려져 있었다.

"비행기 타면 25분 만에 도쿄지요. 여기도 도쿄도이긴 합니다만."

대화를 나누는 동안에도 곳곳에 동백꽃이 보였다.

"역시, 동백, 많네요."

나는 반가운 마음으로 중얼거렸다. 동백꽃을 보는 것만으로 왠지 행복해졌다.

"인구 7천 명의 섬에 동백나무가 300만 그루나 있대요. 동백은 굉장히 강하죠. 그래서 섬사람들은 방풍림으로 집 주변이나 밭 둘레에 동백나무를 심어요. 이곳은 바람이 정말 거센데, 동백나무는 땅속 깊이 단단히 뿌리를 내려 어지간해서는 쓰러지지 않거든요."

"맞아요, 잎도 정말 강하잖아요. 가마쿠라 본가에 있는 동백나무도 다른 나무들이 태풍에 쓰러질 때 꿈쩍도 하지 않았어요."

내가 말했다.

"동백은 버릴 게 없는 것 같아요. 꽃잎으로는 잼도 만들고 염료로도 쓰잖아요."

"츠바키모치(찹쌀가루에 감미료를 섞어 둥글납작하게 만들어 동백잎 두 장으로 싸서 찐 떡 – 옮긴이)도 맛있죠."

요염한 동백잎에 싸인 연한 주홍빛 떡을 떠올리며 내가 말하자, 토마 씨는 빙그레 웃었다.

"여름이 끝날 무렵부터 동백나무에 열매가 맺히면, 섬사람들은 떨어진 동백 열매를 주워서 일주일 정도 건조시켜요. 그 열매를 업자들에게 팔면 동백기름이 되죠. 그렇게 현금으로 돌아오는 시스템이랍니다."

토마 씨는 모퉁이를 돌 때마다 능숙하게 핸들을 조정하며 설명했다.

"동백나무는 참 좋은 점뿐이네요. 세찬 바람으로부터 보호해주고, 아름다운 꽃을 피워 즐겁게 해주고."

내가 말하자,

"그래서 섬에서는 좀처럼 베는 일이 없습니다. 이즈오시마섬에서는 동백나무를 아주 소중하게 다루고 있어요."

토마 씨가 사랑하는 자식을 생각하는 듯한 시선으로 말했다.

"그런 얘기를 들으면 기뻐요. 우리 가게 이름도 츠바키 문구점이어서."

창 너머로 보이는 바다는 참으로 아름다웠다. 구름 사이로 쏟아지는 빛줄기들이 마치 나무 기둥처럼 솟아오르고 있었다.

"이름의 유래는 뭔가요? 츠바키 문구점?"

바다 쪽을 흘끗흘끗 보면서 토마 씨가 질문했다.

"할머니가 지은 건 알고 있었는데요. 가게의 상징인 동백나무가 입구에 있어서 츠바키 문구점이라고 지은 줄 알았거든요. 그런데 이번에 할머니와 미무라 씨의 연애 얘기, 그리고 미무라 씨가 이즈오시마섬 출신이며 이즈오시마섬이 동백나무로 유명하다는 걸 알고 나니 혹시 츠바키에는 더 깊은 뜻이 있지 않을까, 좀 전에 차에서 섬 풍경을 보면서 그런 생각이 들었어요."

단순히 가게 입구에 있는 동백나무가 츠바키 문구점의 유래인 줄 알았는데, 얘기는 그렇게 단순한 게 아닐지도 모른다.

"참고로 상징인 그 동백나무는 어떤 동백인가요?"

"외겹 꽃이 피는 진홍색 야생동백이에요."

나는 대답했다.

"그렇군요. 삼촌은 재주가 많아서 뭐든 직접 만드는 사람이었습니다만, 한때, 동백나무 교배에 빠진 적이 있어요."

"그러셨어요?"

"동백나무는 교배가 비교적 간단해서 계속 새로운 품종이 생겨나죠. 혹시 그 동백나무도 삼촌이 하토코 씨네 할머니를 위해 특별히 만든 게 아닐까 생각했습니다. 동백은 꺾꽂이로 쉽게 번식시킬 수 있거든요."

"그렇다면 정말 로맨틱하네요. 언제였더라, 할머니가 그 동백나무는 모토하치반이라는 가마쿠라 신사에서 한 포기 얻어온 거라고 말한 기억이 나요. 그런데 그게 미무라 씨와의 관계를 숨기기 위한 거짓말일 수도 있겠네요."

"두 분 다 돌아가셔서 확인할 수는 없겠군요. 하지만 우리 사이에서는 그런 걸로 해둘까요?"

"그러게요. 사실이 아니어도 그게 진실일 것 같은 생각이 들어요."

나는 조용히 동의했다.

"도착했습니다."

토마 씨가 섬을 일주하는 도로에서 샛길로 들어선 후 주차장에 소형 트럭을 세웠다.

"바람이 강하니까 되도록 두껍게 입으세요."

토마 씨의 말에 나는 옷을 최대한 껴입었다. 바람은 정말로 채찍을 휘두르듯 사정없이 쌩쌩 불었다.

이 거센 바람을 막아주는 것이 동백나무라 생각하니, 동백나무에 대한 존경심이 솟구쳤다.

나는 가방 바닥에서 할머니와 미무라 씨가 나눈 연애편지 상자를 꺼내 품에 안았다. 토마 씨는 손에 커다란 바구니를 들고 있었다.

토마 씨 뒤를 따라 모래사장으로 내려갔다. 소나무 아래에 노랗고 작은 꽃을 피운 가련한 식물들이 무리지어 있었다.

"갯국입니다. 귀엽죠."

멈춰 서서 그 광경을 보고 있으니 토마 씨가 꽃 이름을 가르쳐주었다.

토마 씨의 손을 빌리면서 해변으로 내려갔다. 마치 하와이섬 같은 새까만 모래사장이었다.

"전부 미하라산 분화로 흘러나온 것이어서 색이 까맣습니다. 현무암은 철분이 포함되어 있어서 자석에 잘 붙어요. 이 해안으로 바다거북이 산란하러 오기도 한답니다."

"여기, 무슨 해안이에요?"

내가 묻자,

"사노하마라고 합니다."

토마 씨가 가르쳐주었다.

"혹시 스나노하마(砂の浜)라고 쓰나요?"

흥분할 것 같은 나를 자제시키며 물었다.

"맞습니다. 스나노하마라고 쓰고 사노하마라고 부릅니다."

역시 그랬다. 할머니가 분화 때, 미무라 씨의 안부를 걱정하면서 쓴 편지에 둘이 모닥불을 피운 모래사장을 스나노하마라고 썼었다.

"제가 좀 큰 돌을 모아올 테니 하토코 씨는 불붙일 잔가지를 모아주겠어요?"

토마 씨의 지시에 나는 네, 하고 짧게 대답했다.

밀물 시간인 것 같다. 바닷물이 가득 차 있다.

새까만 모래사장에는 동그란 돌들이 여기저기 굴러다녔다. 뒤쪽으로는 미하라산의 능선이 보였다. 더 높은 산일 줄 알았는데, 의외로 낮았다.

바다 너머에 보이는 저 섬은 무슨 섬일까? 삼각형 키세스 초콜릿처럼 생긴 섬을 필두로 몇몇 섬들이 줄지어 그림자를 드리우고 있었다. 나와 토마 씨 외에는 아무도 없었다.

나는 해변을 천천히 걸으며 잔가지를 주워 모았다. 토마 씨가 있는 곳에서는 이미 희미한 연기가 피어오르고 있었다. 해는 아까 섬에 도착했을 때보다 더 낮아져, 비스듬하게 기울고 있었다.

"한 번 더 모아올게요."

모은 잔가지를 토마 씨에게 가져다주며 말하자,

"아마 충분할 겁니다. 일단 차라도 마실까요?"

토마 씨가 바구니에서 물통을 꺼내 종이컵에 갈색 액체를 따르며 말했다.

"입에 맞을지 모르겠지만, 명일엽차입니다. 섬 특산물인데, 괜찮으시면 드셔 보세요. 몸에 아주 좋습니다."

그는 예쁜 색의 종이컵을 건넸다.

감사 인사를 하고 받아든 뒤, 명일엽차를 한 모금 머금었다. 김이 모락모락 피어오르는 모습을 보며 위안을 얻고, 홍차처럼 강렬한 맛에 또 한 번 위안을 받았다.

"맛있네요. 몸이 따뜻해져요."

얼굴에 김을 쬐며 말했다.

"괜찮으시면 도넛도 있습니다."

거절할 이유가 없어 도넛도 받았다.

씹는 순간, 그리운 맛이 입안에 퍼졌다. 뇌리에는 할머니와 함께 살던 본가의 거실 풍경이 떠올랐다. 어쩌면 이 도넛도 손수 만든 것일지 모른다.

그렇게 생각했지만, 아무 말 하지 않고 도넛만 먹었다. 은은하게 향신료 맛이 났다. 명일엽차와 잘 어울렸다.

"실은 이 사노하마에 할머니와 미무라 씨도 온 적이 있는 것 같아요."

명일엽차를 마시면서 바다를 보며 나는 좀 전의 대발견을 토마 씨에게 얘기했다.

"할머니, 대분화가 있었을 때, 미무라 씨에게 편지를 썼어요. 결국은 보내지 않았지만, 거기에 사노하마에서 모닥불을 피웠다고 쓰여 있었어요."

나와 토마 씨도 지금 같은 것을 하고 있다.

"그 편지, 보실래요?"

나는 상자 보자기를 풀면서 토마 씨에게 물었다.

"아뇨, 괜찮습니다."

잠시 시간을 둔 뒤, 토마 씨가 속삭이듯이 대답했다. 나는 보자기를 풀어 연애편지 상자를 무릎 위에 감싸안았다.

"이즈오시마섬 분화 때, 하토코 씨는?"

"찾아보니 분화는 제가 태어나기 1년 정도 전이었더군요."

"그래요? 저는 아직 어렸지만, 어렴풋이 기억나요. 삼촌 가족이 한동안 도쿄 우리 집으로 피난 와 있었거든요. 한참 옛날 일이지만요."

그제야 나는 토마 씨가 나보다 연상임을 깨달았다. 붕붕 홍차
점에서 처음 만났을 때는 내가 나이가 더 많을 것이라고 예상했
었다. 동안이어서 훨씬 연하인 줄 알았다.

"그렇군요. 줄곧 스포츠센터에 피난해 있었던 게 아니었군요."

설령 할머니가 용기를 쥐어짜 피난소에 미무라 씨의 안부를
확인하러 갔더라도 실제로는 만나지 못했을 것이다.

"숙모가 그 무렵 몸이 좋지 않아서 우리 집에 있었던 게 아닐
까요. 기억이 정확하진 않지만. 체육관에서 할당된 공간도 1인
당 1첩(1첩은 90×180cm – 옮긴이)이었던 것 같고, 피난소 생활은
아이들에게도 큰 스트레스였을 테니까요."

약간 말끝을 흐리면서 토마 씨가 가르쳐주었다.

"삼촌은 어떤 분이셨어요?"

할머니가 생애를 바쳐 사랑한 사람이다. 어떤 인물이었는지
조금이라도 더 많이 알고 싶다.

"굉장히 자상한 분이었어요. 삼촌 집에서 소를 키웠거든요, 반
려동물로. 그래서 섬 주민 전체에 피난 지시가 내렸을 때, 도저
히 소를 두고 떠날 수 없다고 마지막까지 저항했다고 합니다. 우
리 집에 있을 때도 소를 생각하며 울었다는 얘기를 들었어요."

"그 소 이야기도 할머니 편지에 언급돼 있었어요."

"개나 고양이도 그렇지만, 섬에는 소나 말도 많이 있었습니다.

섬사람들은 지금도 그렇지만 그런 생물을 자식과 똑같이 사랑하죠. 인정이 깊나고 할까, 굉장히 정이 많죠. 삼촌은 특히 더하지 않았을까요. 섬에 남은 소방관들이 돌아다니며 먹이를 준다고는 해도 한계가 있을 테고.

삼촌은 그 소에게 매일 말을 걸며 산책도 데리고 다니고, 굉장히 소중하게 키웠다고 해요. 그때 행방불명이 되어 목숨을 잃은 동물도 꽤 있었을 거예요. 그래서 이제 관광객을 위해 미하라산을 오르던 말도 사라졌어요. 또 화산이 분화할 수 있다는 걸 알면서도 계속 키우는 것은 가엾죠."

"그건 정말 고통스럽죠."

큰 재해가 일어날 때마다 반려동물과 함께 피난하지 못해서 집에 남는 선택을 하는 사람들이 있다.

"하지만 언제 분화할지 모르는 화산섬에서 사는 건 무섭지 않을까요?"

나는 토마 씨에게 물었다.

"섬 밖 사람들은 분화를 무서워하지만, 섬사람들은 분화를 무서워하지 않아요. 35년에서 40년에 한 번은 정기적으로 분화를 하니까 어느 정도 예측이 되거든요. 분화는 생활의 일부랄까요. 화산재도 오하이(お灰: 오는 경의를 표할 때 붙이는 미화어이며, 하이灰는 '재'를 의미한다 – 옮긴이)라고 부를 정도죠."

"오하이라니 대단한 표현이네요."

내 말에 토마 씨가 깊이 끄덕였다.

"물론 집을 잃고 소중한 것이 망가지고, 여차하면 생명까지
빼앗는 무시무시한 존재란 것은 확실하죠. 하지만 분화를 두려
워하면 이곳에서 살 수 없으니까요. 그래서 나는 오히려 분화를
긍정적으로 받아들이기로 했어요."

"긍정적으로?"

"네, 40년에 한 번 식물 세계가 일소되는 일이라고요. 용암이
흘러내리면 그 자리에 있던 식물들은 다 죽어버리겠지만, 식물
들은 강인해서 용암 지대라도 새 생명이 싹틉니다. 완전히 초기
화된 그 땅 위에 새로운 세계가 생겨나는 거예요. 정말 대단하
죠. 뭐, 저는 이곳으로 이주한 뒤로 큰 분화를 겪어보지 않아서
이런 말을 하는 것인지도 모르겠지만요. 그래도 가끔 명상하러
수해(樹海)의 숲에 가면 늘 그런 걸 느껴요. 살다 보면 인생을 한
번 전부 지우고 초기화하고 싶을 때가 있지 않습니까? 하지만
사람은 용기가 없어서 좀처럼 그걸 하지 못하죠. 그런데 눈앞의
대자연은 그걸 당당히 해내니까, 저도 미하라산을 존경합니다."

토마 씨는 열정적으로 말했다.

"수해의 숲이란 게 있나요?"

"네, 있습니다. 에도시대에 분화로 용암이 뒤덮었던 대지에 식
물이 뿌리를 내려 지금은 숲이 되었어요. 제가 좋아하는 곳입니
다. 오늘 밤 하토코 씨가 머물 호텔 근처에 있답니다."

"가보고 싶어요."

나는 말했다. 토마 씨가 좋아하는 곳이라니 더더욱 가보고 싶었다.

나와 이야기하는 동안에도 토마 씨는 불 조절을 멈추지 않고 끊임없이 손을 움직였다.

처음에는 자작자작 타오르던 불꽃이 이제는 눈앞에서 멋진 불기둥이 되었다. 덕분에 몸이 따뜻해졌다. 차가워졌던 몸에 다시 온기가 돌았다.

"미하라산을 지역 사람들은 신화님이라고 부른답니다. 불의 신이죠."

신화님이라는 표현은 할머니와 미무라 씨가 나눈 편지 속에서도 본 적이 있었다.

"슬슬, 시작할까요?"

나는 말했다. 해는 수평선 가까이 내려와 있었다.

상자 뚜껑을 열고, 나와 토마 씨 사이에 연애편지가 든 상자를 내려놓았다. 제일 위에 있는 것은 할머니가 마지막에 썼고, 미무라 씨가 읽지 못한 편지였다.

"그럼 위에서부터 차례대로."

나는 할머니가 쓴 인생의 마지막 연애편지를 불에 지폈다.

연애편지는 나와 토마 씨 눈앞에서 몸을 비틀며 타올랐고, 할머니가 쓴 말 하나하나가 이즈오시마섬의 하늘로 빨려 들어갔다.

다음은 토마 씨 차례였다. 토마 씨의 마디가 굵은 손가락이 미무라 씨가 할머니에게 쓴 엽서를 들어 올렸다. 하지만 불은 좀처럼 붙지 않았다.

그러고 보니 나는 할머니 장례식에 참석하지 않았다. 장례식이라고 할 정도로 대단한 것은 아니었고, 친척끼리 가족장으로 치렀다고 스시코 할머니는 얘기했다. 하지만 나는 그 자리에 가지 않았다.

만약 할머니가 살아 계시는 동안 병원에 문병하러 가서 진심이 담긴 말 한두 마디라도 나누었더라면 결과는 달라졌을지도 모른다. 할머니 인생도, 내 인생도.

하지만 나는 도저히 할머니를 만나러 갈 수가 없었다. 그럴 용기가 없었다. 그리고 영원한 이별을 했다.

그래서 지금 이 순간이 내게는 할머니와의 이별 의식으로 느껴졌다.

아까 토마 씨는 인생을 초기화한다고 말했지만, 나도 이곳 사노하마에서 할머니와의 관계를 초기화하는 것일지도 모른다.

"멋있는 글씨네요."

할머니가 쓴 봉투의 주소를 곰곰이 들여다보면서 토마 씨가 감탄했다.

"정말 제게는 위대한 사람이었죠."

마지막 한 장은 둘이 양쪽 끝을 들고 불 속에 던졌다. 미무라 씨가 할머니에게 쓴 엽서였다.

"이것으로 조금은 어깨에서 짐을 내렸네요."

불길에 쌓인 그림엽서를 보면서 나는 말했다.

"그러네요. 이것으로 동백꽃 사랑은 우리가 없어지면 영원히 어둠에 묻히겠네요."

토마 씨의 말을 들으면서 종이컵에 남아 있던 명일엽차 한 모금을 마지막으로 마셨다.

토마 씨가 말을 이었다.

"어릴 때, 곧잘 이곳에 와서 해수욕을 했죠. 해마다 여름이면 나는 혼자 배를 타고 이즈오시마섬에 와서 삼촌 집에 머물렀어요. 이즈오시마섬에서 보낸 여름 덕분에 간신히 균형을 지켰던 것 같아요."

"그러시군요. 그러면 이즈오시마섬은 토마 씨에게 고향 같은 곳이겠네요."

자연이 가득한 이 섬에서 한여름을 보내다니 부러울 따름이다.

"삼촌 가족이 분화 때문에 우리 집으로 피난 온 게 계기가 됐는지는 모르겠지만, 삼촌은 나를 무척 아끼고 귀여워하셨죠. 나도 삼촌을 정말 좋아했고요. 삼촌에게 마음속에 숨겨둔 사람이 있었다니, '극비'라고 적힌 봉투를 발견하기 전까지는 꿈에도 몰랐습니다.

그런데 어쩌면 그게 누군가가 알아주길 바랐던 것일지도 모르겠다는 생각이 드네요. 저도 이제 어깨의 짐을 내려놓은 것 같습니다. 섬까지 와주셔서 감사합니다."

역시 토마 씨도 나와 마찬가지로 느낀 것이다. 두 사람은 분명 서로 사랑한 사실을 우리에게 알리고 싶었을 것이다. 그렇게밖에 생각할 수 없다.

저녁 해가 금방이라도 바다에 잠길 것 같다. 토마 씨와 해가 저무는 마지막 순간을 지켜보았다.

하늘에 해가 없어지자 갑자기 바람이 차가워졌다. 나는 손바닥을 펴서 아직 남아 있는 불을 쬤다.

"내일 돌아가는 배를 타기 전에 하지카마 신사에 들러서 편지 공양이 무사히 끝난 걸 보고하러 갑시다. 삼촌이 태어난 지역의 신사여서요."

아마 하지카마 신사에 관한 얘기도 할머니 편지에 있었을 것이다. 하지만 이제 확인할 도리가 없다. 편지 공양 불은 거의 꺼져가고 있다.

토마 씨가 일어나는 것을 신호로 나도 천천히 일어섰다. 또 모래에 푹푹 빠지면서 한 걸음 한 걸음 노를 젓듯이 새까만 모래사장을 걸어서 언덕을 넘었다.

"호텔, 식사 나오는 곳인가요?"

걸으면서 토마 씨가 물어서,

"조식만 신청했어요."

나는 대답했다. 기껏 이즈오시마섬에 머무르는데 밤에는 큐피와 마을을 돌아다니며 맛있는 가게를 찾아서 먹으러 갈 생각이었다.

"그럼, 우리 집에 가지 않을래요? 정말 평범한 반찬밖에 없지만. 그리고 섬에는 밤에 장사하는 가게가 별로 없어요."

"괜찮을까요? 감사합니다."

내심 오늘 저녁을 어떻게 할지 생각하고 있었다. 토마 씨가 말한 대로 섬에는 간단히 식사할 만한 곳이 없는 것 같다. 토마 씨의 제안은 그야말로 구세주였다.

토마 씨의 왼손 약지에는 결혼반지가 반짝거리고 있다. 분명히 부인이 손수 요리를 해주는 것이리라. 나이로 봐서는 아이가 있어도 이상하지 않으니 시끌벅적한 식탁일지도 모른다.

해가 저물고 밤이 되기까지 시간이 별로 걸리지 않았다. 가마쿠라의 밤도 어둡지만, 이즈오시마섬의 밤은 까닭 없이 더 어두웠다.

돌아오는 소형 트럭에서는 나도 토마 씨도 별로 말을 많이 하지 않았다. 서로 편지 공양의 여운에 잠겨 있었을 것이다. 하지만 기분 나쁜 고요가 아니다. 오히려 묵도에 가까운 기분 좋은 침묵의 시간이었다.

하늘에는 이미 별이 반짝였다.

문득, 언젠가 바바라 부인이 전수해준 행복해지는 주문, '반짝반짝'을 떠올렸다. 나는 잠시 눈을 감고 마음속으로 반짝반짝, 반짝반짝, 하고 중얼거렸다.

마음속 하늘 가득 무수한 별이 박혔다. 그리고 천천히 눈을 떴다.

소형 트럭은 이즈오시마섬 일주 도로에서 산 쪽으로 이어지는 좁은 외길로 들어섰다. 어두워서 잘 보이지 않지만, 집집이 동백나무로 경계를 해놓았다. 빨강과 분홍색 꽃잎은 어둠에 섞여 잘 보이지 않지만, 흰색 꽃잎의 동백만큼은 어둠 속에서도 부옇게 떠올라 있다.

"그러고 보니 수령 800년 된 동백나무는 어디에 있나요?"

혹시 호텔 근처에 있다면 보고 싶었다. 하지만 토마 씨는 약간 미안한 표정을 지으며 말했다.

"태풍에 쓰러져버렸어요. 지금은 뿌리와 밑동만 조금 남아 있죠."

토마 씨는 멋쩍은 듯 중얼거렸다.

"섬에 있는 나무 중 가장 오래된 것은 수령 300년 된 센주츠바키라는 동백나무일 겁니다. 내일 보러 가실래요?"

토마 씨의 제안에 나는 빙그레 웃으며 고개를 끄덕였다.

하지만 할머니가 보았던 수령 800년 동백나무가 이제는 없다고 생각하니 허망한 기분이 들었다. 할머니가 미무라 씨와 함께 그 멋진 동백나무를 본 것은 행운이었다. 같은 시간을 살지 않더라면 절대 만날 수 없는 것이니까.

"여기입니다."

토마 씨는 민가 처마 끝에 소형 트럭을 세우고 운전석 문을 열었다. 물론 그 정원에도 자연스레 동백나무가 있었다. 멋지게 우거진 가지와 잎을 넋 놓고 보고 있는데,

"그 동백, 삼촌이 교배해서 심은 거랍니다."

짐칸에서 바구니를 내리면서 토마 씨가 말했다. 그러고는,

"다녀왔어."

하고 소리를 질렀다. 그러자,

"어서 와."

안에서 남성의 낮은 목소리가 울렸다.

이 목소리는 아들일까, 그러기에는 상당히 어른인걸, 생각하는데, 나타난 이는 토마 씨와 체격이 비슷한, 하지만 명백히 외국인인 남성이었다.

"같이 사는 토무입니다. 이쪽, 가마쿠라에서 오신 하토코 씨. 오늘 저녁, 같이 먹기로 했어."

그렇게만 말하고 토마 씨는 바구니를 들고 집 안으로 사라졌다.

혹시, 그런 것?

파트너가 꼭 이성이어야 하는 건 아니다. 나는 내가 아주 조금이나마 토마 씨와의 망상 연애에 잠긴 것이 부끄러워서 얼굴이 빨개졌다.

"자, 자, 추우니까 안으로 들어오세요. 토마가 손님 데리고 오

230

다니 정말 신기해요. 오늘은 스페셜이네요."

토무는 명랑한 목소리로 나를 안으로 초대해주었다. 억양이
조금 낯설긴 했지만, 완벽한 일본어로 이야기하는 그의 모습은
외국인이라는 느낌이 전혀 들지 않았다.

개량된 오래된 민가는 곳곳에 굵은 기둥이 세워져 있고, 천장
이 높아 보호받는 듯해 안심이 되었다.

토무는 포르투갈 출신으로 스물아홉 살이라고 했다. 일본에
흥미를 갖게 된 계기는 미야자키 하야오의 애니메이션이었고,
이후 검도를 배우며 독학으로 일본어를 습득했다고 한다.

토무가 입고 있는 감색 티셔츠의 가슴 쪽에는 '토무(十夢)'라고
적힌 천이 덧대어 있었다. 내가 그것을 한참 바라보고 있자,

"저, 나츠메 소세키 선생님의 빅 팬입니다. 『몽십야(夢十夜)』는
정말 훌륭한 작품이에요."

토무가 칠흑 같은 눈을 반짝이며 두 손을 가슴 앞에 모으고
말했다.

"얼마 전에 『풀베개』를 읽었어요."

내가 말하자,

"아아, 『풀베개』도 좋은 작품입니다. 하지만 역시 『몽십야』지
요. 나츠메 선생님 얘기를 할 수 있는 손님이 와서 나 기쁩니다.
토마, 책을 전혀 읽지 않는 사람. 섬의 서점이 망해서 정말 유감
입니다. 나, 도쿄에 가면 꼭 서점에 가서 책을 잔뜩 사올 겁니다."

토마 씨 이외의 사람과 얘기하는 것이 즐거운지 토무는 정신 없이 말을 걸어왔다.

토무와 선 채 얘기를 나누고 있으니, 점퍼와 트레이닝복으로 갈아입은 토마 씨가 돌아왔다.

"맥주."

토무에게 한마디만 하고, 자기는 소파에 털썩 앉았다. 어쩐지 토무 앞에서는 가부장적인 남편인 것 같다.

토무가 슬쩍 내게 눈짓을 한 뒤,

"토마는 허세꾼. 하지만 응석을 부린다는 증거죠."

그러게요, 작은 소리로 귓속말을 했다.

확실히 나와 있을 때의 토마 씨와는 전혀 태도가 다르다. 하지만 이 모든 게 토무가 큰 사랑으로 토마 씨를 감싸주어서 마음대로 응석을 부리는 것이리라. 나도 토마 씨 맞은편 방석에 앉았다.

간접 조명만 있는 공간은 무척 아늑했다. 두 사람의 사랑의 보금자리는 곳곳에 멋진 장식품과 사진으로 꾸며져 있어 세련된 바처럼 보였다. 낮은 탁자 위의 작은 컵에는 선명한 분홍색 동백꽃 봉오리가 꽂혀 있었다.

토마 씨와 나는 맥주로 건배를 했다. 마침 타이밍 좋게 토무가 쟁반에 담긴 작은 사발을 날라 왔다.

"이건 명일엽과 오시마섬 김으로 만든 소테(sauté)입니다. 따뜻할 때 많이 드세요!"

토무는 탁자에 3인분의 젓가락과 젓가락 받침을 놓으며 즐거운 표정으로 말했다.

"여기가 미무라 씨가 사셨던 집이에요?"

나는 집 안을 둘러보며 토마 씨에게 물었다.

"젊을 때 가족과 살았던 곳은 다른 곳이고요, 여기는 삼촌이 만년에 혼자 지내셨던 집입니다."

이야기를 들으며 명일엽과 오시마섬 김 소테를 한 입 먹었다. 명일엽은 약간 쌉싸름한 맛이 나고, 김은 바다 향이 나며 부드러운 맛이 일품이었다.

"맛있어요!"

안쪽 부엌에서 요리하는 토무에게 큰 소리로 말했다. 토마 씨가 얘기를 계속했다.

"숙모는 좀 일찍 돌아가셨다고 해요. 60년도 전에. 자식들도 섬을 떠나니, 가족이 살던 집은 너무 커서 이 집으로 이사 온 게 아닐까요. 그 무렵에는 저도 성인이 돼서 섬에 오지 않았고.

당시 사정은 잘 몰라요. 삼촌과는 연하장만 주고받는 사이였거든요. 삼촌도 마음만 먹으면 하토코 씨네 할머니와 재혼하는 방법도 있었을 텐데 말이죠."

그 길을 막은 장본인은 어쩌면 나였는지도 모른다.

"미무라 씨가 돌아가신 것은?"

내가 묻자, 으음, 하고 토마 씨는 팔짱을 끼고 눈을 감았다.

"몇 년 전이더라. 확실한 숫자가 생각나지 않네요. 삼촌이라고 부르긴 하지만, 정확하게는 좀 모호한 관계라고 할까, 뭐, 촌수가 먼 사람인 것은 틀림없어요."

"하지만 두 사람은 결국 함께 사는 길을 선택하지 않았네요. 미무라 씨는 이즈오시마섬에서 살고, 할머니는 줄곧 가마쿠라에 있었는데 두 사람은 어디서 알게 됐을까요?"

나는 줄곧 의문이었던 것을 말했다.

"섬사람은 대체로 그렇습니다만, 아마 삼촌도 젊을 때, 10년 정도는 섬을 떠나 도쿄에서 살았을 겁니다. 그래서 그때 카시코 씨와 만났을 거라고 생각하는 게 자연스럽지 않을까요."

토마 씨는 맥주를 술술 마시고 있다. 깡통에 남은 마지막 맥주를 자기 컵에 따르더니,

"소주!"

또 호통치듯 토무에게 말했다. 하지만 토무는 토마 씨의 태도를 전혀 개의치 않고,

"오유와리(뜨거운 물에 소주를 탄 것 – 옮긴이)? 록?"

부드럽게 물었다.

"록."

왕처럼 으스대는 얼굴로 토마 씨는 대답했다. 뭔가 토마 씨 얼굴이 텐구(일본에 전해지는 상상의 동물인 요괴 – 옮긴이) 같아졌다.

토무 앞에서 한껏 위세를 부리듯이 행동하는 토마 씨가 내 눈에는 귀여워 보였다. 이건 이것대로 두 사람의 균형을 유지하는 윤활유 역할을 하는 것이리라.

그때, 토무가 내게 물었다.

"하토코 씨, 쿠사야, 먹을 수 있어요?"

"쿠사야?"

나는 좀 불안해 하면서 따라 말했다.

냄새가 강렬하다는 소문은 귀가 아플 정도로 들었다. 그래서 대충은 알고 있다. 만들기 어렵다는 것도 알고 있다. 하지만 실제로 먹어본 적은 없었다.

"먹어본 적은 없는데요. 섬 주민들은 역시 쿠사야를 평소에 잘 드세요?"

되레 질문을 했다.

"먹죠. 밥반찬으로도 좋고 술안주로도 좋고, 평소 식사 때도 관혼상제 때도 쿠사야가 없는 식탁은 생각할 수 없습니다."

토마 씨가 흥분하여 역설했다.

"그렇다면 먹읍시다. 나도 처음에는 고역이었는데, 치즈와 같다고 생각하니 먹을 수 있게 됐습니다."

토무가 말했다.

"갈고등어하고 날치, 둘 다 구워."

토마 씨가 또 토무에게 명령조로 말했다. 나는 두 사람의 대화를 듣는 것이 즐거워졌다.

내가 맥주를 다 마실 타이밍을 재서 토무가 소주잔을 두 개 갖고 왔다.

"하토코 씨도 온더록스로 괜찮습니까?"

소주 뚜껑을 따면서 토마 씨가 물었다. 로마에 가면 로마의 법을 따라야 한다고 생각하면서 끄덕이자,

"이 소주와 쿠사야는 최고로 잘 어울려요."

토마 씨가 눈을 반짝거렸다.

"저 녀석, 요즘 할아버지들한테 숯 만들기를 배우고 있어요."

첫 모금의 소주를 행복한 듯이 마시고는 봉오리가 벌어지듯 활짝 웃으며 토마 씨가 가르쳐주었다.

"숯 만들기요?"

나는 숯 만들기에 관해 잘 모른다.

"이즈오시마섬은 옛날부터 숯 굽기가 유명했어요. 에도시대에 야마가타에서 숯 굽기 장인이 이 섬에 건너와서 기술을 전수했다더군요. 숯을 만들 동백나무는 온 섬에 있으니까요. 참고로 이 소주잔은 동백나무 숯을 유약으로 해서 제가 만든 거랍니다."

"넷? 이게요?"

손바닥에 쏙 들어가는 느낌이 쥐는 순간부터 마음에 들었다.

"대단해요, 정말 좋네요. 들고 있기만 해도 뭔가 안심이 된달까. 계속 쥐고 있고 싶은 촉감이에요."

설마 이걸 만든 장본인이 눈앞에 있을 줄은 꿈에도 생각하지 못했다.

"제가 만든 그릇은 아직 한참 멀었습니다."

겸손하게 말하지만, 이미 토마 씨는 자신의 세계를 확립하고 있다. 그걸 알고 나서 마시니 소주가 더 맛있게 느껴졌다. 입에 닿는 부분도 아주 부드럽다.

그럭저럭하는 사이에 부엌에서 장난 아닌 악취가 흘러나왔다. 이게 그 악명 높은 쿠사야 냄새일까. 듣던 대로 고약하다. 다른 데로 의식을 돌리려고 반사적으로 말했다.

"토무 씨와는 이즈오시마섬에서 만났어요?"

말한 뒤 우문이었나 하고 후회했지만, 물어버린 이상 얘기를 계속할 수밖에 없다. 하지만 토마 씨는 대수롭지 않게 대답했다.

"섬에 올 때 제트선에서 같은 자리에 앉았어요."

토마 씨는 태연한데, 질문한 나는 깜짝 놀랐다.

"어머, 그걸 계기로 사귀게 된 거예요?"

"네."

또 토마 씨는 별일 아니란 듯이 긍정했다. 그거 엄청나게 운명적인 만남이 아닌가, 나는 혼자 콧구멍을 벌렁거렸다.

"왠지 얘기가 잘 통해서 그대로 자전거를 빌려서 섬을 일주했죠. 그런 흐름으로 미하라산에도 같이 가고. 난 그 무렵 자포자기 상태여서 여차하면 미하라산 화구에 몸을 던질까, 하는 생각도 하고 있었어요."

토마 씨는 이 놀라운 사실을 무심한 어조로 말했다. 어쩌면 토마 씨는 약간 취했을지도 모른다.

"하지만 몸을 던지더라도 도중에 화구 가장자리에 걸려 비참한 꼴을 당하게 되는 것 같더라고요. 구조도 못 하는 장소인데, 본인은 고통스럽게 살아 있고. 미하라산에서 죽는 것도 생각만큼 쉽지 않겠다 싶었어요. 애초에 화구까지 가는 것만도 큰 고생이고."

"그런가요."

그 이외의 말을 찾지 못했다. 그때, 큰 접시를 양손에 든 토무가 짜잔, 하고 장난스럽게 등장했다.

"내가 구운 동백나무 숯에 구운 이즈오시마섬 특산품 쿠사야를 토마가 구운 접시에 담아왔습니다!"

토무가 의기양양한 표정으로 쿠사야 접시를 탁자 한복판에 내려놓았다. 쿠사야 옆에는 예쁜 순백의 동백꽃이 곁들어 있었다. 어딘가에서 본 적 있는 광경이었다.

"먹어요."

그리고 자기도 오렌지 주스가 든 컵을 갖고 와서 탁자에 합류했다. 셋이 새삼 건배를 했다.

"이 녀석 술을 전혀 못해서, 나중에 이 녀석이 호텔까지 태워다 드릴 겁니다."

어느새 비워진 소주잔에 토마 씨가 더 따라주었다.

눈앞에 있는 두 마리의 쿠사야는 훌륭하리만치 아름다운 조청 빛으로 구워졌다. 다만 보기에는 평화로운 그림이었지만, 숨을 들이마시는 순간 쓰러질 것 같다.

토무가 맨손으로 쿠사야 살을 적당한 크기로 발라주었다.

나는 되도록 호흡을 얕게 하고 쿠사야 냄새를 맡지 않도록 하면서 조심조심 젓가락을 들어 올렸다. 여기서 멈추면 여자 이름에 흙칠을 하는 것이다. 나는 여성 대표가 된 심경으로 쿠사야를 입으로 가져갔다. 일단은 기본인 갈고등어부터 공격했다.

어?

내 미각을 확인하기 위해, 쿠사야를 한 점 더 입에 던져 넣고 집중해서 씹었다. 그리고 확신했다.

"맛있네요. 소주랑 잘 어울려요."

그야말로 소주와 쿠사야의 마리아주(mariage)다.

"만세!"

토무가 그 자리에서 양손을 들고 내 쿠사야 데뷔를 축복했다.

그렇게 셋이서 정신없이 쿠사야를 먹었다. 문자 그대로 골수까지 빨아먹을 기세였다.

날치 쿠사야도 역시 감칠맛이 있어서 중독될 것 같았다. 쿠사야를 집어 먹는 젓가락을 멈출 수 없었다.

"굉장한 건강식품이래요."

토마 씨가 자식을 칭찬하는 표정으로 말했다.

"저도 처음에는 못 먹었는데요. 어느 날, 삼촌이 쿠사야 오차즈케를 해주더라고요. 그게 무진장 맛있어서 그 후 쿠사야를 제일 좋아하게 됐죠. 쿠사야를 먹지 않는 날이 없을 정도로 자주 먹어요."

"쿠사야 오차즈케?"

"흰밥에 쿠사야와 아까 그 김을 솔솔 뿌려서 마지막에 녹차를 부어요. 이 친구도 그렇게 주면 쿠사야를 좀 먹더라고요. 그렇지?"

토마 씨가 토무의 머리에 손바닥을 올렸다.

"하토코 씨, 먹어볼래요? 쿠사야 오차즈케?"

토무의 권유에,

"맛있을 것 같아요."

나는 말했다. 토무가 쿠사야 접시를 들고 부엌으로 갔다.

"도와드릴 것 있으면 말씀해주세요!"

나는 토무의 등에 대고 큰 소리로 말했다. 토무가 자리를 비워서 다시 토마 씨와 둘만의 시간이 되었다.

"분화 때, 섬 전체에 피난 지시가 내려서 쿠사야 액을 못 쓰게 됐던가 봐요. 쿠사야 액은 생물이어서 매일 섞어주지 않으면 못 쓰거든요. 쿠사야는 굉장히 예민해요. 성의 없이 다루면 이내 비위가 뒤틀리는 것 같아요."

작은 사발을 정리하면서 토마 씨가 말했다.

"쿠사야 액 한 방울은 피 한 방울이라고 할 정도로 귀한데 정말 안타까운 일이죠. 그런 의미에서는 분화가 없었으면 합니다만."

"쿠사야는 애초에 어떻게 생겨난 거예요?"

토마 씨가 쿠사야에 관해 잘 아는 것 같아서 소박한 질문을 했다.

"옛날에는 이 섬에 물도 소금도 무진장 귀했거든요. 그래서 건어물을 만들 때 사용한 소금물을 버리지 않고, 소금을 더 첨가할 때 몇 번이고 재사용하며 생선을 절였다고 합니다. 그렇게 오랜 시간 발효되어 만들어진 것이 바로 쿠사야 액이라고 들었어요.

쿠사야 액은 생선 내장이 발효한 것이 아니라, 물과 소금으로 생선을 절이는 과정에서 나오는 생선 진액이 발효된 것이에요. 그래서 실제로 액을 핥아보면 생각만큼 짜지 않다고 할까요.

의료 체계가 제대로 갖춰지지 않은 옛날에는 쿠사야 액을 약대신 마시기도 하고 상처에 바르기도 했다는군요. 쿠사야 액에는 천연 항생물질이 포함되어 있대요."

어느새 나는 방석에 책상다리를 하고 앉아서 완전히 편안하게 듣고 있었다.

같은 쿠사야를 나눠 먹었더니 토마 씨에게도 토무에게도 단단한 신뢰감이 생겨났다. 내 옷과 머리칼에는 쿠사야 냄새가 뱄을 것이다. 하지만 세 사람 다 쿠사야를 먹었으니, 냄새를 신경 쓸 필요가 없다.

문득, 가마쿠라에 있는 가족을 생각했다. 지금쯤 그들은 어떤 시간을 보내고 있을까.

돌이켜보면 이런 식으로 한 인간으로서 해방된 것은 오랜만이었다.

가마쿠라에 있으면 이내 미츠로 씨의 아내가 되고, 아이들의 엄마가 되고, 츠바키 문구점 주인이 되어 주어진 역할을 장면마다 연기하는 내가 있다. 하지만 지금 여기서 책상다리하고 앉아서 온더록스로 소주를 마시는 나는 그 어디에도 속하지 않는, 순수한 아메미야 하토코다.

"많이 기다리셨습니다아."

부엌에서 토무가 총총걸음으로 왔다. 그리고 내 앞에 쿠사야 오차즈케 그릇을 놓았다.

"밥, 조금만 담았으니까 더 먹고 싶으면 사양 말고 말해요."

"어, 두 사람은 안 드세요?"

내가 묻자,

"토마는 저녁에 탄수화물을 먹지 않고, 나는 계란밥을 먹을 겁니다. 섬의 오골계 달걀, 매우 맛있습니다."

토무가 들뜬 듯이 말했다.

나는 뜨거운 쿠사야 오차즈케에 수저를 넣었다.

먼저 국물 한 입. 쿠사야의 감칠맛과 어우러져 최고의 맛이었다.

말을 잃고 정신없이 오차즈케를 먹어 치웠다. 양도 딱 적당해서 다 먹었다. 최고로 맛있다.

"혹시 오늘 사노하마에서 먹은 도넛도 토무 씨 작품?"

식후 명일엽차를 마시면서 문득 생각나서 물어보자,

"맞습니다. 내가 만들었습니다. 그런데 그거 포르투갈의 소뇨 (sonho)라는 도넛입니다."

"소뇨?"

"그래요. 포르투갈에서는 크리스마스에 먹는 거지만 토마가 좋아해서 매일 만들어요."

토무가 말하자,

"매일 만들지 않잖아!"

절묘한 타이밍으로 토마 씨가 끼어들었다.

"뭐, 매일은 과장이지만. 일주일에 한 번은 꼭 만듭니다."

토무가 말했다.

이대로 푹 퍼질 것 같았다. 사실은 바닥에 벌렁 드러눕고 싶었다. 하지만 나는 아직 호텔에 체크인을 하지 않았다. 약간 걱정이 되어 시계를 확인했더니,

"슬슬 태워다 드릴까요?"

토마 씨가 말해주었다.

"뒷정리 내가 할 테니까, 토무, 호텔까지 하토코 씨 태워다 드려."

소파에서 일어나 토마 씨가 토무에게 말했다.

황급히 채비하고 두 사람의 집을 뒤로했다.

다시 소형 트럭 조수석에 탔다.

"그럼, 내일 또 봐요. 점심때쯤 호텔로 마중 갈 테니 로비에서 기다려주세요."

조수석 창을 열자, 토마 씨가 말했다.

토마 씨와 동백나무에 손을 흔들며 작별 인사를 했다. 토무가 운전하는 소형 트럭은 어둠을 찢듯이 바다를 향해 직진했다.

운전하는 내내 토무는 콧노래를 흥얼거렸다. 몇 번째인가 후렴 부분을 들었을 때, 나는 문득 어떤 광경을 떠올렸다.

"그 노래, 알 것 같은데."

뇌리에 떠오르는 것은 할머니의 등이다. 기분이 좋으면 할머니는 곧잘 빨래를 널거나 개면서 그 노래를 흥얼거렸다. 이 사실을, 지금 막, 떠올렸다.

"그럽네요."

내가 말하자,

"하루미 씨(재일 한국인 가수 미야코 하루미 – 옮긴이)죠?"

토무는 말했다.

"안코츠바키와 코이노하나(언니 동백은 사랑의 꽃)."

"안코?"

설마 팥빙수에 올린 그 달달한 팥소를 말하는 건 아니겠지, 생각하면서 물었다.

"섬에서 옛날에는 언니를 안코라고 불렀대요. 하토코 씨라면 오하토안코고, 내 경우라면."

"오토무안코?"

나는 말했다.

"그럼 오빠는요?"

내가 질문을 거듭하자, 으음, 하고 토무는 잠시 생각하더니,

"커피가 좋지 않을까요? 앙꼬와 커피, 잘 어울리니까."

엉터리 얘기를 했다.

"그럼 토마 씨와 토무 씨도 앙꼬와 커피처럼 베스트 매치군요."

놀리듯이 말했다.

외국에서 방랑할 때, 동성애자 친구가 몇 명 있었지만, 일본인
으로 만난 것은 토마 씨가 처음이었다. 두 사람과 함께 있으니 이
쪽까지 마음의 실타래가 부드럽게 풀어지는 것 같다. 아주 분위
기가 좋은 커플이다.

"섬 생활에는 적응하셨어요?"

내가 묻자,

"즐겁습니다. 하지만, 힘들죠. 그러나 토마가 있어서 행복한가."

토무가 간발의 차도 없이 능청스럽게 말했다.

토마 씨를 만난 것도 그렇지만, 이렇게 토무와 친해진 것도
역시 할머니의 멋진 선물이다.

"잘 자요."

토무가 호텔 앞까지 태워다 준 뒤, 차 안에서 가벼운 포옹을

하고 헤어졌다.

호텔 프런트에서 체크인을 마치고 방에 들어가서 침대 두 개가 나란히 있는 것을 본 순간, 그러고 보니 사실은 큐피와 올 생각이었던 것을 떠올렸다.

트윈에서 싱글로 변경하는 걸 잊고 있어서 방은 필요 이상으로 휑뎅그렁했다. 짧은 동안이지만, 나는 내게 아이가 있는 것조차 잊고 있었다.

아.

나도 어떤 의미의 "아"인지 모르겠다. 하지만 어쨌든 소리를 내고 싶은 기분이었다. 쿠사야 냄새가 밴 것이 내게도 느껴져서 얼른 씻어내고 싶다. 하지만 욕실까지 갈 힘이 그 어디에도 없었다.

취한 걸까. 기분 좋은 잠에 몸을 맡기고 눈을 감았다.

할머니와 미무라 씨의 언령들은 지금 우주 어딘가까지 도착했을 것이다.

다음 날 아침은 호텔에 있는 노천탕에서 미하라산의 웅대한 경치를 보면서 뜨거운 물에 몸을 담갔다. 아직 배가 꺼지지 않아서 아침은 건너뛰고, 간식으로 갖고 온 고바토마메라쿠를 주머니에 넣고서 미하라산에 등산을 갔다.

어제 토마 씨가 가르쳐준 수해의 숲은 미하라산에 올라가는 도중에 있었다. 그리고 확실히 그곳은 수해라는 표현이 어울리는 장소였다.

에도시대인 1777년에 시작된 분화로 미하라산 기슭 일대에 용암이 흘러내려 허허벌판이 되었다고 한다. 거기에 200년 이상의 시간이 걸려 숲이 재생된 것이다.

그래서 식물들은 흙이 아니라 용암에 뿌리를 내리고 살고 있다. 그 탓에 나무뿌리는 마치 문어처럼 구불구불 물결쳤다.

어떻하든 지면에 달라붙어서 살아남고자 하는 식물들의 필사적인 마음이 전해진다. 생명력이 넘쳐나는 숲에는 시원한 바람이 불었다.

하지만 숲을 벗어나 등산길이 나오자, 풍경이 완전히 바뀌었다. 화산 분출물로 뒤덮인 황량한 풍경에서 이어진 세계는 이 세상의 것이라고 생각할 수 없었다.

어제 토마 씨가 말한 '초기화'의 의미를 알 것 같았다. 문자 그대로 화산 분화로 식물들이 생명을 빼앗겼다. 그렇게 용암으로 인해 몇 번이나 죽고도 다시 그 위에 싹을 틔우고, 그 자리에서 필사적으로 살아남으려고 애썼다. 살아남는 것이 얼마나 가혹한지 생생하게 느껴졌다.

강풍과 추위로 나는 정신이 아득해졌다. 미하라산은 758미터밖에 되지 않는데, 걸어도 걸어도 산 표면으로 보이는 풍경이 바뀌지 않았다. 지면은 경석 같은 자갈로 한 걸음씩 걸을 때마다 발이 빠져 걷기가 어려웠다. 게다가 바람이 사정없이 불어댔다.

돌풍이 불자 정말 몸뚱이째 날아갈 것 같았다.

분화구를 따라 정상을 한 바퀴 도는 오바치메구리는 단념하고, 분화구를 한눈에 볼 수 있는 전망대에서 미하라산의 배꼽을 내려다보았다.

난간에 매달리지 않으면 공포를 느꼈다. 지금은 안정됐지만, 여기서 불길을 뿜어내고 거대한 암석과 용암이 흐르는 모습을 상상하니 오금이 저린다. 지구는 문자 그대로 '생물'이다.

쇼와시대 말의 분화 때는 가나가와현 고지대에서도 불길이 보였다고 하니, 엄청나게 대단한 기세로 불기둥이 올랐을 것이다. 그래도 섬사람들은 지금도 분화하는 화산 발밑에서 하루하루를 신중하고 담담하게 살아가고 있다.

내리막길을 내려오니 정면에 후지산이 턱 하니 보였다. 가마쿠라에서 가끔 슬쩍슬쩍 보이는 후지산과는 규모가 다르다. 그 모습 온전히 다 보이게 앉아 있었다.

엉겁결에 두 손을 가슴 앞에 모으고 기도했다. 큐피에게도 이 당당한 후지산의 자태를 보여주고 싶었는데.

다시 강풍과 추위를 견디며 하산해서 호텔로 돌아왔다.

매점에서 산 명일엽차를 마시면서 호텔 방에서 이탈리아의 시즈코 씨에게 편지를 썼다. 내가 지금 이즈오시마섬에 와 있다는 사실을, 누군가에게 전하고 싶었다. 국제우편 분의 우표를 붙여서 호텔 프런트 직원에게 투함을 부탁했다.

정오가 지나 토마 씨가 소형 트럭을 타고 호텔까지 데리러 와 주었다. 돌아가는 배까지는 아직 두 시간 이상 남아서 어제 토마 씨가 얘기한 수령 300년 된 센주츠바키 동백나무를 보러 가기로 했다. 그리고 모토마치항의 식당에서 점심을 먹고, 그 후 미무라 씨가 좋아했다고 하는 하지카마 신사에 갔다.

"아, 여기가 하지카마 신사군요."

완만한 오르막인 참배 길을 앞에 두고 나는 말했다.

숲속으로 이어지는 참배 길에는 삼나무가 쭉쭉 허리를 펴고 정연하게 늘어서 있었다. 그 나뭇가지 사이로 빛이 들어와 지면에 펼쳐진 이끼를 스포트라이트처럼 밝게 비추었다.

안쪽에 있는 신사까지 지면의 온기와 부드러움을 느끼면서 한 걸음씩 천천히 걸었다.

삼나무는 마치 하늘과 이어진 피아노선처럼 보였다. 나뭇가지를 건드리면 한 가닥 한 가닥 다른 음색을 연주할지도 모른다.

걷다 보니 무언가가 그곳에 있는 듯한 느낌이 들었다.

눈에는 보이지 않고, 소리도 들리지 않지만, 할머니와 미무라 씨 두 사람의 혼이 나무들이 울창하게 우거진 이 신사 경내 어딘가에 있음을 느꼈다.

그것은 무척 훈훈한 감각으로 무섭다거나 으스스하다는 감정과는 완전히 다른, 아주 맑고 흐뭇한 감촉이었다.

할머니 무릎베개를 하고 낮잠을 자다 문득 깼지만, 아직 반쯤은 꿈속에 머물러 있는 듯한, 이도 저도 아닌 상태에서 세상을 바라보는 기분, 무지갯빛 천사 옷에 온몸이 감싸인 듯한, 그런 포근하고 몽환적인 기분이었다.

1초라도 더 그 느낌으로 있고 싶어서 나는 아무 생각 없이 하늘만 올려다보며 걸었다. 할머니와 미무라 씨가 지금도 사랑한다는 것을 강하게 피부로 느끼면서.

정적을 깬 것은 사슴이었다. 사슴 한 마리가 갑자기 내 앞에 나타났다가 또 발랄하게 숲속으로 사라졌다.

이즈오시마섬에서는 동물원에서 도망친 새끼 사슴이 대번식하여 농지를 망치는 등의 큰 피해가 다수 보고되었다고 한다. 새끼 사슴은 보기에는 아주 귀엽지만, 섬사람들에게는 성가신 존재가 되었다.

토마 씨와 나란히 참배하고, 할머니와 미무라 씨의 편지 공양이 무사히 끝났음을 신에게 보고했다.

하지카마 신사는 정말 기분이 맑아지는 곳이었다. 신전 뒤에는 정글 같은 숲이 펼쳐졌다.

"신비롭네요."

나는 말했다. 숨을 쉬기만 해도 마음이 맑아지고 투명해지는 것 같았다. 아득히 먼 옛날 할머니도 이곳에 왔다는 사실의 의미를 가슴속으로 음미했다.

"아까 혹시 하토코 씨도 뭔가 느꼈을까 생각했는데요."

심호흡을 하고 있으니 토마 씨가 조심스러운 어조로 말했다.

"토마 씨도?"

말의 속뜻을 헤아리면서 나는 토마 씨의 눈동자를 들여다보았다.

"네, 저 그런 것 옛날부터 다른 사람보다 강해서. 사람에게는 뭐든 다 보이는 것 같지만, 사실 존재하는 모든 전자파 주파수의 1퍼센트도 보지 못한대요. 그리고 청각도 1퍼센트 이하밖에 쓰지 못한다고 해요. 요컨대 세상은 우리가 알지 못하는 더 많은 색과 소리로 가득한 거죠."

그래서 내 눈에는 할머니도 미무라 씨도 보이지 않았나.

하지만 보이지 않는 것은 내 한계가 그렇다는 것이지, 없다는 증거는 되지 않는다.

어렴풋이 느낀 사실을 토마 씨가 말로 분명하게 해주어서 뭔가 후련해졌다.

"그렇군요. 아까 확실히 저도 두 사람의 존재를 느꼈어요."

내가 말하자 토마 씨가 온화한 미소를 지으며 끄덕였다.

소형 트럭으로 돌아와서 역으로 향했다. 제트선이 출발할 때까지 아직 시간이 조금 남았지만, 토마 씨도 자기 일이 있을 테고, 시간이 남으면 기념품점에 들리거나 가게에 들어가서 커피라도 마시며 기다리면 되니 문제없다.

그런 생각을 곰곰이 하고 있는데 토마 씨가 불쑥 말했다.

"나도 한 가지, 하토코 씨에게 일을 의뢰해도 될까요?"

그리고 간발의 차도 없이 말을 이었다.

"하토코 씨, 독친(毒親)이란 거 압니까?"

나는 잠자코 고개를 끄덕였다.

"우리 부모가 그래요."

"두 분 다요?"

어떻게 대답해야 좋을지 몰라서 일단 질문했다.

내 엄마인 레이디 바바도 독친의 부류에 들 것이다. 가시화되지 않았을 뿐, 세상에는 의외로 자식에게 해를 끼치는 독 같은 존재의 부모가 많이 있다. 본인에게 그런 자각이 없을 뿐.

"이제 넌덜머리가 나요. 슬슬 결혼해라, 손자 보고 싶다. 은근히 내 인생을 부정하는 것 그만 좀 했으면 좋겠어요. 당신들 행복을 위해 사는 게 아니라고요."

토마 씨는 마지막에 자포자기하듯 내뱉었다.

"토무 씨 존재는?"

혹시나 하고 토마 씨에게 확인했다.

"그쪽도 눈치는 채고 있을 겁니다. 내가 이런 쪽의 사람이란 걸. 하지만 그걸로 실망하고, 욕하고, 울고 하면 골치 아프니까 분명하게 커밍아웃은 하지 않았습니다. 그래서 그것도 포함하여 부탁하고 싶어서요. 이참에 부모와 절연해도 좋습니다."

"좀 더 자세하게 토마 씨 얘기를 들려주세요."

나는 말했다. 내용에 따라서는 내가 힘이 될 수 있을지도 모른다.

토마 씨는 자기 부모가 얼마나 독친이고, 어릴 때부터 얼마나 괴롭힘을 당했는지 얘기했다. 그런 가운데 소년에서 청년으로 성장하는 무겁고 힘든 시간에 바람구멍을 뚫어준 것이 해마다 여름을 보냈던 이즈오시마섬에서의 시간이었다.

분명 토마 씨에게는 부모님의 큰 기대에 부응할 만큼의 기량이 있었을 것이다. 인생 도중까지는 자기의 속마음을 무시하기도 하고 죽이기도 하며 최선을 다해 부모가 원하는 아들 노릇을 연기해왔다.

하지만 이제 한계다. 더는 기대에 부응할 수 없다는 영혼의 비명이 지금 내가 듣고 있는 토마 씨의 소리란 걸 이해했다.

"알겠습니다."

자기가 동성애자라는 것을 부모에게 커밍아웃하는 편지다. 당연히 어렵겠지만, 나는 맡기로 했다.

"우리 엄마도 그랬어요."

나는 말했다.

"독친이라고 단언할 수 있을지 어떨지 모르겠지만요. 나를 완전히 방치했지만, 나는 그 영향을 받지 않고 자랐죠. 나를 키워준 건 할머니예요."

"카시코 씨가 키워주신 어머니였군요."

"네, 그래서 할머니에게는 아무리 감사해도 부족해요. 그런데 나는 생전의 할머니에게 못된 소리만 하고."

그 사실을 떠올리니 그만 눈물이 났다.

"분명히 기뻐하실 겁니다. 카시코 씨도 우리 삼촌도."

운전대를 잡은 토마 씨의 옆얼굴이 햇빛을 받아 빛났다.

"그렇겠죠. 그렇게 생각하기로 할게요."

나는 말했다. 그리고 한동안 침묵의 시간이 흘렀다. 차는 동백나무 터널을 지나갔다.

와본 뒤에야 알았지만, 동백나무 터널은 이즈오시마섬 곳곳에 흔하게 있었다.

나는 멋대로 할머니 편지에 있는 '동백나무 터널'을 섬에 한 군데밖에 없는 특별한 장소라고 생각했다. 하지만 좁은 길 양쪽으로 나란히 있는 집들이 각각 울타리에 동백나무를 심으면, 그것이 자라서 당연하게 동백나무 터널이 된다. 동백나무 터널은 이즈오시마섬에서는 흔한 광경이었다.

그런 생각을 멍하니 하고 있다가,

"잠깐만요!"

나는 반사적으로 소리를 질렀다.

방금 얼핏 본 보도를 걸어가는 소녀의 모습이 큐피와 똑같았다.

놀란 토마 씨가 급브레이크를 밟았다. 뒤에 차가 없어서 정말 다행이었다.

"미안해요. 딸이랑 똑같이 생긴 아이가 있어서."

나는 말했다.

"잠시만 여기서 기다려주시겠어요? 바로 확인하고 올게요."

소형 트럭에서 내려 방금 지나온 곳으로 총총 뛰어갔다. 역시 어디서 어떻게 봐도 그곳에 있는 사람은 큐피다.

"큐피!"

내가 소리치자,

"엄마."

큐피가 놀란 얼굴로 나를 보았다. 깜짝 놀란 것은 나인데 큐피는 그걸 전혀 눈치채지 못한 것 같다.

"어떻게 여기 있어?"

도로 이편에서 말을 걸자,

"어제 말이야, 배 시간에 늦어서 밤 페리를 타고 왔어. 섬에 오면 엄마를 만날 수 있을 줄 알고."

큐피는 별일 아니라는 듯이 말했다.

"왜 연락하지 않은 거야?"

자칫하면 화낼 것 같은 감정을 간신히 억누르면서 말했다.

그러자,

"엄마 놀라게 해주려고 했지. 아빠한테는 연락했고. 아빠는 오케이해주었어."

그래서 미츠로 씨는 내가 연락해도, 괜찮아, 걱정하지 마, 라는 말만 되풀이했던 건가.

당했다고 생각했지만, 미츠로 씨의 다정한 거짓말과 큐피의 서프라이즈가 은근히 기뻤다.

눈앞의 큐피에게 어디에도 이전까지와 같은 반항적인 태도가 없는 것도 신선했다.

"하룻밤을 페리에서 보냈다는 말이야? 아침 일찍 여기 도착해서 지금까지 어디서 뭐 한 거야?"

순순히 서프라이즈를 받아들이는 것도 찜찜한 기분이었고, 엄마로서 딸의 행동을 좀 더 엄하게 주의시켜야 하는 게 아닌가 망설이면서, 도로 건너편에 있는 큐피에게 큰 소리로 물었다.

그러는 사이에 토마 씨가 소형 트럭을 후진해서 우리가 있는 곳까지 와주었다.

"일단, 탑시다."

딸이라는 사실이 토마 씨에게 전해진 것 같다. 토마 씨가 짐칸에 있던 짐을 정리하고 탈 자리를 만들어주었다.

큐피만 짐칸에 태우는 것도 걱정돼서 나도 함께 짐칸에 탔다. 큐피에게 무슨 일이 있었는지 전모는 모른다고 쳐도, 무사히 혼자 이즈오시마섬까지 와서 이렇게 만난 것은 기적이라고밖에 할 수 없다.

어쨌든 큐피와 무사히 만난 것을 일단 미츠로 씨에게 보고했다. 차가 흔들려서 스마트폰 문자를 제대로 칠 수가 없었다. 이

읏고, 소형 트럭은 오카다항에 도착했다.

"어떻게 할래요?"

운전석에서 내린 토마 씨가 내게 물었다.

"다음 배, 탈래요?"

큐피는 오늘 아침에 이즈오시마섬에 막 내렸다. 그런데 바로
돌아가다니 너무 안쓰럽다는 생각이 들었다.

"어떻게 할래?"

큐피에게 의견을 묻자,

"섬에 좀 더 있고 싶어."

지극히 당연한 말을 했다. 자기 의견을 똑바로 말해준 것이
기뻤다.

나도 서둘러 가마쿠라에 돌아가야 할 이유는 딱히 없었다. 미
츠로 씨가 두 아이를 돌봐주면 끝날 얘기다. 츠바키 문구점 쪽은
하루 더 임시휴업을 하면 문제없다.

이것저것 해야 할 리스트를 생각하고 있는데,

"괜찮다면 게스트하우스를 하는 지인이 있는데 오늘밤 머물
수 있는 방이 있는지 물어볼까요?"

우리 대화를 듣고 있던 토마 씨가 조심스럽게 말했다.

"부탁합니다!"

나보다 먼저 말한 것은 큐피였다.

"하부(波浮)라는 지구에 있는데, 분위기 좋은 숙소입니다. 비싸

지도 않고."

토마 씨가 바로 오너에게 연락해준 덕분에 무사히 오늘 밤 숙소를 확보했다.

이렇게 해서 이번에는 큐피와 둘이 하루 더 이즈오시마섬에 머물게 된 것이다.

하부 지구는 섬 남쪽에 있는 바닷가의 작은 촌락이었다. 원래 화산 호수였던 하부항이라는 천연 항구를 중심으로 번성했던 곳으로, 과거에는 이 지역에 대부분의 배들이 기항해서 많은 부와 문화를 꽃피웠다고 한다.

항구 주변에는 료칸이 줄지어 있었고 매일 밤 연회가 열려, 마을은 놀라울 정도로 활기가 넘쳤던 것 같다. 이렇게 작은 지역에 영화관과 볼링장까지 있어서 흥청거렸다니 놀라울 따름이다.

하지만 이제는 옛날이야기가 되어, 당시의 흔적은 어디에서도 찾아볼 수 없다. 섬을 떠나는 사람이 많아지면서 빈집이 늘어났고, 한때 번성하던 상점가에는 사람이 없어 적막했다.

"뭔가 영화 세트장에 있는 것 같아."

색이 바랜 마을의 모습을 카메라에 담으면서 큐피가 불쑥 말했다. 머리 위의 흐린 하늘이 그 연출에 박차를 가했다.

확실히 노스텔지어를 자극하긴 하지만, 고스트 타운 같다고 해도 틀린 말이 아니다. 상점은 문을 열었는지 어떤지도 알 수 없고, 주택에 사람이 살고 있는지도 알 수 없었다.

그래서 그곳에서 카페 한 곳을 발견했을 때는 보물을 찾은 기분이었다.

처음에 발견한 것은 큐피였다. 큐피가 낚아 올린 물고기의 꼬리지느러미처럼 격렬하게 손짓을 해서 가보니 분위기 좋은 카페가 있고, 게다가 열려 있었다. 간판에는 조그맣게 'Hav Cafe'라고 쓰여 있었다.

가게 안은 석유난로가 켜져 있어서 따뜻했다. 달력상으로는 이미 봄이지만, 이즈오시마섬은 바람이 강해서 바깥에 오래 있으니 몸의 심지까지 얼어붙었다. 갑자기 따뜻한 곳으로 들어와서 몸이 흐물흐물 녹을 것 같았다.

주방이 건너다보이는 카운터석에 큐피와 나란히 앉아서 메뉴를 보았다. 가게 주인은 서글서글해 보이는 여성이었다. 가게 안에는 빈티지 그릇과 핀 배지 등이 진열되어 있고, 벽 한쪽에는 세계 곳곳에서 찍은 듯한 스냅 사진이 잔뜩 붙어 있다.

배가 고프다며 큐피는 피자 토스트와 카페오레 세트를 주문했다. 나도 배가 고파서 코코아와 머핀을 주문했다. 빵은 섬에 있는 복지시설 작업소에서 만든 것이라 하고, 그 외에도 오시마섬 버터와 오시마섬 우유 등, 이즈오시마섬에서 난 식재료가 곳곳에 사용되어서 좋았다.

달콤한 코코아를 한 모금 마셨더니 어깨에 힘이 쭉 빠졌다.

아직 손가락 끝은 차갑지만, 몸 전체에 온기가 돌아왔다.

몸이 따뜻해져서인지, 아니면 큐피와 무사히 이즈오시마섬에서 만난 안도감 때문인지는 모르겠지만, 스르르 졸음이 밀려왔다. 하품이 나는 것을 애써 참으면서 창 너머 골목길을 내다보았다.

세상이 슬로모션으로 보이는 듯한, 너무나 평화로운 빛이었다.

난로 위에서는 훌라춤을 추는 것처럼 김이 하늘하늘 흔들렸다. 어제부터의 일들을 차례대로 회상하자니, 마치 길고 긴 꿈속을 맨발로 걸어온 듯한 기분이 들었다. 꿈은 지금도 계속되고 있다.

"엄마."

옆에 있는 큐피가 불러서 깜짝 정신을 차리고 돌아보았다. 이렇게 구김살 없이 맑은 목소리로 엄마라고 불리니 새삼 행복했다. 순간, 정말 잠깐이지만, 나는 잠이 들었는지도 모른다.

"피자 토스트, 맛있어. 먹어볼래?"

"고마워."

마치 내 쪽이 큐피의 아이인 것 같은 기분으로 대답하자, 아앙~ 하면서 큐피가 내 입에 피자 토스트를 갖다 댔다.

그런 거였나 하고, 입을 크게 벌리고 그대로 피자 토스트를 입에 넣었다. 한입에 다 먹기에는 좀 양이 많았다. 우물우물 시간을 들여 씹고 있는데, 이번에는 그 옆얼굴을 찰칵 찍었다.

"모이 먹는 다람쥐 같아. 아빠한테 보내줘야지."

큐피가 막 찍은 내 사진을 보면서 킥킥킥 하고 웃고 있다.

고개를 숙이고 스마트폰을 만지는 큐피를 보고 있으니, 갑자기 감정의 덩어리가 솟구쳤다. 큐피를 만난 뒤 함께 보낸 세월이 별똥별처럼 아름다운 빛의 띠가 되어 내 머릿속을 달려갔다.

이렇게 네가 내 입에 음식을 넣어준 게 사실 이번이 처음이 아니라 두 번째라는 것을 본인에게 말해주고 싶기도 하고, 나만의 비밀로 간직하고 싶기도 한 복잡한 감정이 일었다.

피자 토스트를 간신히 삼키고 나머지 반 남은 코코아를 마셨다.

오시마섬 우유는 산들거리며 불어오는 봄바람처럼 경쾌하고 담백하여 전혀 장에 무리가 없었다. 평소에는 우유를 마시면 바로 배가 꾸르륵거리는데 오시마섬 우유는 그렇지 않은 것이 신기했다.

그런 얘기를 했더니,

"건강한 소젖은 이런 맛이 난다는 걸, 저도 이 섬에 와서 오시마섬 우유를 만나고 처음 알았답니다."

가게 주인이 기쁜 듯이 가르쳐주었다.

"이즈오시마섬은 예전에 낙농이 발전해서 동양의 홀스타인섬이라고 불렸대요."

가게 주인 왈, 소는 체온이 높아서 더위에 약하므로 몸을 식혀주는 것이 중요하다고 한다. 이곳은 섬이어서 바닷바람이 불고 어디서든 바로 바다에 갈 수 있어서, 이즈오시마섬은 낙농을 하기에 기후 풍토가 적합하다.

"옛날에는요, 저마다 집에서 소를 기웠고, 소를 데리고 바다로 산책하러 나갔다고 들었어요. 바다에 가면 미네랄 소금도 섭취하고 풀도 뜯고."

이거예요, 하고 주인이 냉장고에 든 오시마섬 우유 팩을 보여주었다. 팩에는 화산 연기가 피어오르는 미하라산과 동백꽃 일러스트가 아기자기하고 레트로한 터치로 그려져 있었다.

단번에 오시마섬 우유에 애착을 느꼈다. 냉장고에 언제나 이 우유 팩이 있다면 눈에 들어올 때마다 평온한 기분일 것 같다.

"한때는 회사가 경영난을 맞아서 오시마섬 우유도 존망의 갈림길에 빠졌었지만, 끊어지면 안 된다고 지역 유지들이 나서서 지금도 생산을 계속하고 있답니다. 그러니까 이 우유는 섬사람들의 자랑이에요."

주인의 말 뒤로 가게 유리문이 바람 때문에 덜컹덜컹 울렸다. 츠바키 문구점과 거의 같은 소리라고 생각했다. 큐피는 아까부터 가게에 있는 이즈오시마섬 가이드북을 열심히 보고 있다.

가게가 붐비기 시작해서 그곳을 나와 어슬렁어슬렁 주변을 산책했다.

"내일 말이야."

사진을 찍으면서 걷던 큐피가 뒤에서 말을 걸었다.

"뭐어?"

내가 돌아보자, "가기 전에 말을 보러 가고 싶은데, 안 돼?"

큐피가 내 눈을 빤히 보며 말했다.

"말?"

"응, 말. 섬에 홀스 세러피를 해주는 곳이 있어서, 말 돌보기 같은 걸 하게 해준대. 아까 본 가이드북에 있었어."

갑자기 말이라니 큐피와 말이 어디에서 어떻게 연결됐는지 처음에는 삼이 잡히지 않았다.

하지만 큐피의 눈빛이 너무나도 순수하고, 그야말로 말처럼 맑고 예뻐서 나는 좋아, 하고 짧게 대답했다.

그리고 또 한가로이 마을을 산책했다.

이 마을이 예전에 얼마나 번성했는지를 상상하게 된 계기는 메이지시대에 지어진 선주(船主)의 저택을 견학했을 때였다. 담 장은 멀리 이바라키현에서 바다를 건너 운반해온 응회석으로 만들어졌고, 석조 건물인 저택은 평기와를 얹고, 줄눈에 회반죽 을 바르는 방식으로 만든 나마코 벽으로 둘러싸여 있었다.

신발을 벗고 들어가서 조용조용 저택 안을 둘러보고 있는데, 어디선가 나를 부르는 큐피의 목소리가 들렸다.

"엄마, 엄청난 것 발견했어! 좀 와봐."

어쩐지 큐피가 상당히 흥분한 것 같다.

"왜 그래?"

소리가 나는 곳을 찾아서 그 자리까지 갔더니,

"이 화장실 굉장하지 않아?"

큐피가 눈을 동그랗게 뜨고 있다.

일식 변기 일면에 감색 붓으로 작은 꽃잎을 예쁘게 그려놓았다. 확실히 이런 화장실은 본 적이 없다. 이것은 그야말로 예술 작품이다. 남성 변기도 마찬가지로 통 모양의 변기가 멋지게 꽃으로 덮여 있다.

큐피와 나란히 변기에 넋을 잃었다. 얼마나 관능적인 화장실인가. 나라면 사용하기에 미안해서 볼일을 참을지도 모른다.

아마도 예쁜 기모노를 입은 무희들이 밤이면 밤마다 이곳에 모여 거친 해원에서 간신히 육지에 올라와 흥분한 상태의 승객들을 따뜻하게 대접했을 것이다.

가와바타 야스나리가 쓴 『이즈의 무희』도 하부의 무희가 실제 모델이라고, 아까 안내판에 쓰여 있었다. 어쩌면 그 모델도 이 화장실을 사용했을까, 상상한다.

정원에는 이렇게까지인가 싶을 정도로 분홍색 수국이 흐드러지게 피어 있었다.

밖으로 나오니 당시의 흥청거림이 바람을 타고 들려올 것 같았다.

그건 그렇고, 약 240칸에 이르는 오도리코자카 언덕은 아름다운 풍경을 자랑하는 계단이다. 하부항과 고지대의 마을을 잇는 가파른 언덕으로, 소나무 등의 나뭇가지 아래로 파란 지붕의 민가들이 자리 잡고 있고, 그 아래에는 배가 떠 있는 항구가 한

눈에 보이는 경치가 훌륭했다.

몇 번이고 그런 경치를 만날 때마다 심장이 뛰었다. 걷기만 하는데도 콧노래를 흥얼거리고 싶어졌다.

하부항에는 문인이나 서예가도 많이 찾아오는 듯, 언덕 중간중간에 노래비 등이 서 있었다.

일단 숙소로 돌아가서 체크인을 했다.

마지막으로 남은 방 한 개를 잡아주었다는데 그곳은 더블 침대였다. 그 사실에 잠시 어, 하고 생각했지만, 이내 받아들였다.

어쩌면 이것은 신의, 그리고 할머니의 순수한 계획일지도 모른다고 생각했다.

이제 곧 고등학생이 될 딸과 더블 침대에 나란히 자다니, 이런 해프닝이 아니라면 좀처럼 할 수 없는 일이다.

페리에서 밤을 새웠으니 아주 피곤했을 것이다. 숙소 사람이 나가자, 큐피가 침대 한복판에 큰대자로 누워 뒹굴었다.

그 옆에서 나는 짐 정리를 했다. 1박 예정으로 와서 갈아입을 옷은 없지만, 딱히 더럽지도 않아서 밤에 속옷만 빨아서 말려두면 문제없다.

큐피가 너무나 기분 좋은 듯이 눈을 감고 있어서 나도 같이 뒹굴고 싶어졌다.

더블 침대 반대편으로 돌아가서 큐피 옆에 누웠다. 큐피가 몸을 조금 비켜서 내게도 공간을 나눠주었다.

큐피와 둘이 뗏목을 타고 바람을 맞는 듯한 기분이었다. 천장에서 빛의 입자가 톡톡 튄다.

다만 아무리 눈을 감아도 잠은 오지 않았다. 이 시간에 낮잠이나 초저녁잠을 잔다는 건 거의 있을 수 없는 일이어서 뇌가 수면을 완고하게 거부했다. 심심하고 할 일도 없어서 즉흥적으로 큐피에게 제안했다.

"마사지해줄게."

그러자 큐피가 뭐라고 흠냐흠냐 중얼거리면서 몸을 뒤집어, 엎드린 자세가 되었다.

나는 일어나서 큐피에게 올라탔다. 그리고 큐피의 등에 손바닥을 댔다.

먼저 눈을 감고 큐피 몸의 소리에 가만히 귀를 기울였다.

이따금 어깨 결림이 심해지면 달려가는 이웃의 마사지사 흉내다. 그리고 이번에는 손바닥을 펴고 천천히 원을 그리듯이 큐피의 등 전체를 쓰다듬으며 마사지했다.

젊어서 아직 어깨 결림과는 무연할 줄 알았는데, 어림없는 소리. 몸 여기저기가 고르게 굳어 있어서 깜짝 놀랐다. 할머니 몸 같다.

"손님, 어깨가 많이 결렸네요. 일이 바쁘세요? 이건 눈의 피로 때문인지도 몰라요."

목뒤에 돌 같은 응어리를 조물조물 주무르면서 마사지사처럼

266

말했다.

"입시 공부 때문에."

큐피가 작은 소리로 말했다. 큐피는 특히 허리 언저리가 차가웠다.

꼼꼼하게 허리를 주물러 풀어주면서 나는 말했다. 초등학생 때까지는 성냥개비처럼 선이 가늘었지만, 최근에는 보기 좋게 살이 붙어서 볼륨 있는 체형이 되어가고 있다.

"생리는 순조로운가요?"

엉덩이 쪽을 팔꿈치로 풀어주면서 물었다. 큐피가 초경을 맞이한 것은 중학교 1학년 초여름 때였다.

"생리통은 어떠세요?"

"가끔 심하기도 하지만, 괜찮아졌어요."

이럴 때가 아니면 큐피와 생리 관련 얘기를 할 수 없다.

"손님, 무리하지 마세요. 힘들 때는 선생님께 말하고 쉬면 되니까요. 생리는 부끄러운 게 아니에요."

나는 말했다. 지금 한 말은 완전히 엄마 시선이었네, 하고 생각하면서.

나는 큐피와 동물 모녀처럼 장난치는 시간이 너무나 애틋했다. 이런 시간을 가진 것만으로도 이즈오시마섬에서 1박을 더 한 의미가 있었다.

큐피가 비명을 지른 것은 마지막으로 발뒤꿈치 마사지를 할 때였다.

"아야아아아아아아아아아! 더 살살 해줘."

무척 고통스럽다는 듯이 소리를 질렀다.

"아픈 건 말이야, 그곳이 나쁘다는 증거야. 조금만 참아. 그러고 나면 시원해질 거야."

말하면서 나는 한 번 더 큐피의 왼쪽 다리 엄지발가락 옆의 혈에 힘을 주었다.

큐피의 입에서 이번에는 신음이 흘러나왔다. 보니 큐피의 눈에서 눈물이 흐르고 있다.

"그렇게 아파?"

능청스럽게 물었다.

"진짜 죽겠다니까! 그만 됐어. 이번에는 엄마 차례."

큐피는 그렇게 말하고 몸을 일으켜 엉금엉금 기어서 내 발밑으로 이동했다.

"부드럽게 잘 부탁합니다."

나는 말했다.

하지만 큐피의 그것은 마사지와는 거리가 먼 단순한 고문이었다. 너무 아파서 등에 땀이 흥건해졌다. 바로 항복하고, 마사지 타임은 끝났다.

땀을 흘려서 옷을 갈아입고 싶었지만, 갈아입을 옷이 없다. 그래서 큐피가 잠옷용으로 갖고 왔다는 너덜너덜한 분홍색 긴소

매 티셔츠를 빌려 입었다. 나한테 전혀 어울리지 않았지만, 땀에 젖은 옷을 입는 것보다는 나아서 그 위에 카디건을 걸치고 나갈 준비를 했다.

큐피와 더블 침대에서 안마 놀이를 하는 사이에 해가 완전히 저물었다. 되도록 두껍게 챙겨 입고 밖으로 나갔다.

"자, 어디로 갈까? 선택지는 두 개야."

캄캄해진 밤길을 걸으면서 나는 말했다.

갓 밤의 장막이 내려졌는데 하늘에는 벌써 별이 드문드문 모습을 보였다. 고집이 세 보이는 빛이 역시 이즈오시마섬답다.

"엄마는 어느 쪽으로 가고 싶어?"

큐피가 물어서 으음, 하고 생각한 뒤,

"라멘."

밤하늘을 올려다보면서 대답했다. 이 지역에서 저녁에 식사가 가능한 곳은 라멘과 초밥 두 군데밖에 없다고 낮에 간 카페의 주인이 가르쳐주었다.

"너는 어느 쪽이더냐."

내가 장난스럽게 묻자,

"나는 초밥이 좋노라. 벳코스시라는 게 먹어보고 싶구나."

큐피도 장단을 맞추었다.

"흐음, 곤란하구나. 그렇다면 가위바위보로 정하는 게 어떠냐."

잠시 생각한 뒤, 나는 말했다. 물론 초밥도 좋지만, 초밥으로

하면 또 항구까지 오도리코자카 언덕을 내려가야 한다.

내려가는 건 괜찮지만, 돌아오는 길이 힘들 것 같다. 게다가 나는 지금 따뜻한 국물이 먹고 싶었다. 머릿속에는 아까부터 라멘 콜이 울리고 있다.

"몇 판 승부냐?"

큐피가 말해서,

"삼세판이 어떠냐?"

내가 대답하자,

"아니다, 단판 승으로 하자."

큐피가 말했다.

"좋다, 단판 승 가자."

이렇게 해서 가위바위보로 저녁 식사를 정했다.

"가위바위보!"

"안 내면 술래!"

"비겼다!"

아무도 없는 밤길에서 엄마와 딸이 가위바위보로 진검승부를 했다. 계속 같은 것을 내서 무승부가 이어졌지만, 네 번째 승부에서 드디어 결론이 났다. 내가 주먹이고 큐피가 가위다.

"아싸, 오늘 저녁은 라멘!"

어른스럽지 못하게 나는 어둠 속에서 브이를 그렸다. 그리고 어영부영하는 사이에 큐피의 팔을 잡고 라멘 가게까지의 짧은 길을 팔짱을 낀 채 나란히 걸었다. 모든 게 사랑스럽고, 자애로 가득한 밤이었다.

가게는 어디에나 있을 법한 극히 평범한 라멘 가게였다. 하지만 맛은 최고여서 나도 큐피도 무아지경으로 면을 흡입했다.

"엄청 맛있어."

라멘 가게의 빨간 휘장을 걷고 밖으로 나온 순간, 큐피가 외쳤다. 지금의 목소리는 분명히 가게 안의 사람들에게도 그대로 들렸을 터다.

"깜짝 놀랐어."

맛의 여운이 아직 몸속에서 둥둥 솜털처럼 떠다녔다.

큐피가 주문한 소금 맛의 김 라멘도 내가 주문한 추억의 키조개 육수 라멘도, 교자도, 미니 돼지고기 덮밥도, 모두 따뜻하고 푸근한 맛이었다. 덕분에 위가 여전히 기쁨에 들떠 춤을 추고 있다.

"초밥도 먹고 싶었지만, 오늘 저녁은 라멘이 정답이었지 않니?"

만족스러워하는 큐피의 옆얼굴을 흘끗흘끗 보면서 내가 말했다.

"보통 그런 상황에서는 딸의 의견이 우선이어서 엄마는 일부러 져주는 거라고 생각하는데 말이지."

그래도 큐피가 입을 삐죽거려서,

"코우메나 렌타로였다면 그랬을지도 모르지. 하지만 큐피는 이제 다 컸잖아."

나는 태연하게 응수했다.

큐피가 이제 아이가 아니란 것을 나는 오늘 둘이 시간을 보내며 생생하게 느꼈다. 게다가 승부는 진지하게 하지 않으면 의미가 없다고, 그 사실도 큐피에게 가르치고 싶었다.

왠지 이대로 밤이 끝나는 것이 아쉬워서 돌아오는 길에 마음에 드는 가게에 들어가서 야식을 물색했다. 큐피가 열심히 과자를 고르고 있을 때, 나는 바구니에 알코올 병을 담았다.

큐피가 잠이 든 뒤, 자는 얼굴을 슬쩍슬쩍 보면서 홀짝홀짝 식후주를 마시는 것도 나쁘지 않을 거다. 주전부리가 아무것도 없어서 고구마말랭이도 바구니에 던져 넣었다.

카운터 옆에 신선한 명일엽이 놓여 있었다. 기념품으로 사 가서 미츠로 씨와 렌타로와 코우메에게 먹이고 싶었지만, 내일 하루 이 선도가 지켜질지 몰라서 눈물을 머금고 포기했다.

마치 이 섬에서 일주일은 지낸 것 같은 기분이었다. 계산을 마치고 약간 먼 길로 돌아서 숙소에 왔다. 섬에는 놀라울 만큼 고요하고 꽉 찬 시간이 흘렀다.

욕실과 세면실은 다른 손님들과 공용이어서 큐피가 먼저 샤워하러 방을 나갔다. 목욕탕은 오늘 아침, 페리가 섬에 도착한 뒤 항구 옆의 천연온천에서 줄곧, 그야말로 질릴 정도로 들어가 있었던 것 같다. 그래서 가볍게 샤워만 해도 충분하다고 했다.

그동안에 나는 얼른 가게에서 사온 시드르 뚜껑을 땄다. 방에 둔 컵에 따라서 혼자 건배했다.

마시는 사이에 점점 취기가 몸을 지배하는 걸 느꼈다. 도중에 디저트용으로 사온 고구마말랭이 봉지를 뜯어서 안주 삼아 시드르를 마셨다. 어젯밤 음식을 대접해준 토마 씨와 토무, 사이좋은 커플은 지금쯤 무엇을 먹고 있을까 상상하면서.

어느새 나는 침대로 이동하여 이불에 들어가 있었다. 시드르를 너무 빨리 마셨는지도 모르겠다. 이대로 잠들면 안 된다, 양치질해야 한다, 세수해야 한다, 주문처럼 외면서도 몸은 점점 잠의 세계로 빠져들었다. 이제 재기 불능이었다.

도중에 큐피가 방으로 돌아오는 소리에 잠이 깼다. 잠이 깼지만, 역시 몸을 일으킬 수가 없다.

"엄마, 벌써 자?"

순간 소리가 나오지 않아서 몇 초 동안 가만히 있는데,

"내 엄마가 돼줘서 고마워."

큐피가 속삭이듯이 말했다.

어쩌면 큐피는 내가 잠들어서 못 들을 줄 알고 안심하고 말했을지도 모른다.

나는 눈을 꼭 감고 눈물이 쏟아지지 않도록 애써 참았다. 그 순간 내가 무슨 말을 한다면 큐피의 다정함을 망칠 것 같았다. 여기서 재치 있는 말을 할 수 있을 만큼 나는 아직 멋진 엄마가

되지 못했다.

내가 먼저 태어나서 입장상 엄마이지만, 그렇다고 해서 모든 면에서 내 쪽이 나은 건 절대 아니다.

큐피 쪽이 뛰어난 점도 많이 있고, 큐피가 선생님일 때도 물론 있다.

그래서 침묵을 지킬 수밖에 없었다. 눈두덩 사이로 눈물이 스멀스멀 차올랐다.

새벽녘, 무척 유쾌한 꿈을 꾸었다.

할머니와 나와 큐피 셋이서 욕조에 들어갔다.

뜨거운 물 위에는 색색의 동백꽃이 빼곡하게 떠 있다. 욕조가 작아서 제일 아래에 할머니, 그 위에 나, 더 위에 큐피, 알몸의 여자 세 명이 3단으로 포개져 서로 안은 채 들어가 있었다.

너무 기분이 좋았다. 게다가 할머니가 도중에 라쿠고(일본의 전통 만담 ― 옮긴이)를 피로하는, 정말 신기한 꿈이었다. 나도 큐피도 두 다리를 벌리고 깔깔 웃고, 그 아래에서 할머니만 진지하게 라쿠고를 했다.

그래서 문득 눈을 떴을 때, 바로 앞에 큐피의 얼굴이 있어서 혼란스러웠다. 순간 내가 지금 어디 있는지 알 수 없었다.

큐피와 같은 침대에서 자고 있을 리가 없는데, 혹시 좀 전까지 셋이 목욕을 한 게 현실이었나 싶기도 했다.

하지만 서서히 생각이 났다.

어제 섬에서 우연히 큐피를 만나 토마 씨의 소형 트럭 짐칸을 탄 일이 휘리릭 넘기는 만화처럼 뇌리에 되살아났다.

그전에 사노 해변에서 할머니와 미무라 씨가 나눈 연애편지를 토마 씨와 공양한 것도 생각났다.

이 섬에서 나는 꽤 농밀한 시간을 보내고 있다.

큐피는 정말 기분 좋게 자고 있다. 완전히 내 쪽으로 고개를 돌리고 자고 있어서 얼굴에 난 솜털까지 또렷이 보였다.

어쩌면 큐피도 역시 꿈속에서 동백꽃 꽃잎이 동동 뜬 욕조에 들어가서 할머니의 라쿠고를 듣고 있을지도 모른다.

잠든 얼굴이 웃고 있는 듯 귀엽다.

목뒤에 잔머리가 아침 햇살에 반짝반짝 빛났다.

한 번 더 할머니와 큐피의 온기를 음미하고 싶어서 눈을 감았다.

가마쿠라역에 돌아온 것은 그날 초저녁 무렵이었다. 미츠로 씨가 민첩하게 대응해준 덕분에 특별히 큰 문제없이 나와 큐피는 이즈오시마섬을 만끽하고 무사히 돌아올 수 있었다.

내게는 마치 세계일주 여행을 하고 돌아온 것 같은 충실한 2박 3일이었다.

무엇보다 의젓한 청소년이 된 큐피를 섬 곳곳에서 볼 수 있었던 것이 큰 수확이었다.

큐피도 역시 수해의 숲이 그랬던 것처럼 자력으로 용암 위에 싹을 틔우고 뿌리를 내려가며 자신만의 숲을 재생했을지도 모른다.

큐피의 합격 소식이 날아온 것은 그리고 며칠 뒤였다.

연꽃

4월이 되었다.

 큐피는 약간 큼직한 새 교복을 입고 고등학교에 다니게 됐고, 아래 두 아이도 나란히 초등학교 2학년에 올라갔다.

 미츠로 씨는 아직 물이 차가워서 추울 텐데 좋은 파도를 찾아 빈번하게 바다로 나가고 있다.

 그에 비해 왠지 나만 같은 곳에 머물며 제자리걸음을 하는 것 같은 기분이 드는 것은 단순한 착각일까.

 세상은 봄이 찾아와 들떠 있는데. 도무지 마음이 개지 않는 날이 이어졌다.

 어쩌면 흔히 말하는 번아웃 증후군일지도 모르겠다고 깨달은 것은 벚꽃이 완전히 지고 잎만 남았을 무렵이었다.

 할머니의 연애편지도 공양하고, 큐피도 고등학교에 합격하고,

눈앞에 있던 미션이 전부 해결되자 완전히 공허한 기분이 들었는지도 모른다.

자신의 존재 이유를 알 수 없게 되고, 걸핏하면 나는 무엇 때문에 사는 걸까 하고, 끝이 보이지 않는 깊고 질척한 진흙탕 속에 목까지 푹 빠져버린다.

그렇다면 그런대로, 나도 일에 몰두하면 기분전환이 될 텐데, 그쪽 역시 내 능력 부족으로 대필 일이 정체되고 있다.

머릿속은 늘 흐릿하고, 아무것도 할 의욕이 생기지 않았다. 새로운 일을 시작하려고 해도 막상 행동으로 옮기려는 순간 겁부터 먹고 만다.

실은 토마 씨에게 부탁받은 대필 편지도 아직 쓰지 못하고 있었다. 그때는 내가 토마 씨에게 힘이 될 수 있을지도 모른다고 진심으로 생각했지만, 돌이켜 보면 그것은 자아도취였다. 내 능력을 과대평가한 것뿐이라고 지금이라면 단언할 수 있다. 쓸 수 있을 거라고 생각하고 가벼운 마음으로 수락했던 그때의 나를 지금은 무척 부끄럽게 생각한다.

나 자신이 성장하지 않는 한, 토마 씨의 내면에 깃든 고독을, 갈등을, 분노를, 그리고 희망을 말로 표현하는 건 도저히 무리다. 그래서 토마 씨에게는 좀 더 시간을 주었으면 한다고 문자를 보냈다. 가마쿠라궁에서 야쿠와리이시(도기를 던져 액운을 깨는 액막이 의식 - 옮긴이)라도 하며 신에게 매달릴까, 하면서 반은 자포자기의 심정이 되었다.

 츠바키 문구점에 키가 큰 청년이 나타난 것은 그런 우울한 봄
을 보내고 있을 때였다. 나는 가게에서 책상에 턱을 괴고 멍하니
동백나무를 보고 있었다.

 이제 꽃은 거의 없다. 아름다운 모양 그대로 송이째 떨어진
동백꽃이 바닥에 점자처럼 흩어졌다.

 족히 180센티미터는 될 것 같은 건장한 체구의 청년이었다.
팔다리가 길고, 운동이라도 하는지 다부진 몸집이다.

 그는 야구 모자를 벗으면서 오랜만입니다, 하고 감개무량한
듯이 중얼거렸다.

 하지만 나는 본 기억이 없는 청년이다. 그래서 지금 막 그가
한 말의 의미를 알지 못했다. 그러자,

 "스즈키 다카히코입니다."

 청년이 발랄하고 시원스러운 목소리로 이름을 말했다.

 "엇?"

 놀라서 청년의 얼굴을 빤히 보았다. 듣고 보니 확실히 감고
있는 눈매가 소년 시절의 다카히코를 닮았다.

 "많이 컸네."

 나는 진심으로 감동해서 말했다. 좀 전까지의 우울함이 그 순
간 돌풍에 휩쓸리듯이 날아갔다.

"주위 분들에게 종종 듣습니다. 엄마도 설마 이렇게 클 줄이야, 하고 놀라세요."

눈이 보이지 않는 다카히코가 엄마에게 감사의 마음을 전하는 편지를 써달라고 찾아온 것은 한참 전이다. 그때 결국 다카히코는 자기 손으로 편지지에 글씨를 썼다. 그때를 떠올리니 나는 가슴이 멨다.

"자, 이리로 앉아."

다카히코에게 동그란 의자를 내밀었다.

"음료수 갖고 올 테니 좀 기다려줄래. 다카히코는 차가운 것과 따뜻한 것 중 어느 쪽이 좋아?"

내가 묻자,

"그럼 차가운 쪽으로 부탁합니다."

다카히코가 웃는 얼굴로 대답했다.

나는 정말 꿈을 꾸는 듯한 기분이었다. 설마 이렇게 멋지게 성장한 다카히코를 다시 만나게 될 줄 생각지도 못했다.

다카히코에게는 냉장고에서 꺼낸 사과주스를 준비하고, 내 것으로 그걸 재빨리 데워서 컵에 부었다.

"다카히코, 이제 몇 살이야?"

두 개의 컵을 쟁반에 받쳐서 갖고 갔다.

"스물한 살입니다."

다카히코가 늠름한 목소리로 말했다.

"그렇구나, 그때는 아직 초등학생이었는데."

나는 어린 다카히코를 떠올리면서 말했다. 어렸지만 다카히코는 당시에도 훌륭한 젠틀맨이었다.

"네, 초등학교 6학년이었습니다."

"그 편지로 어머니가 뺨에 뽀뽀하는 건 그만두셨어?"

내가 묻자,

"덕분에요."

다카히코가 수줍게 미소를 지었다. 웃는 얼굴은 어릴 적 다카히코 그대로다.

"잘됐네."

여러 가지 의미를 담아서 나는 말했다. 다카히코의 인생이 충실하다는 것은 다카히코의 몸 전체에서 신기루처럼 전해졌다.

"저 고등학교 졸업한 뒤 3년 정도 해외에 유학을 다녀왔습니다."

"와, 대단해. 어디로 갔었어?"

"처음 2년 동안은 캐나다에, 그 후 1년은 오스트리아에 있었어요."

"무슨 공부 했어?"

"장애인 스포츠입니다. 그 편지를 보낸 후 저를 보살피느라 등산을 못 하던 엄마와 등산을 시작했어요. 처음에는 하이킹 코스나 아주 낮은 산부터 시작해서 점점 높은 산에 도전하게 됐어요. 열여섯 살 생일에는 후지산에도 등정했고요. 그때 몸을 움직이는 기쁨을 처음으로 알게 되었다고 할까요. 지금은 트라이애슬론으로 패럴림픽 출전을 목표로 하고 있습니다. 올여름 일본 기업에 취업해서 일하면서 운동을 계속하고 있어요."

"대단하네."

눈앞의 다카히코는 자력으로 인생을 개척하고 있었다. 이런 사람을 나는 진심으로 존경한다.

"그래서 며칠 전 처음으로 월급을 받아서 이걸 드리고 싶었어요."

다카히코가 짊어진 륙색에서 작은 상자를 꺼내 내 앞에 놓았다.

"내게?"

"예. 돈을 벌게 된다면 뭔가 답례를 하고 싶다고 전부터 마음먹고 있었습니다. 그때, 저 50엔밖에 내지 못해서. 그 일이 줄곧 마음에 걸렸어요."

다카히코는 말했다.

그런 것, 전혀 신경 쓰지 않아도 되는데. 오히려 그때 다카히코가 준 50엔짜리 동전은 포상 메달로 모두에게 자랑하고 싶을 정도로 내게는 무엇보다 빛나는 훈장이었다.

"정말 고마워."

여러 가지 감정을 담아 나는 말했다.

"한번 열어보세요."

다카히코의 말에 예쁘게 포장된 종이를 조심스레 벗겼다. 안에서 나온 것은 작은 잉크병이었다.

"와아, 엄청나게 멋진 색."

라벨에는 만월의 바다라고 쓰여 있다.

"그렇게 말씀해주시니 다행입니다. 여자 친구한테 같이 가자고 해서 색 이름을 처음부터 끝까지 다 듣고 정했답니다. 잉크 이름은 하나같이 개성적이고 재미있더군요. 만월의 바다라니 솔직히 저는 어떤 색인지 잘 모르지만, 무척 아름답겠다고 생각했어요. 그 순간, 잠시였지만 그 색을 본 것 같은 기분이 들더라고요. 그리고 병 모양도 동그스름한 게 좋을 것 같아서요. 그러니 괜찮으시면 써주세요."

나는 다카히코가 골라준 잉크병을 살며시 두 손으로 감쌌다.

"다카히코, 여자 친구 있구나."

이런 멋진 청년을 세상의 여성들이 그냥 둘 리 없지, 생각하면서 말했다.

"간신히요."

다카히코가 장난스러운 어조로 말했다.

"어머니도 건강하시지?"

"네, 엄마는 그 후 아빠랑 이혼하고 지금은 혼자 살고 있습니다. 가끔 여자 친구와 셋이 밥 먹으러 가기도 하는데요. 엄마하고 여자 친구, 둘 다 기가 세서 대립하는 일이 많아요."

"다카히코, 중간에서 힘들겠구나."

웃으면서 내가 말하자,

"완전히요. 결혼하기 전부터 고부 간 문제가 잦네요."

그리 싫지 않다는 어조로 말했다.

그런 것도 전부 포함해서 다카히코는 지금 무척 행복하고, 만족스러운 인생을 보내고 있을 것이다.

이게 무슨 서프라이즈인가. 다카히코의 저력을 본 것 같았다. 다카히코는 점점 신사도를 높이고 있다.

"괜찮으면 또 놀러 와. 다음에는 여자 친구도 같이."

다카히코가 돌아갈 무렵에 내가 말하자,

"감사합니다!"

마치 운동부 후배가 선배에게 하듯이 기세 좋은 목소리로 대답했다.

"저, 옛날부터 이곳 냄새가 너무 좋았어요."

강아지처럼 코를 킁킁거리면서 말했다.

"그렇게 냄새가 나나?"

나의 물음에,

"나요. 문방구 냄새도 그렇지만, 뭐랄까, 촉감 같은 은은한 향이랄까요. 가게에 들어서는 순간, 편안해지며 어깨에 힘이 빠져요. 제 착각일지도 모른다고 생각했는데, 역시 오늘도 그때와 같은 냄새가 나서 안심했습니다."

다카히코는 확신에 찬 표정으로 말했다.

다카히코가 그렇게 말한다면 그것이 진실일 것이다. 웬지 내가 칭찬받은 것 같아서 기뻐졌다.

"조심해서 돌아가."

츠바키 문구점의 미닫이문까지 가서 다카히코를 배웅했다. 다카히코는 용하게 지면에 흩어진 빨간 동백꽃을 피하면서 돌아갔다.

역시 다카히코에게는 보인다. 다카히코는 마음의 눈으로 모든 것을 살피고 꿰뚫어 보고 있다.

다카히코가 한 걸음 앞서 상큼한 5월의 빛을 데리고 왔다.

우편함에 내 앞으로 온 편지를 발견한 것은 그 후 보름쯤 지났을 때였다. 알 것 같기도 하고 모를 것 같기도 한 글씨를 보며 누굴까 의아하게 생각하면서 뒤집어보자, 웬걸 보낸 사람은 큐피였다. 고등학생이 되더니 글씨가 점점 더 어른스럽고 단정해졌다.

바로 집으로 돌아와서 봉투를 뜯었다. 큐피에게 편지를 받은 게 얼마 만인가. 나는 선 채로 편지를 읽기 시작했다.

엄마에게

평소 편지를 쓰지 않아서 뭔가 굉장히 긴장돼요.

오늘은 어머니 날이에요. 그래서 엄마한테 편지를 써야겠다고

생각했는데, 뭐라고 써야 좋을지 모르겠어요.

잘 쓰지 못해서 미안해요.

엄마, 이즈오시마섬에 데려가 주어서 정말 고마워요.

섬 여행, 최고로 즐거웠어요. 생각해보니 에노시마에는

몇 번 간 적이 있지만, 제대로 배를 타고 섬을 건넌 것은

처음인지도요. 나, 완전히 섬을 좋아하게 됐어요.

말, 귀여웠죠.

말의 눈은 어쩜 그렇게 착하게 생겼을까요?

말을 쓰다듬었더니, 말이 꼭 나를 위로해주는 것 같은

기분이 들었어요. 축 가라앉았던 기분이 싹 사라지고,

마음이 부드러워졌어요.

엄마, 기억해요?

1년쯤 전, 렌타로와 코우메가 초등학교에 입학한 어느 날

초저녁, 꽃구경하러 단카즈라에 넷이 갔었잖아요.

그때, 엄마가 내게 한 말.

큐피는 미인이 됐네. 미유키 씨를 닮아서 다행이야.

엄마는 아무렇지 않게 말했지만, 나, 엄청나게 충격이었어요.

나의 엄마는 엄마인걸요. 나, 엄마 딸인걸요.

그런데 엄마를 닮지 않아서 다행이라니 너무해요.

엄마는 렌이랑 코랑 손잡고 걸어갔지만, 나는 그 뒤를 따라

걸으면서 눈물이 나서 혼났어요. 나만 깍두기가 된 것 같아서

슬프고 슬퍼서 절망적인 기분이 들었어요.

나도 엄마를 닮았다고 생각하고 있고,

주위에서도 그렇게 말하는데.

물론 알아요. 알고 있어요. 사실을 잘 알고 있어요.

하지만, 나도 엄마 배에서 태어나고 싶었다고요.

렌과 코는 엄마와 같은 피여서 좋겠다고 부러워했어요.

그래서 나, 엄마한테 상처 되는 말을 했어요.

정말 미안해요. 용서해주세요.

하지만요, 이즈오시마섬에서 말을 쓰다듬었더니 그런 건 별일

아니라고, 사소한 일이라고, 말이 가르쳐주었어요. 괜찮아,

라고 내게 말해주는 것 같았어요. 말에게 고마워요.

그러니까, 엄마, 나는 이제 괜찮아요.

반항기는 졸업했어요.

반항하는 것은 반항하는 대로 무척 피곤하다는 것도

알았어요.

쓸데없이 에너지를 낭비하기보다 기껏 고등학생이 됐으니,

앞으로는 고등학교 생활을 즐기고 싶어요.

그러니까 또 전처럼 나랑 사이좋게 지내주세요.

부디 잘 부탁합니다.

엄마, 정말 고마워요.

엄마를 역시 사랑해요.

싫어할 수가 없었어요.

부디 오래오래 살며 언제까지나 곁에 있어주세요.

큐피 드림

PS

엄마와 둘이 또 이즈오시마섬에 가고 싶어. 이번에는
더 느긋하게 허브 카페에서 아침도 먹고, 우카이 상점의
크로켓도 먹자. 이번에야말로 이즈오시마섬 명물인
벳코스시도 먹고 싶어! 하지만 그 라멘 가게에도 또 가고 싶네.

나는 몇 번이고 같은 문장을 읽고 또 읽었다.

이즈오시마섬에서 큐피와 보낸 시간이 아름다운 빛이 되어
되살아났다. 큐피를 껴안는 대신에 편지를 가슴에 꼭 안았다.

사과해야 하는 것은 내 쪽이다. 나의 경솔한 언동으로 큐피를
가슴 아프게 했다. 부모로서 정말 한심하다. 자각하지 못했지만,
나도 역시 독친이구나 생각하니 등줄기가 오싹해졌다.

남을 비판할 여유가 있으면 나를 거울에 비춰보고 돌아봐야
했는데. 큐피의 애정을 깨닫지 못한 것은 오히려 내 쪽이었다.

어째서 그런 바보 같은 소리를 했을까. 게다가 큐피가 가르쳐주

지 않았더라면 나는 영원히 내 잘못을 알아차리지 못했을 터다.

이 바보야, 하고 소리치면서 진심으로 나를 한 대 때리고 싶다.

이제 와서 사과해봤자 큐피의 상처 입은 마음이 원래대로 돌아가진 않겠지만, 그래도 제대로 큐피에게 사과하고 싶다.

봉투에는 아주 멋진 90엔짜리 우표가 붙어 있었다.

흰색과 분홍과 빨강 꽃잎은 장미일까, 아니면 모란일까. 어쩌면 동백일지도 모른다. 일부러 이렇게 예쁜 우표를 골라서 붙여준 큐피의 다정함에 어찌할 바를 몰랐다.

사이좋게 지내자, 라니, 그건 내가 해야 할 말인데. 아이는 부모가 모르는 틈에 자꾸 성장하고, 결국 부모의 품을 떠나 자립한다.

큐피뿐만이 아니다. 코우메도, 렌타로도 마찬가지다. 멍하니 있다 보면 눈 깜짝할 사이에 내 곁을 떠날 것이다.

마음껏 아이들을 쓰다듬고 안아줄 수 있는 시간은 생각한 것보다 훨씬 짧다. 큐피는 지금 자립하기 위해 필사적으로 날개를 파닥이는 중일 것이다.

다음에 큐피와 손을 잡고 걷는 것은 어쩌면 내가 훨씬 나이를 먹어서 제대로 걷지 못하거나, 큐피가 누군지 알아보지도 못하게 됐을 때일지도 모른다.

그렇게 생각하니 점점 안타까운 마음이 밀려왔다.

인생은 정말 눈 깜짝할 사이에 끝난다.

다음 주말이 오기를 기다렸다가 일요일 초저녁 무렵, 큐피를 데리고 산책하러 나갔다. 사정을 얘기했더니 아래 두 아이는 미츠로 씨가 봐주겠다고 했다.

이탈리안이든 일식집이든 프렌치든 야키니쿠든 장어든, 오늘 밤은 뭐든 큐피가 먹고 싶은 것을 먹자고 제안했더니, 큐피는 잠시의 주저도 없이 카레라고 대답했다. 카레를 좋아하는 것은 아빠를 닮아서인가.

그래서 고마치거리를 터벅터벅 걸어 카레 전문점인 옥시모론으로 향했다. 봄이 되어서인지, 한때 줄었던 관광객이 다시 가마쿠라로 돌아오고 있다.

하지만 벌써 마지막 주문이 끝났다. 집에서 5분만 일찍 나왔더라면 좋았을걸 하고 계단을 내려오면서 생각하는데, 그럼 건널목 쪽 카페에 가보자고 큐피가 제안했다.

"아저씨 두 사람 그려진 간판 걸린 곳?"

"응, 한번 들어가 보고 싶었어."

"이름, 뭐였더라? 엄마도 가마쿠라에 오래 살았지만, 아직 한 번도 가본 적이 없네. 꽤 오래전부터 있었던 것 같은데."

"오므라이스가 맛있다고 선배가 그랬어. 그리고 디저트도 괜찮대. 푸딩 파르페 먹고 싶어."

큐피가 들뜬 목소리로 말했다.

"들어간 적 없는 가게에 느닷없이 쓱 가보는 것도 재미있겠다."

나는 말했다.

생각해보니 이런 식으로 큐피와 둘이서만 친구처럼 가마쿠라를 어슬렁어슬렁 걸어 다닌 건 거의 처음이다.

그만큼 큐피가 다 컸다는 증거일 터다.

하지만 건널목 카페도 폐점 시간이었다. 정확한 이름은 '카페 비브멍 디망슈'였다.

"유감이네."

큐피는 'close' 팻말을 원망스러운 듯이 보면서 말했다. 두 집 연달아 실패했다.

"가마쿠라는 화, 수요일이 휴일인 가게도 많고, 일몰 때까지만 영업하는 곳도 꽤 있어서."

독신 시절에는 가마쿠라 가게들 영업시간과 정기휴일을 거의 다 꿰고 있었지만, 지금은 하나도 모르겠다.

"자, 어떡할까?"

나는 옆에 있는 큐피에게 물었다.

가게 유리에 두 사람의 모습이 비쳤다. 키는 내가 아직 조금 더 크지만, 추월당하는 건 시간문제일 것이다.

"일단 건널목을 건너자."

큐피가 말해서 선로를 가로질렀다.

그때,

"이런 곳에 가게가 있었네."

하고 큐피가 걸음을 멈추었다.

"정말이네. 엄마도 몰랐어."

반지하로 된 곳에 아담한 식당이 있었다.

"무슨 요리일까."

"양식 같은데."

"메뉴 보여달라고 할까?"

"그러자."

큐피와 계단을 내려가서 가게 사람에게 안의 칠판에 쓰인 메뉴를 좀 보겠다고 했다.

어쩐지 프랑스 요리를 하는 비스트로 같다. 메뉴에는 지역산 채소와 근처 항구에서 잡은 생선을 활용한 매력적인 요리가 가득하다.

"기왕 왔으니 여기서 먹을까?"

내가 제안하자, 큐피도 눈을 반짝거리며 동의했다.

카운터석이라면 자리가 있다고 해서 입구 가까운 자리에 큐피와 나란히 앉았다. 뒤쪽 테이블에는 매력적이고 멋진 가마쿠라 신사가 스파클링와인을 마시면서 혼자 식사를 즐기고 있다. 열어놓은 문으로는 기분 좋은 바람이 들어왔다.

유감스럽게 큐피가 먹고 싶어 한 카레는 없었지만, 큐피가 뜻밖에 부야베스를 마음에 들어 해서 전채는 마르세유풍 부야베스를 2인분 주문했다.

메인은 각자 좋아하는 요리로 주문했다.

큐피는 망설임 없이 안창살 스테이크를 골랐지만, 나는 좀처럼 정하지 못했다. 최종적으로는 오리고기 콩피로 했지만, 역시 뿔닭 쪽이 좋았으려나, 흰살생선 푸알레도 맛있을 것 같고, 하면서 계속 메뉴를 보았다. 큐피 쪽이 훨씬 결단력 있는 어른으로 성장했다.

"고등학교 입학 다시 한번 축하해."

큐피는 탄산수로, 나는 생맥주로 건배를 했다.

지난달, 가족 모두 함께 츠루야에 가서 장어를 먹으며 합격을 축하하긴 했지만, 가게가 너무 붐빈 데다 도중에 렌타로가 배탈이 나기도 해서 좀처럼 차분하게 축하할 분위기가 아니었다.

그랬더니,

"엄마, 한때 말이야, 나한테 하루라고 부르지 않았어?"

큐피가 느닷없는 화제를 꺼냈다. 순간, 맥주가 목에 걸릴 뻔한 걸 간신히 참고 말했다.

"그랬지. 미유키 씨도 하루나에서 따서 그렇게 불렀으니까. 큐피의 친엄마가 되고 싶었거든. 그런데 그렇게 부르는 건 미유키 씨한테 미안한 일인가, 하는 생각이 들어서 하루라고 부르는 게 좀 주저됐어. 하지만 역시 나도 하루라고 부르고 싶어서 불러봤었지."

나는 그때 품었던 복잡한 기분을 그대로 솔직하게 큐피에게 전했다. 큐피는 이제 그걸 받아들일 그릇이 준비되었다.

"그런데?"

"뭐랄까, 딱히 와닿지 않았다고 할까. 엄마 속에서 큐피는 역시 큐피였어."

"뭐야, 그거."

큐피가 쿡쿡 웃었다.

"그럼 넌 뭐라고 불리고 싶어? 하루 쪽이 좋아?"

이건 중요한 이야기라고 생각하고 진지하게 질문했더니,

"둘 다 똑같지!"

웃어넘기듯이 큐피가 말했다.

"똑같아?"

"그렇잖아. 둘 다 나니까."

나는 여우에게 홀린 듯한 심경이었다. 실은 은근히 이대로 큐피라고 계속 불러도 되나 고민했다.

"그런가."

나는 말했다.

문제의 구조는 내가 생각했던 것보다 훨씬 단순했을지도 모른다. 그래서 뭔지 모르게 개운한 기분이 들었다. 우리 둘은 부야베스를 먹기 시작했다.

메인에 더해 디저트도 한 접시씩 주문해서 남김없이 다 먹어 치운 뒤, 배부르게 가게를 나왔다.

밤의 장막이 완전히 드리워졌다. 역 플랫폼도 텅 비었다.

만반의 준비를 하고, 나는 말했다.

"잠깐, 어디 들러도 돼?"

"좋아. 어디로?"

"주후쿠사. 큐피, 간 적 있는데 기억나니?"

다섯 살 때의 그 데이트를 기억할 리 없다고 생각하면서도 물어보았다.

"어디에 있어?"

"기타가마쿠라 가는 도중에. 기리도시(가마쿠라와 인근 지역을 연결하기 위해 산이나 언덕을 절단해서 만든 길 - 옮긴이)까지는 가지 않지만. 여기서 가까워."

그렇게 말하며 나는 이미 주후쿠사 쪽으로 걸어가고 있었다.

"맛있었어."

"아빠한테 비밀로 하고 또 가자."

약간 장난치는 기분으로 말했다.

"그래. 아빠 그 가게 알면 질투할지 몰라. 가게 아저씨도 멋있어서."

커다란 검은 개를 데리고 지나가던 연배의 여성이 미소 지으며 우리 대화를 듣고 있다.

주후쿠사에 가는 것은 정말 오랜만이었다. 나는 밤의 고요함을 흩트리지 않도록 주의하면서 옆에 걸어가는 큐피에게 살며시 말을 건넸다.

"할머니한테 말이야, 좋아하는 사람이 있었대. 그 좋아하는 사람이 이즈오시마섬에 살았대."

"할머니?"

큐피가 신기한 듯한 얼굴을 했다.

"엄마의 할머니니까, 큐피에게는 증조할머니에 해당하는 사람."

"아, 혹시 선대?"

"그래, 그래, 선대."

"처음부터 그렇게 말하면 알아들었을 텐데."

큐피가 가볍게 입을 삐죽거렸다.

"그 할머니가 말이야, 가마쿠라에서 가장 좋아한 장소가 이곳이야."

나와 큐피는 주후쿠사 산문으로 이어지는 계단 아래에 섰다.

"예쁘지? 엄마도 이곳을 제일 좋아해서 큐피에게도 가르쳐주고 싶었어."

그리고 우리는 천천히 한 걸음씩 계단을 올라갔다.

나뭇가지에는 신록이 수없이 싹을 틔우고 있다. 어둠 속에서 그것이 촛불처럼 빛나 보였다.

역시 기분 좋은 곳이다. 이즈오시마섬에서 토마 씨를 따라 간 하지카마 신사의 분위기와도 비슷한 데가 있다.

어쩌면 그래서 할머니는 이곳을 좋아했을지도 모른다.

중문까지 가서 나는 바닥에 쭈그려 앉으며 말했다.

"큐피, 업혀봐."

"무리야."

큐피가 어이없다는 듯이 말했다.

"지금 잔뜩 먹고 왔기도 하고. 몸무게, 중학교 때보다 훨씬 많이 나가는걸."

"괜찮아. 자, 엄마한테 업혀봐."

나는 물러나지 않았다.

"아빠도 말이야, 여기서 엄마를 업어주었어."

그 말을 한 몇 초 뒤, 겨우 등이 따뜻해졌다. 큐피의 무게와 온기를 등 전체로 받아들였다.

영차, 하고 기합을 넣고 일어섰다.

역시 바로 다리를 펴고 서는 것은 어려워서 역도 선수처럼 시간을 들여 균형을 잡으며 한 발씩 천천히 발을 내디뎠다.

완전히 일어선 뒤, 나는 말했다.

"큐피, 미안해. 큐피한테 상처 입혀서 정말 미안해."

줄곧 가슴에 걸려 있던 말을 겨우 딸에게 전했다.

큐피가 대답 대신에 내 팔을 꼭 감았다.

이곳에서의 풍경을 큐피에게 꼭 보여주고 싶었다. 이 등에서 보이는 풍경이야말로 내가 할머니에게 물려받은 보물이니까. 내가 받은 것을 이번에는 큐피에게 전해주고 싶었다.

큐피를 다시 땅에 내려놓은 뒤, 나는 말했다.

"아빠가 있지, 벌써 몇 년 전이려나. 처음으로 큐피와 셋이 데이트했을 때, 이곳에서 나를 업어주며 말했어. 잃어버린 것을 찾아 헤매기보다 지금 손에 있는 것을 소중히 하는 게 좋다고.

그 말에 엄마, 굉장히 위로받았단다. 그리고 말이야, 누군가가 나를 업어주었으면 이번에는 내가 누군가를 업어주면 된다고 가르쳐주었어. 그 말에 엄마는 아빠를 좋아하게 됐지. 그래서 이곳은 엄마에게도 정말 소중한 추억의 장소야."

"고마워."

숙연한 목소리로 큐피가 말했다.

"사과를 받고 싶지 않다고 생각했는데, 그래도 지금 업어주어서 기뻤어. 나, 엄마한테 업힌 적 없었지?"

듣고 보니 정말 그럴지도 모른다.

내가 큐피를 만났을 때, 큐피는 벌써 다섯 살로 업을 나이가 아니었다. 그 후에도 잠이 든 큐피를 업거나 안는 것은 언제나 미츠로 씨 역할이었다.

큐피는 자기가 내 친딸이 아니란 것을 긴 세월에 걸쳐 조금씩 받아들이고, 곱씹으며, 자신의 것으로 만들어왔으리라. 큐피의 말에서 그것이 절절히 전해졌다.

한 칸씩, 또 천천히 계단을 내려갔다.

앞으로 큐피와의 새로운 시절이 시작된다.

왠지 모르게 문득 그런 예감이 드는 가마쿠라의 한층 아름다운 밤이었다.

하지만 인생은 그렇게 무르지 않다. 좋은 일이 있으면 그렇지 않은 일도 반드시 있다. 오른발과 왼발처럼 그렇게 균형을 맞추는 것이겠지만, 아무리 그래도 말이다.

큐피의 반항기 문제가 겨우 해결되었다고 생각했더니 이번에는 이웃과의 소음 문제가 표면화되었다. 그야말로 산 넘어 산이다.

봄이 한창일 때 코우메의 생일파티를 집에서 거창하게 한 것이 좋지 않았던 걸까. 며칠 뒤, 우편함에 항의 편지가 들어 있었다. 그, 고양이 여러 마리와 사는 까탈스러운 옆집 사람에게서였다.

우표를 붙이지 않은 차가운 갈색 봉투 안에서 나온 것은 프린터로 인쇄한 A4 복사 용지였다. 내용을 읽기 전부터 불쾌한 예감이 들어서 기분이 가라앉았다. 하지만 그대로 어둠에 묻어버릴 수도 없어서 마지못해 읽었다.

"이제 인내의 한계입니다."

"다음에는 경찰에 신고하겠어요."

"도무지 시끄러워서 밤에 잠을 못 잤어요."

"적당히 좀 하세요."

"이대로는 일을 할 수가 없어요."

읽으면 읽을수록 우울해져서 마지막 한 문장까지 다 읽었을 때는 배에 칼침을 몇 방 맞은 것 같은 기분이 되었다.

과장도 비유도 아니고, 나는 정말 그 자리에 서 있을 수가 없어서 엉덩방아를 찧으며 주저앉았다.

물론 소음에 관해서는 평소에도 조심하고 있고, 특히 코우메의 생일파티 때는 아이들에게 처음부터 주의를 주었다. 큰 소리로 놀고 싶을 때는 밖에 나가도록 하라고 일렀고, 복도를 뛰어다니거나 계단을 오르락내리락하지 않도록 일부러 포스터까지 써서 보이는 곳에 붙여두었다.

코우메도 렌타로도 대체로 집에 친구를 데려오는 편이 아니라, 누군가의 집에서 놀고 온다. 어리지만 나름대로 신경 쓰는 것도 느끼고 있었고, 평소 그렇게 지내기 때문에 가끔은 집에 친구를 초대하고 싶은 부모의 마음도 있었다. 그런데 이런 결과가 기다리고 있었다니.

당연하지만, 그날은 종일 기분이 개운치 않았다. 나도 모르게 한숨만 쉬었다. 일손도 잡히지 않아서 기분 전환으로 고바토마메라쿠를 입에 던져 넣어도, 종이상자를 입에 넣은 것처럼 조금도 마음이 안정되지 않았다.

아이들에게 원인을 떠넘기고 감정대로 야단치는 것만은 하고 싶지 않았다. 그것만큼은 해선 안 된다고 생각했다.

그래서 이웃집에서 항의 편지가 온 것을 밤에 미츠로 씨가 가게를 닫고 집에 돌아올 때까지 줄곧 내 가슴속에 묻어두었다. 큐피에게도 말하지 않았다.

"잠깐만. 곤란한 일이 생겼어."

귀가한 미츠로 씨에게 나는 일그러진 표정을 지으며 말했다. 이럴 때일수록 웃는 게 좋다는 것은 머리로 알고 있지만, 실제로는 불가능하다. 얼굴에 돌처럼 경련이 이는 것을 나도 느꼈다.

"아침에 우체통에 이게 있더라고."

말하면서 미츠로 씨에게 예의 항의 편지 한 통을 내밀었다.

미츠로 씨가 상황을 파악하는 동안, 미츠로 씨가 마시던 캔맥주를 입에 댔다.

오늘 밤에는 알코올을 자제하고 있었지만, 역시 참을 수 없었다. 맥주를 컵에 따를 기력은 없었다.

그대로 캔에 입을 대고 조금 미지근해진 맥주를 마시면서 미츠로 씨의 얼굴을 멍하니 보았다.

미츠로 씨의 표정에 점점 그늘이 지는 것을 곁눈으로도 알았다. 편지 내용을 떠올리니, 또 내장을 쥐어뜯는 듯한 불쾌감이 끓어올랐다.

"무섭네."

편지를 다 읽고 나서 미츠로 씨가 얼굴을 들고 중얼거렸다.

"그렇지. 나도 아침부터 무서워져서."

그래, 맞아. 미츠로 씨, 잘 말해주었네. 내가 아침부터 안고 있던 이 정체 모를 감정은 그야말로 공포다. 그 사실을 시원하게 맞힌 미츠로 씨가 약간 존경스러웠다.

"이건 뭐, 과자 상자 들고 가서 사과하면 끝날 단계가 아닌 느낌이지?"

나는 말했다.

"근데 그렇게 야단법석을 떤 건 아니지 않았어?"

그렇다, 미츠로 씨의 말대로다. 문제는 그것이다. 나는 확신하고 고개를 끄덕였다.

코우메 생일파티를 한 것은 일요일로 미츠로 씨도 집에 있어서 알고 있다.

"내내 신경 쓰고 있다가 애들 일찌감치 돌려보냈잖아."

말하는데 와락 눈물이 쏟아졌다. 오늘 하루 그만큼 참고 있었다.

분했다. 나는 최선을 다했는데 이런 결과가 돼서. 생일파티 결과가 이렇게 찜찜하게 되다니 코우메에게도 미안했다.

"아이들한테는 책임이 없어."

내가 말했다. 그날은 코우메 친구들뿐만 아니라 렌타로 친구도 와서 함께 놀았지만, 두 아이는 평소에도 소리를 내는 데 민감해서 오히려 불쌍할 정도였다.

이웃이 주장하듯이 극히 한 순간, 큰소리와 기성을 질렀다고 해도 그건 다른 집 아이들이 엉겁결에 지른 것이고, 그것이 그렇게까지 비난받을 일이라고는 생각할 수 없었다. 어디까지나 상식의 범위 안에서 한 행동이었다고 자신 있게 단언할 수 있다.

"무섭네."

미츠로 씨가 또 한 번 중얼거렸다. 하지만 그냥 무서워만 해서는 일이 해결되지 않는다.

"사과하면 되는 얘기야? 온 가족이 사과하러 가서 머리를 조아리며 두 번 다시 소란을 피우지 않을 테니 용서해주세요, 라고 할 거야? 우리는 정말 소란을 피우지 않았다고. 평소보다 좀 시끄러웠을지는 모르지만. 그건 피차일반이지 않아? 그쪽도 말이야, 몇 번이나 쓰레기를 늦은 시간에 내놓고는 제대로 그물을 씌우지 않아서 까마귀가 다 쪼게 만들어, 길에 음식물 쓰레기가 나뒹굴어서 말이야, 결국 내가 치웠다고. 밤에 고양이 소리가 엄청나게 시끄러웠던 적도 있고.

이런 건, 피차일반이지 않아? 애초에 잘못하지도 않았는데 상대가 화를 낸다는 이유만으로 머리를 숙이는 건 말이 안 되잖아."

얘기를 하는데 점점 분하고 억울한 마음이 끓어올랐다.

미츠로 씨는 차분한 목소리로 말했다.

"미각도 그렇지만, 소리를 느끼는 정도도 사람마다 다르니까. 우리는 그리 시끄럽다고 느끼지 않았어도 그쪽에게는 굉음으로 들렸을지도 몰라. 이웃사람은 아마 남들보다 소리에 더 예민한 사람인 모양이네."

확실히 미츠로 씨가 한 말이 정론이었다.

"하지만 말이야, 그걸 받아들이면 목소리 큰 사람이 이기는 게 되잖아. 그건 그것대로 불공평하지 않아? 의견 차이가 있다 면 한쪽이 100을 요구하고 다른 한쪽이 전부 받아들이는 게 아 니라, 서로 50씩 양보하면서 타협점을 찾는 게 건전한 거 아니 냐고. 이대로 이웃의 주장을 인정한다면 우리 집은 이웃의 말을 들어주느라 은둔생활을 해야 한다고!"

적은 미츠로 씨가 아닌데, 그만 분노의 화살을 미츠로 씨에게 로 돌렸다.

"그럼 어떻게 할 거야?"

마치 남의 일처럼 말하는 미츠로 씨에게 짜증이 나서,

"그러니까 그걸 지금 의논하는 거잖아!"

그만 목소리가 거칠어진 내게도 짜증이 났다.

또 한숨이 나온다. 이제 정말 엎친 데 덮친 격이다. 아이들을 위해 가끔은 집에서 생일파티를 해주자고 말한 것 자체가 잘못 이었나 하는 생각조차 들었다.

그러나 문제의 본질은 그게 아니잖아, 하고 냉정하게 말하는 또 다른 나도 있었다.

"바바라 부인이 이웃이었을 때는 그렇게 평화로웠는데."

다 마신 맥주 깡통을 마이크처럼 들면서 미츠로 씨가 숙연하게 말했다.

완전 동감이다.

바바라 부인이 옆집에 살던 때는 정말 평화로웠다.

일견 '소음'으로 들리는 소리도 웃음과 유머로, 심지어 '음악'으로까지 바꿔주는 발상의 전환이 있었다. 서로 양보하며 살았다.

그게 나의 이상인데, 정반대인 지금은 속수무책이다.

"이웃사람, 우리 가게 손님인데."

미츠로 씨가 무심하게 중얼거렸다.

"그래? 가게에 자주 와?"

몰랐던 사실이어서 나는 미츠로 씨에게 되물었다.

"단골이라고 할 정도는 아니지만. 한 번인가 두 번, 점심을 먹으러 온 것은 확실해. 그때는 이웃이란 걸 몰랐지만. 전에 한 번 과자 들고 사과하러 갔었잖아. 아이들이 이웃집 정원에 들어가서 꽃을 꺾었다고 해서. 그때 어? 본 적 있는 사람인데 싶었지. 그래서 손님이었다는 걸 떠올렸어. 그쪽은 지금도 내가 이웃에 사는 사람이란 걸 모르겠지만."

그렇다면 더욱 미츠로 씨는 일을 크게 만들고 싶지 않을 것이다. 그 기분은 이해하고, 물론 나도 경찰 신고니 재판이니 하는 건 절대로 하고 싶지 않다. 이런 습성의 이웃과 잘 어울리는 정공법이 있다면 돈을 내고라도 좋으니 배웠으면, 하고 절실히 생각했다.

며칠 동안, 잠이 오지 않는 밤이 계속되었다. 수면장애를 호소하고 싶은 것은 내 쪽인데, 하고 끙끙거리며 밤을 지새우는 날들이었다. 미츠로 씨는 당사자라는 의식도 없고 성가신 일은 전부 내게 떠맡기는 자세에 화가 났다.

울분이 쌓이고 쌓여서 급기야 미동도 할 수 없어졌다. 뭔가 기분 전환을 하지 않으면 내가 이 독에 점령당할 것 같았다. 억지로라도 물리적으로 보이는 풍경을 바꾸지 않으면 터무니없는 일이 생길지도 모른다.

나 자신의 방어 본능이 경종을 울렸다.

월요일 아침, 아이들을 학교에 보낸 뒤, 도저히 참을 수 없어서 집을 나왔다.

역 앞 책방에서 내용도 모르는 채 표지만 보고 책을 골랐다.

커피를 마시고 싶어서 오나리 상점가에 생긴 새로운 커피숍에서 카페오레를 테이크아웃하고, 맛있어 보이는 구운 과자도 사고 우라에키에서 에노덴을 탔다.

왠지 도중에 금단증세처럼 바다가 보고 싶어져서 미칠 것 같았다.

그래서 와다즈카역을 지나 주택가 지붕 너머로 슬쩍슬쩍 바다가 보이기 시작했을 때는 진심으로 안도했다.

바다를 향해 두 팔을 펼치고 엄마아, 하고 큰 소리로 외치면서 안기고 싶어졌다. 내게는 지금 절대적으로 엄마의 존재가 필요한지도 모른다.

창 너머로 펼쳐진 밝은 바다를 눈으로 즐기며 홀짝홀짝 카페오레를 마셨다. 도중에 배가 살짝 고파져 과자도 입에 넣었다.

구름 사이로 햇빛이 마치 신부의 면사포처럼 바다 위로 쏟아졌다.

그 모습을 보고 있으니 아주 조금이지만 마음이 평온해지는 걸 느꼈다. 지금까지 중력에 이끌려 무겁게 가라앉았던 마음이 해수의 부력 덕분에 가벼워진 듯, 조금은 그 무게를 잊을 것 같았다.

지난 며칠 동안 심호흡을 하는 것도 잊고 있었음을 깨닫고, 그 자리에서 깊이 숨을 들이마셨다. 그리고 천천히 내쉬었다.

이나무라가사키역에서 내려서 이나무라가사키 온천에 갔다.

이나무라가사키 온천은, 이름은 어릴 때부터 알고 있었지만, 실은 아직 한 번도 간 적이 없었다. 남작은 가끔 가는 것 같고, 그의 아내인 빵티와 가까워진 것도 이나무라가사키 온천이 계기였다. 가려고 마음먹으면 언제든 갈 수 있었을 텐데 왠지 모르게 기회가 없었다.

하지만 지금 내 몸이 아니, 혼이 온천을 원하고 있다.

그것은 기아감에 가까울 정도로 절실한 욕구였다. 지금 당장 온천에 들어가야 한다고, 내 본능이 호소했다. 그래서 가장 가까이에 있는 온천인 이나무라가사키 온천에 간 것이다.

옷을 벗고 몸을 씻은 뒤, 바깥 욕조에 어깨까지 푹 들어간 순간, 우우우우우우 하는 짐승 같은 소리가 나왔다. 노천탕이라고 할 정도의 분위기는 아니지만, 그래도 철책 너머로 바다가 보였다.

처음에는 뜨겁게 느껴지던 물도 조금씩 피부에 익숙해지며 시원하게 느껴졌다.

온천수는 새까만 색에 가까운 진한 갈색으로 연한 갈근탕처럼 걸쭉했다. 해풍은 거세지만 어깨까지 몸을 담그고 있으면 그다지 영향은 없다.

내탕과 노천탕을 오가며 중간에 사우나에도 들어갔다. 세상은 사우나 붐이라고 한다. 근데 나는 뜨거운 방에 굳이 들어가 땀을 흘리는 것이 왜 시원한지 솔직히 의미를 몰랐다.

하지만 실제로 사우나에 들어가 보고서야 비로소 알았다. 극한까지 뜨거운 것을 참고 땀을 줄줄 흘리고 나니 확실히 개운해졌다. 마메마키(입춘 전날 밤. 액막이로 콩을 뿌리는 것 - 옮긴이)처럼 몸에 쌓인 나쁜 혼을 전부 밖으로 쫓아내는 듯한 기분이 든다. 냉탕에도 도전했다. 사우나가 점점 즐거워졌다.

그 일은 굳이 생각하지 않도록 하자, 그러기 위해 이나무라가 사키 온천까지 온 것이니까, 하고 마음먹었다. 하지만 여전히 문득문득 이웃의 일이 뇌리를 스쳤다.

생각하지 않겠다는 건 말로는 쉬워도 실행하기는 어렵다. 생각은 마치 들판에 풀어놓은 야생 토끼와 같아서 끈을 잡고 조종

하는 일은 웬만큼 훈련된 사람이 아니고서는 불가능에 가깝다.

그래도 어떤 순간 문득 모든 잡념을 잊을 수가 있어서 그 짧은 무(無)의 시간에 위안받았다.

두 아이에게 사과 편지를 쓰게 하자는 안은 미츠로 씨가 냈다. 확실히 부모가 대신 사과하는 것보다 시끄럽다고 지적받은 당사자가 직접 사과하는 편이 상대의 마음에 와닿을지도 모른다.

정말 그 아이들이 시끄럽게 해서 폐를 끼쳤다면 그게 당연하다고 나도 생각한다.

하지만 이번 경우는 사정이 다르다. 잘못하지도 않았는데 그저 상대방이 화냈다는 이유만으로 억지로 사과 편지를 쓰게 하는 것은 오히려 잘못된 일이다.

미츠로 씨는 날이 갈수록 이웃의 존재가 무섭게 느껴지는지 보복으로 집에 불을 지르기라도 한다면 돌이킬 수 없게 된다는 말까지 했다.

본인은 잘못하지 않았는데 멋대로 격앙한 상대가 보복 운전을 했다는 뉴스가 최근 자주 들린다. 상대의 상식과 자기 상식이 같다고 볼 수는 없다. 세상에는 다양한 사람이 있다.

그래서 미츠로 씨는 하여간 뭐든 좋으니 먼저 사과하고, 상대를 진정시키는 것이 결과적으로는 내 집을 지키는 길이라고 주장한다. 이것 역시 정론일지도 모른다.

하지만 나는 아이들에게 죄를 덮어씌우는 일은 하고 싶지 않왔다.

그렇다면 내가 쓰자.

사우나에서 땀을 흘리고 있다가 그런 생각이 퍼뜩 떠올랐다. 지금까지 어째서 이 생각을 하지 못했을까, 그게 더 신기할 정도로 엄청나게 타당한 해결책이라고 느꼈다.

나는 대필하는 사람이다. 식은 죽 먹기까지는 아니어도 아이들 글씨를 흉내 내서 사과 편지 쓰는 정도는 할 수 있다. 적어도 토마 씨에게 부탁받은 채 보류해둔 커밍아웃 편지보다 난이도가 높지 않을 터다.

등잔 밑이 어둡다는 말은 바로 이런 걸지도 모른다. 굿아이디어라고 자화자찬하고 싶어졌다. 사우나에서 땀을 흘리며 웃음까지 쿡쿡 났다.

내가 속수무책이라고 굳게 믿고 있던 나머지 그런 간단한 방법도 생각하지 못한 걸까. 설령 사방이 높은 벽으로 둘러싸였다 해도 점프해서 하늘 쪽으로 뛰어넘으면 되는 것이고, 천장이 막혔다면 구멍을 파서 빠져나가면 된다. 그것도 무리라면 벽을 이로 갉아서 빠져나갈 구멍을 만들면 된다.

나는 마치 교도소에서 탈옥을 꾸미는 범죄자가 된 기분이었다.

그렇긴 한데, 땀이 너무 나서 더는 무리다.

나는 구원을 찾듯이 사우나 문을 힘껏 열었다. 밖으로 나와 샤워를 한 뒤, 냉탕에 어깨까지 몸을 푹 담갔다.

어찌나 상쾌한지. 해결책이 떠오르니 갑자기 배가 고파져서 그만 나가기로 했다.

옷을 입고 이나무라가사키 온천을 뒤로했다. 그리고 에노덴을 타고 에노시마 방면으로 이동했다.

사실은 하나 씨의 후토마키가 무척이나 먹고 싶었지만, 이 작은 여행을 좀 더 즐기고 싶어서 가마쿠라코코마에역에서 내렸다. 그리고 보니 아카네 씨도 자택에서 가마쿠라코코마에역까지 가는 것을 여행이라고 했던 게 생각났다.

일단 개찰구를 나와서 감만 믿고 빵 가게를 찾아 걸었다.

오늘은 스마트폰도 집에 두고 와서 검색할 수가 없다.

대충 감으로만 걸어갔음에도 무사히 빵 가게에 도착했다. 소자이빵(빵에 반찬이나 부식이 토핑된 빵 – 옮긴이)과 달달한 빵을 한 개씩 사서 가마쿠라코코마에역 플랫폼으로 돌아왔다. 이곳은 완전히 내 지정석이 되었다.

바다를 보면서 조금 늦은 점심을 먹었다.

빵 가게에서 음료 사는 걸 잊어서 도중에 역의 자동판매기에서 따뜻한 호지차를 사왔다. 식후에 아침에 먹다 남은 구운 과자를 먹었다.

집에서 끙끙거리고 있지 않고, 이렇게 밖으로 나오길 잘했다.

역 앞 서점에서 책을 산 걸 떠올리고, 한참 동안 책을 읽었다.

고등학생들이 플랫폼에 오더니 에노덴 차량에 빨려 들어가듯 탔다. 웅성거림과 정적이 마치 파도처럼 번갈아 찾아왔다.

나는 그때마다 얼굴을 들고 호지차를 마시고 바다를 바라보았다.

아침에 서점에서 급히 고른 것은 이름 모르는 남성 작가의 수필집이었다. 고요하게 생활을 영위하는 이야기를 둥글둥글한 언어로 담담하게 썼다.

표지만 보고 적당히 고른 것인데 신기하게 내 마음의 공허함을 채워주는 내용이었다. 가마쿠라코코마에역 벤치에서 한 권을 다 읽고, 서둘러 귀로에 섰다.

최고로 짧은 여행이었다.

집에 돌아와서 저녁 준비를 하고, 아이들 목욕을 시킨 뒤 얼른 대필에 들어갔다. 좋은 일은 서둘러야 한다. 이 기분이 어딘가로 사라지기 전에 코우메와 렌타로의 사과 편지를 형태로 만들고 싶었다.

먼저 렌타로가 되어 편지를 썼다. 종이는 렌타로가 좋아하는 연두색 색종이 뒷면을 사용했다.

이웃집 분에게.

코우메 생일날, 우리가 시끄럽게 해서 미안합니다. 화해하지 않겠어요?

모리카게 렌타로

구몬에서 나온, 평소 쓰는 연필보다 진하고 모서리가 둥그스름한 삼각형 2B 어린이 색연필로 천천히 시간을 들여 완성했다.

조숙아로 태어난 것도 영향이 있는지 렌타로는 아직 긴 문장을 쓰지 못한다. 아는 단어도 적고, 한자도 쓰지 못한다.

그에 비해 코우메의 성장은 눈부셨다. 초등학교 2학년이 되더니 더 조숙해져서 어른 같은 말을 예사로 구사한다.

요전 생일파티에서도 반 친구가 아닌 다른 아이에게 음험하다는 표현을 했다.

음험하다니, 초등학교 저학년이 쓰는 말로 좀 그렇지 않나, 하고 고개를 갸웃거렸지만, 당사자는 아무렇지 않게 썼다.

남자아이보다 여자아이가 확실히 어른스럽다. 코우메와 렌타로뿐만 아니라 전체적으로 그렇다는 것을 요전 생일파티 때 여실히 깨달았다. 뇌의 주름 수 자체가 다를지도 모른다.

아마 언니인 큐피에게 영향을 받았을 것이다. 코우메는 글씨체가 상당히 어른스럽다. 그래서 코우메의 사과 편지는 일반적인 HB 연필을 사용하기로 했다.

편지지 세트도 여자아이답게 귀여운 무늬를 골랐다.

편지지에는 두건을 쓴 고양이 그림이 커다랗게 그려져 있다.

언젠가 대필할 때 쓰려고 한참 전에 산 편지지 세트다. 고양이를 좋아하는 이웃사람이 조금이라도 기뻐해주었으면 하는 바람, 아니, 어른의 속셈이다.

기분을 바꾸어, 이번에는 코우메가 되어 연필을 잡았다.

안녕하세요.

지난번 일요일에 처음으로 우리 집에서 생일파티를 했습니다. 친구들도 많이 와서 기뻤어요. 엄마는 샌드위치를 만들어주었고, 아빠는 케이크를 만들어주었답니다. 아빠가 만든 것은 이탈리아의 판도로라는 케이크인데요. 원래는 겨울에 먹는 거라고 하던데, 제가 가장 좋아하는 것이어서 아빠가 특별히 만들어주었어요. 한 입 먹었을 때, 저는 너무 기뻐서 깡충깡충 뛰었답니다. 꺄아 하고 소리를 지른 것도 저예요. 하지만 이웃집에서 우리가 시끄러운 탓에 밤에 잠을 못 잤다는 말을 듣고 정말 슬펐습니다. 죄송합니다. 굉장히 반성하고 있습니다. 용서해주시겠어요? 가끔 이웃집 창문에서 자는 고양이, 정말 귀엽습니다. 저도 고양이를 무척 좋아합니다.

모리카게 코우메

물론 이런 식으로 아이들 이름으로 멋대로 사과 편지를 써서 꺼림칙한 마음이 없는 건 아니다. 오히려 죄책감이 가득하다. 이게 정답이라는 자신은 어디에도 없다.

하지만, 뭐 일단은 여기서부터 시작하자는 마음으로 편지를 봉투에 넣었다. 미츠로 씨 말처럼 이대로 아무것도 하지 않는 것보다는 나을 것이다.

렌타로의 사과 편지는 색종이로 만든 수제 봉투에 넣고, 코우메의 사과 편지는 편지지와 세트인 고양이 발바닥 무늬의 봉투에 넣었다.

거짓말도 때로는 필요하다고 하지 않는가. 어린아이들에게 억지로 거짓말을 하게 하는 것보다 어른인 내가 의도적으로 거짓말을 하는 편이 원만한 수습이다. 이 정도의 거짓말은 신도 용서해줄 것이다. 약간 억지지만, 지금의 나는 그렇게 생각하고 싶었다.

다음 날 아침, 아직 해가 뜨기 전이라 어두컴컴할 때 현관을 열고 몰래 걸어가서 이웃집 우편함에 두 통의 편지를 살짝 넣었다.

부디 이 문제가 일단락되기를 진심으로 기도하면서.

그리고 며칠 동안 이웃의 반응이 신경 쓰여서 나는 하루에도 몇 번이나 우편함을 들여다보았다. 이런 기분은 큐피가 어릴 때 잠시 펜팔을 한 이후 처음이다. 그때는 큐피의 답장을 기다리느라 애가 타는 기분으로 우편함 뚜껑을 열었다.

지금 기분은 그것과 조금 비슷하기도 하고 전혀 다르기도 하나. 모호하여 어느 쪽이라고 하기가 어렵다.

만약 이웃에게 화해의 편지가 와 있다면 그야말로 만만세지만, 그쪽이 받아들이기에 따라서 불에 기름을 붓는 결과가 될 수도 있다. 물론 그렇게 되지 않기를 기도할 따름이지만. 그래서 우편함을 들여다볼 때는 매번 긴장해서 손이 떨렸다.

일주일이 지나도 열흘이 지나도 보름이 지나도 이웃에서 답장은 없었다. 그 대신 기쁜 소식이 날아왔다. 보낸 사람은 바바라 부인으로 엽서에도 또렷하게 '바바라 부인이'라고 쓰여 있다.

세상에, 바바라 부인이 남프랑스에서 일시 귀국한다는 것이다. 심지어 그렇게 먼 미래의 얘기가 아니다. 일정은 코앞이었다.

바바라 부인은 귀국하는 대로 가마쿠라에도 며칠 머물 생각이라고 했다.

그 사실을 학교에서 귀가한 큐피에게 전했더니,

"그렇다면 우리 집에 계시라고 하자!"

간발의 차도 없이 눈을 반짝거리며 말했다.

실은 나도 같은 생각을 하고 있었다. 호텔에 머무는 게 쾌적한 것은 충분히 알지만, 기왕 가마쿠라에 머물 거라면 익숙한 이 동네에서 느긋하게 쉬길 바랐다.

미츠로 씨에게 의논하니 물론이라는 대답이었고, 두 꼬마도 바바라 부인이 누군지 모르면서 손님이 오는 것은 대환영이었다.

좁은 집이어서 미안했지만, 우리 가족의 생활을 바바라 부인이 가까이에서 봐주길 바랐다.

"메르시 보쿠."

편지를 보내면 시간이 맞지 않을 것 같아서 전화를 걸자, 바바라 부인은 언제나처럼 늘어지는 목소리로 말했다.

"그렇게 기쁜 제안을 해주다니."

"큐피 방에 이불을 깔아드릴 텐데 괜찮으시겠어요?"

내가 머뭇머뭇 묻자,

"브라보."

바바라 부인이 힘차게 대답했다.

일이 척척 결정되어 내게는 바바라 부인을 맞이한다는 새로운 미션이 생겼다.

여전히 이웃집에서는 아무 소식도 없지만, 그런 건 아무 일도 아니라고 생각하게 되었다. 답장이 오지 않는 것을 좋게 생각하자고 낙천적으로 받아들이는 내가 있었다.

이번에도 시간 약이 위력을 발휘한 것이다. 무서운 시간 약의 효과다.

이제 곧 바바라 부인을 만난다고 생각하니 아침에 마시는 교반차까지 더 빛이 났다. 이 감정은 틀림없이 설렘이란 것이다.

마치 연애를 하는 기분이었다.

마음이 들떠서 무의식중에 폴짝폴짝 뛸 것 같았다.

결국 바바라 부인이 우리 집에 머문 것은 2박 3일 동안이었다. 일주일이든 열흘이든 바바라 부인이 있고 싶은 만큼 있어주길 바랐지만, 전국 방방곡곡에 바바라 부인이 만나고 싶은 사람도, 바바라 부인을 만나고 싶어 하는 사람도 다들 이 귀한 시간을 놓치지 않으려고 만반의 준비를 하고 있었다. 우리만 바바라 부인을 독점할 수는 없었다.

바바라 부인이 가마쿠라에 오기 전날, 나는 마지막으로 장을 보러 나갔다. 칫솔과 타월 등 필요한 물건은 장을 보러 갈 때마다 조금씩 사다 놓고 있었지만, 오늘은 그 최종판이다.

가마쿠라는 어느새 수국의 계절을 맞이했다.

올봄에는 번아웃 증후군에 시달리느라 벚꽃 볼 기회를 놓쳤다. 그래서 그만큼 더 수국을 아껴 보며 마음을 치유할 준비가 되어 있다.

겐페이 연못의 연꽃도 슬슬 피기 시작했을 것이다. 허리를 곧게 편 봉오리의 모습은 살짝 보기만 해도 마음이 푸근해진다.

돌아오는 길에는 짐이 많아질 것 같아서 우산을 갖고 가지 않았다. 하늘에 맡겼다. 절대 맑지 않은 날씨였지만, 나는 비가 오지 않는다는 쪽에 걸었다. 일기예보 아저씨도 그렇게 말했고.

하지만 걸어가다 보니 구름의 움직임이 점점 이상해졌다. 최근 몇 년 동안 예보가 거의 맞지 않는다.

도시마야에서 바바라 부인에게 줄 하토사브레와 라쿠간 등을 사서 가게를 나와 자, 집에 갈까, 하는 참에 본격적으로 비가 쏟아졌다. 이 빗속에 우산도 없이 걸어가는 건 무모하다.

어떻게 해야 좋을지 몰라서 난감해 하다 일단 처마 아래에서 비를 피하고 있는데 갑자기 옆에 인기척이 났다.

"주인아지매, 비닐우산은 돌고 도는 기라 캅디다만."

그렇게 말하고 비닐우산 하나를 내미는 인물이 있다.

선글라스를 끼지 않아서 바로 알아보진 못했지만, 옆에 서 있는 사람은 지적인 야쿠자다. 지적인 야쿠자란 이름으로 머리에 등록되어 본명이 바로 떠오르지 않았다.

"하지만……."

내가 주저하자,

"나는 바로 저짜 있는 깃차텐에 갑니더."

비닐우산을 억지로 내 손에 맡겼다.

"또 보입시더."

얼핏 보기에도 고급스러운 여름용 슈트를 입은 지적인 야쿠자가 빗속으로 시원스럽게 달려 나갔다.

너무나 갑작스러운 출현에 어안이 벙벙했다.

게다가 방금 지적인 야쿠자가 말한 '깃차텐'이라는 단어의 울림이 귓속에서 네즈미하나비(쥐처럼 땅 위를 빙빙 돌다 터지는 불꽃 – 옮긴이)처럼 소용돌이쳤다.

간사이 지방에서는 찻집을 깃차텐(찻집을 일본어로 '깃사텐'이라고 하는데 지적인 야쿠자는 '깃차텐'이라고 발음했다 - 옮긴이)이라고 하는 걸까. 아니면 지적인 야쿠자만의 조어일까.

그건 그렇고 비닐우산은 하늘 아래 돌고 도는 것이라니 참으로 그럴듯한 표현이다.

이것도 간사이에서 흔히 사용하는 표현일까.

모르는 것투성이였지만, 일단 지적인 야쿠자가 비닐우산을 양보해주어서 장 본 것들이 젖지 않도록 조심하며 우산을 쓰고 도로로 나왔다.

만약 다음에 우산이 없어서 곤란한 사람을 발견하면 나도 비닐우산은 하늘 아래 돌고 도는 것이라 하면서 넌지시 우산을 건네는 사람이 되고 싶다.

비는 다음 날 새벽 무렵까지 거하게 내리더니 겨우 멈추었다.

"포포, 다녀왔어!"

슬슬 도착하려나, 하고 시계를 흘끗거리며 책상에서 일을 하고 있는데, 바바라 부인이 츠바키 문구점에 모습을 나타냈다.

"어서 오세요!"

만감이 교차해 간신히 말을 꺼냈다.

사실은 아르바이트생에게 가게를 맡기고 가마쿠라역까지 바바라 부인을 마중 나가고 싶었다. 그렇게 말했더니 바바라 부인이 단호히 거절했다.

가마쿠라의 공기를 맛보면서 느긋하게 버스로 가고 싶다고.

그래서 나는 굳이 일상의 시간 흐름 속에 가게를 지키면서 바바라 부인을 맞이했다. 오랜만에 바바라 부인과 포옹하며 느끼는 온기에 감동했다.

"많이 타셨네요."

나는 바바라 부인의 얼굴을 빤히 보면서 말했다.

"그쪽은 겨울 말고는 거의 매일 바다에서 수영하거든. 타고 말고지."

전부터 건강했지만, 바바라 부인은 더 건강해졌다. 발랄이라는 말이 이렇게 잘 어울리는 사람을 나는 달리 떠올릴 수 없다.

"포포는 어때? 잘 지냈어?"

순간, 바바라 부인이 떠날 때의 텅 빈 듯한 외로움이 생각났다. 하지만 지구 어딘가에서 잘 살고 있으면 또 이런 식으로 다시 만나게 된다.

"가족이 늘었어요."

나는 말했다. 바바라 부인이 아직 만난 적 없는 두 꼬마가 이제 곧 초등학교에서 돌아온다.

"큐피는 잘 지내고?"

"물론입니다. 바바라 부인이 놀아주셨을 때는 꼬마였는데 이제 고등학생이 됐어요."

"그래. 남편 만나는 것도 기대되네."

애기가 끝이 없을 것 같아서 일단은 집 안으로 들어가자고 했다. 내가 여기서 혼자 살던 때와는 가구 배치와 인테리어 등이 많이 달라졌을 터다.

"뭔가 다른 집에 온 것 같아."

바바라 부인이 방을 둘러보면서 감탄했다.

"가족이 다섯이나 되니 짐도 늘어나서 난리예요."

변명처럼 말했다.

말하면서 이 집에 묵으러 온 손님을 맞는 것은 처음이란 사실을 깨달았다. 그래서 가족 전원이 흥분한 것이다.

어제 우연히 지적인 야쿠자를 만난 것도 인연이라고 생각해서, 바바라 부인에게는 지적인 야쿠자가 좋아했던 갓 볶은 호지차를 냈다. 그리웠을 것 같아서 하토사브레도 곁들여 바바라 부인에게 부담이 되지 않을 정도로 수다를 떨었다.

그리고 먼저 목욕을 권했다.

오래된 욕실이어서 사용하기 불편하겠지만, 대신 꼼꼼하게 청소하고 욕조에는 피로가 풀릴 생약 약탕을 띄워놓았다.

첫날 저녁은 큐피의 도움을 받아 만두를 굽고, 이튿날은 오후부터 우리 집에서 여자 파티를 열었다. 멤버는 바바라 부인을 꼭 만나고 싶다고 무리하게 스케줄 조정을 해서 달려온 빵티와 바바라 부인, 큐피, 나, 네 사람이다. 고등학생이 된 큐피도 당당하게 무리에 끼었다.

시식품이 많아서요, 라며 빵티가 소자이빵과 그 빵에 어울리는 안주를 대량으로 갖고 와주었다. 큐피는 오전에 디저트 초콜릿케이크를 구웠고, 나는 주로 마실 것을 준비했다. 특별한 대접은 하지 못했지만, 식사만큼은 푸짐한 여자 파티가 될 것 같았다.

먼저 재회를 축하하면서 건배하고, 여자 파티가 서서히 무르익었을 타이밍에 나는 말했다.

"죄송해요, 실은 요즘 이웃집하고 소음 문제로 여러 가지 마찰이 있어서 목소리를 조금만 낮춰서 얘기해주시면 좋겠어요."

손님에게 이런 부탁을 하는 건 정말 미안하지만, 더 이상 골치 아파지면 대책이 없으므로 나는 용기 내어 말했다.

"무슨 일인데?"

제일 먼저 바바라 부인이 소리를 한껏 낮추어서 비밀 얘기하듯이 말했다. 빵티도 그걸 따라 소곤소곤 말해서,

"그렇게까지 작게 말하지 않아도 괜찮습니다. 큰 소리만 신경 써주시면."

내가 보통 목소리로 얘기하니 빵티도 그제야 보통 크기로 얘기했다. 사태의 심각함을 눈치챈 것이리라.

"포포, 무슨 일이 있었는지 자세히 얘기 좀 해봐."

바바라 부인이 단호히 말했다.

이웃에게 항의 편지가 온 것을 큐피에게 아직 얘기하지 않았다. 하지만 나와 미츠로 씨의 대화로 뭔가 있었다는 것은 어렴풋이 눈치챈 모습이어서 숨김없이 지금까지의 경위를 모두에게 들려주었다. 떠올리기만 해도 묵직한 괴로움이 가슴속을 기어올라왔다.

"그러면 여기로 부르자."

한차례 얘기를 마치자, 바바라 부인이 말했다.

"네? 이웃사람을 이 여자 파티에 불러요?"

놀란 모습으로 그렇게 말한 것은 큐피였다. 빵티도,

"그렇지만 상대는 어떤 사람인지 모르잖아요?"

그렇게 말하고 눈을 동그랗게 떴다. 나도 이 집에 이웃사람을 부른다는 발상 자체를 한 적이 없어서 그저 아연했다.

그러자,

"그러니까 불러서 얘기하는 거야. 상대가 누군지 몰랐기 때문에 불안하잖아? 그쪽도 마찬가지일지 몰라. 서로 상대의 존재가 보이지 않기 때문에 의심 귀신이 되는 거야. 이를테면 도깨비 집을 상상해봐. 어디서 뭐가 나오는지 누가 나오는지 모르기 때문에 무섭잖아. 하지만 도깨비가 사실은 아는 아저씨란 걸 알면 전혀 무섭지 않겠지? 사람도 정체를 모르니까 무서운 거야. 그렇다면 이웃에게 정체를 밝히면 끝나는 거 아냐? 포포나 큐피와 얘기를 나눠보면 그쪽도 정체를 알고 안도할지도 모르잖아? 봐, 포포는 아직 이웃의 이름도 모르지?"

"네."

나는 말했다.

"문패도 없고 어떻게 불러야 좋을지 몰라서 일단 이웃님이라 고 부르고 있어요."

"그 사람 가족은? 남편이나 자식은 없어?"

이번에는 빵티가 질문했다.

"같이 사는 가족은 고양이뿐이지 않을까. 몇 마리인지는 정확 히 모르지만. 기본적으로 밖에 별로 나오지 않는데, 집에서 일을 하는지도 모르겠네."

실제로 내가 이웃의 모습을 제대로 본 것은 이웃이 이사 온 뒤 1, 2년 동안 몇 번뿐이다. 회람판을 전달하러 가도 응답이 없 어서 매번 현관 앞에 두고 오기 일쑤였다.

바바라 부인이 이사 가고 반년 뒤에 들어온 연배의 부부는 이 사할 때 인사도 했고, 얼굴을 마주치면 간단한 대화를 나누는 적 당한 이웃 관계였는데.

"어쨌든 불러보자고."

바바라 부인이 거듭 말했다.

나는 무거운 엉덩이를 들었다. 다른 사람도 아닌 바바라 부인 이 그렇게 말하고 있다. 따르지 않을 수 없다. 반신반의한 채 집을 나섰다.

이웃의 초인종을 눌렀지만, 아니나 다를까, 대답은 없었다.

만약 밤낮이 바뀐 생활을 한다면 잠을 깨워서 오히려 기분을 상하게 할지도 모른다. 결과적으로 또 이웃을 화나게 만드는 것이다.

그런 식으로 나쁜 쪽으로만 생각하며 무엇을 할 때마다 움찔거렸다.

한 번 더 초인종을 눌러보고 안 되면 포기하고 돌아가려고 생각했다. 내심 은근히 그러기를 바랐지만, 한참 후 안에서 소리가 들리고 신기하게 문이 열렸다.

체인이 걸린 채여서 나는 좁은 틈으로 안을 들여다보며 간신히 말했다. 깡마른 고등어태비 고양이가 문틈으로 필사적으로 나오려 하고 있다.

나는 빠르게 말했다.

"바쁘신데 죄송합니다. 저는 이웃에 사는 모리카게라고 합니다. 지난번에는 소음 문제로 폐를 끼쳐서 죄송합니다. 실은 지금 우리 집에 친구들이 모여 있어서요. 모여 있다고 해도 저를 포함해서 모두 네 명의 여자입니다만, 괜찮으시면 같이 어떠실까 해서."

전반은 사과, 후반은 초대, 어디에 어떻게 연관이 있는지 나도 알 수 없었지만, 어쨌든 도중에 문을 닫지 않도록 필사적으로 말했다.

하지만 거기까지 말을 마쳤을 때, 그 이상 어떻게 이어나가야 좋을지 알 수 없어져서 말문이 막혀버렸다. 어느 정도 시간이 흘렀는지 정확하지 않지만, 우리 사이에 무거운 침묵이 흘렀다.

침묵을 깬 것은 이웃이었다.

"지금 일하는 중이어서."

"그러시군요."

나는 말했다.

"하지만 모임은 아마 초저녁까지 할 것 같으니까 혹시 마음이 내키시면 오세요."

절대로 오지 않겠지, 생각하면서 나는 덧붙였다. 그 편이 원만하게 수습될 것 같았다.

"실례했습니다."

정중하게 머리를 숙여 인사했다. 인사를 하는 동안에 쾅 하고 이웃의 현관이 기세 좋게 닫혔다.

문전박대당하지 않은 것만으로 다행이네, 하고 좋은 쪽으로 해석하고 집으로 돌아왔다. 얼굴의 반 이상을 마스크로 가리고 있어서 뭔가 마스크와 얘기한 인상밖에 없다.

쪽문을 열자, 안에서 여자들의 요란한 웃음소리가 들렸다.

내가 식은땀 흘리며 적진에 뛰어든 사이, 세 사람은 연애 이야기로 신난 것 같다.

"바바라 부인은 어떤 남자 타입을 좋아하세요?"

빵티가 묻자,

"그러게, 어려운 질문이네. 내 경우는 매번 좋아하는 남자 타입이 달랐던 편이라."

바바라 부인이 능청스럽게 대답했다.

"근데 이것만큼은 확실한 게 있어. 남자는 어디까지나 기호품이란 것."

"기호품, 이요?"

도중에 얘기에 끼어들며 내가 묻자,

"초콜릿이나 담배나 술 같은 것과 같다는 말?"

큐피도 물었다.

"그래, 큐피 역시 잘 아네. 남자는 말이야, 어차피 즐기는 것이란 걸 이 나이가 되니 새삼 느끼게 되더라고. 필수품으로 여기면 안 돼. 그 사람이 없으면 자기도 못 살게 되잖아. 소모품으로 치는 것도 규칙 위반이고."

바바라 부인이 말하자,

"제 경우는 매번 필수품으로 쓰였어요."

빵티가 말했다.

그 말을 들으면서 나는 미츠로 씨를 소모품처럼 대하지 않았는지 맹렬히 반성했다.

"특히 남자는 결혼하면 아내를 소모품처럼 다루지만, 그거 정말 좋지 않아. 여자의 유통기한이 어쩌고저쩌고. 정말 멍청해.

여자는 말이야, 성숙해질수록 멋이 나는데 그걸 모르는 남자가 너무 많아. 특히 일본 남자."

바바라 부인이 역설하는 동안 빵티가 연신 끄덕였다.

"그러니까 큐피, 너는 앞으로 연애를 할 테니까 안목을 갈고 닦아서 좋아하는 상대한테만 몸을 허락해. 실수로라도 하찮은 상대에게 몸을 보여주거나 만지게 하면 안 돼. 담배도 알코올도 의존증이 생기면 몸을 망칠 뿐이야. 어디까지나 혼자서도 잘 살아갈 수 있다는 전제 아래 사랑하는 사람과 함께 사는 거야. 알겠니?"

바바라 부인이 큐피 쪽을 보고 다짐을 시켰다.

"네."

큐피가 야무지게 대답했다.

엄마라는 입장상, 민망하기도 하여 평소에는 큐피에게 하지 못한 말을 바바라 부인이 시원하게 해주어서 고마웠다.

"기호품이라. 그러네요, 기대면 안 되겠네요."

빵티가 들고 있던 음료수 잔 속의 얼음을 빙글빙글 돌리면서 의미 있게 끄덕거렸다.

"저는 너무 정성을 다하다 보니, 결과적으로 상대를 망쳐버리는 것 같아요. 어느새 보면 내가 상대에게 필수품이 되어버리더라고요."

상대 남자란 남편인 남작인가, 아니면 소문 속의 연하 베이시스트 쪽인가, 어느 쪽일까 생각하면서 나는 귀를 기울였다.

"연애란 본인의 취향이나 고집이 있으니까 결국 같은 걸 반복하기 쉽죠."

나도 말했다. 내 연애 편력을 돌이켜봐도 다음에는 절대로 다른 타입의 사람을 만나야겠다고 생각하지만, 뚜껑을 열어보면 같은 타입의 사람에게 끌리고 있다.

"큐피는 아직 남친 없어?"

빵티가 묻자,

"멋있다고 생각한 아이는 있어도 사귀는 건 아직 이른 것 같아서요. 요즘은 보는 것만으로 만족해요."

그렇구나, 속으로 감탄하면서 나는 큐피의 발언을 똑똑히 들어두었다.

그러자,

"그래, 그게 좋아. 섹스를 일찍 해봐야 좋은 거 없으니까!"

바바라 부인이 밝게 말했다.

설마 여기서 섹스가 화제로 나올 줄이야 생각지도 못해서 당황했지만, 당사자인 큐피는 진지하게 듣는 것 같아서 안심했다.

여자 토크로 분위기가 무르익어서 아무도 이웃사람에 관해 언급하지 않았다. 그래서 나도 딱히 별다른 보고를 하지 않았다.

초인종이 울린 것은 오후 3시가 지났을 때였다. 하지만 설마 이웃사람이 여자 모임에 참가하러 왔을 거라고는 생각지 못했다. 아니, 나는 뜨거운 여자 토크에 빠져 이웃사람을 초대하러 간 사실 자체를 잊고 있어서, 택배려니 하고 태평스럽게 문을 열었다. 그랬더니 그곳에 이웃사람이 서 있어서 몇 초 동안 시간이 멈춘 듯 굳어버렸다.

혹시, 또 시끄럽다고 항의하러 온 것은 아닐까 얼어 있는데,

"집에 적당한 게 없어서 닭튀김밖에 만들지 못했지만."

이웃사람이 예상 밖의 말을 하면서 타파 용기가 든 종이 가방을 내밀었다. 급작스런 전개에 당황하면서도 태연함을 가장하여 이웃사람을 모두가 있는 방으로 안내했다.

먼저 이웃사람과 같은 집에 살았던 바바라 부인을 소개하고, 다음에 유튜버로 유명해진 빵티를 소개하고, 딸이에요, 하고 큐피를 소개하고, 마지막으로 내 소개를 했다. 그동안에도 이웃사람은 마스크를 낀 채, 눈빛도 바뀌지 않고 입을 꾹 닫고 있었다.

어쩌면 이웃사람은 극도로 낯가림이 심한데 느닷없이 모르는 사람들과 모임을 하게 되어 긴장했을 뿐일지도 모른다.

도중에 그 사실을 깨달았다. 다른 사람들도 그렇게 느꼈는지 이웃사람을 특별히 챙기지도 않고, 필요 이상으로 질문하거나 말을 걸지도 않았다.

시간이 흐르면서 이웃사람도 이따금 맞장구를 치며 대화에 참여하게 되었다.

그날 알게 된 것은 이웃사람의 성은 '안도'이며 이름은 '나츠(夏)'

씨라는 것, 재택으로 교정 일을 한다는 것, 집에 있는 고양이는 유기묘로 임시보호하고 있다는 것이었다.

다만, 나이는 아무리 가까이에서 얼굴을 봐도 알 수 없었다.

그리고 이것은 꽤 나중에 알게 된 것이지만 이웃사람이 언제나 언짢아 보이는 얼굴을 하고 있는 것은 얼굴 근육이 움직이지 않는 병 때문이었다. 항상 마스크를 쓰고 있는 것도 자신의 무표정함을 신경 써서 그런 것 같다.

슬슬 해가 저물어갈 무렵, 빵티가 큰 소리로 말했다.

"아, 뭔가 속이 후련해지는 일 없을까요."

하다가 목소리가 너무 컸다는 것을 깨닫고, 순간 "앗" 하는 표정을 지었지만, 이웃사람, 그러니까 안도 나츠 씨도 이 자리에 있다는 것을 깨닫고, 안도한 얼굴로 돌아왔다.

"뭔가 요즘 도무지 재미있는 일이 없어요."

나도 얼마 전까지 그런 걸 느껴서 빵티의 어조를 흉내 내며 말했다. 원인이 안도 나츠 씨 본인이란 건 당의정으로 감쌌다.

"그러면 가마쿠라궁에 가서 야쿠와리이시, 던져보지 않을래요?"

제안한 것은 웬걸 안도 나츠 씨였다. 그렇게 길게 얘기하는 목소리를 들은 적이 없어서 일동 얼굴을 마주 보았다.

"가고 싶어요."

제일 먼저 말한 건 큐피로, 바바라 부인과 빵티도 뒤를 이어

찬성했다.

"나도 얼마 전에 번아웃 증후군 같은 게 와서 그때 문득 야쿠와리이시라도 던져볼까 생각했어요. 결국 하지 못했지만."

내가 말하자,

"한번 해보고 싶었어요."

안도 나츠 씨의 눈이 가늘어졌다.

분명 안도 나츠 씨는 그 이름으로 충분히 놀림을 받은 경험이 있을지도 모른다(안도 나츠는 '앙도넛'과 발음이 비슷하다. 즉, 팥소가 들어간 도넛이란 뜻 – 옮긴이). 내게는 단순히 맛있게 느껴지는 이름이지만, 당사자는 자기 이름으로 놀림받는 게 싫었을 터다.

그래서 문패에도 이름이 없었을지 모른다. 물론 전부 내 멋대로 추측한 데 지나지 않지만.

날이 잠깐 갠 초저녁의 밝은 노을을 헤쳐나가듯 다섯 명의 여자가 강을 건너 가마쿠라궁을 향해 걸었다.

선두를 걷는 것은 큐피였다. 그 뒤를 안도 나츠 씨가 이었다.

세로로 한 줄로 걸어가니 뭔가 여자들의 행진 같다. 나는 제일 뒤에 걸어갔다.

다리를 움직일 때마다 주머니에서 세전통에 넣으려고 갖고 온 동전이 찰랑거렸다. 아까 집을 나올 때 동전을 넣어둔 깡통에서 일단 모두의 분을 황급히 집어서 주머니에 넣었다. 하지만 이렇게까지는 필요하지 않을지도 모른다. 동전의 무게로 주머니가 축 늘어졌다.

가마쿠라궁은 가마쿠라 막부를 끝낸 모리나가 친왕을 모신 신사다. 그는 결국 아시카가 다카우지의 동생에 의해 이곳에 갇혀 스물여덟 살이란 젊은 나이에 세상을 떠났다.

경내에는 그때 갇혀 있었던 흙으로 만든 축사의 흔적이 지금도 생생하게 남아 있다.

먼저 한 사람씩 본전에 참배했다.

역시나 나 말고는 전원이 동전을 갖고 있지 않았다. 최근에는 카드 결제가 주류가 되어 동전을 사용할 기회가 적다. 나는 모두에게 25엔씩 동전을 건넸다.

신사에서 참배할 때 공양으로 25엔을 넣는 것은 할머니를 따라 하는 것이다. 좋은 인연이 두 겹으로 겹치길 바라는 의미가 담겼다는 걸 안 것은 비교적 최근이다(5엔과 '인연'의 일본어 발음이 '고엔'으로 같다. 그래서 5엔×5엔으로 25엔을 넣는다 - 옮긴이). 오늘 여자 파티에는 분명 천국에서 할머니도 원격으로 참가했을 것이다.

적나라한 여자 토크에 약간 미간을 찡그렸을지도 모르고, 실은 지금까지 극비로 했던 미무라 씨와의 이런저런 얘기를 자랑스럽게 얘기했을지도 모른다.

전원의 참배가 끝나고 야쿠와리이시 쪽으로 쪼르르 이동했다.

야쿠와리이시는 유약을 바르지 않은 도기인 가와라케에 입김을 불어 넣어 자신의 나쁜 기운을 옮긴 뒤, 커다란 돌을 향해 힘껏 던져 액을 떨치는 액막이다. 불굴의 정신으로 일생을 살다 간 모리요시 친왕의 정신을 기린 것이라고 한다.

가와라케는 연한 크림색으로, 모나카 과자의 껍질처럼 생겼다. 마음속의 모든 부정적 감정을 짜내는 심정으로, 진심을 담아 후우 하고 숨을 불어넣었다.

하지만, 막상 던져보면 좀처럼 시원하게 깨지지 않는다.

가와라케는 도기라고는 하지만, 아주 얇고 종지처럼 옴폭한 데다 공기 저항도 있어서 생각처럼 쉽게 돌을 맞히지 못한다. 맞혔다고 해도 잘 깨지지 않아서 액운은 그리 쉽게 떨어져 나가지 않았다.

던졌다가 주워 오고, 주워 와서 던지고를 몇 번이나 되풀이했다. 겨우 가와라케가 깨셨을 때는 등에 땀이 축축했다.

빵티는 나보다 더 난항을 했고, 큐피는 액운 자체가 아직 없지 않을까 싶을 정도로 돌에 맞지 않았다. 바바라 부인의 가와라케는 두 번째 도전에야 겨우 스치는 정도로 가장자리가 부서졌다.

압권이었던 것은 마지막으로 무대에 선 안도 나츠 씨였다. 나츠 씨는 그때만큼은 마스크를 벗고, 눈을 감은 채 진지하게 가와라케에 숨을 불어넣었다. 그리고 아름다운 자세로 돌을 향해 가와라케를 허공에 날렸다.

돌의 표면에 부딪힌 가와라케가 멋지게 둘로 쪼개졌다. 한 번에 이렇게 깨끗하게 깨진 것은 나츠 씨뿐이다.

그 순간, 나츠 씨의 눈에 미소가 번졌다. 얼굴은 무표정한 채로였지만, 눈이 분명히 웃고 있었다.

모두가 나츠 씨를 둘러싸고 축복했다. 바바라 부인이 제일 먼저 하이파이브 자세를 하고, 다른 세 사람도 양팔을 들자, 나츠 씨는 전원에게 하이파이브를 했다.

이것으로 이곳에 있는 모두의 액을 떨쳤다.

"개운해졌어요!"

나츠 씨가 그날 중 가장 시원한 목소리로 말했다. 발밑에는 밤의 어둠이 얇게 펼쳐지고 있었다.

빵티는 지금부터 서둘러 하야마의 자택으로 돌아가야 하고, 나츠 씨도 하다 말고 온 일을 정리해야 한다고 했다.

그래서 이번 여자 파티는 가마쿠라궁 도리이 아래에서 해산하기로 했다.

바바라 부인을 사이에 끼고 큐피와 나와 세 사람이 나란히 노을 길을 걸었다. 딱 좋은 시간이었다. 오늘 저녁에는 미츠로 씨의 가게를 전세 내서 바바라 부인과 함께 가족 모두 미츠로 씨의 요리를 먹기로 되어 있다.

"고마워요."

깊은 감사의 마음을 담아 나는 옆에 걸어가는 바바라 부인에게 인사했다.

"저런 사람은 말이야, 그냥 넉살이 없을 뿐이야. 사실은 남들보다 훨씬 외로움을 타고, 사람들과 친해지고 싶은 응석받이지."

바바라 부인이 살며시 내 손을 잡아주었다. 큐피와도 손을 잡고 있어서 세 사람의 손이 아스팔트에 M 자처럼 이어졌다.

"이 나이가 되니까 말이야, 종종 생각하게 돼. 무엇 때문에 태어났을까, 하고. 아무리 열심히 돈을 모아도 저세상에 갖고 갈 수 없고, 호화로운 집을 세워봐야 그것도 갖고 갈 수 없잖아.

좋아하는 친구와도 이별해야 하잖아? 사랑하는 사람과도 헤어져야 하고. 이제 이 나이가 되니 내려놓게 돼."

"그러면 왜 태어나는 거예요?"

소박한 의문을 물은 것은 큐피다. 바바라 부인은 잠시 말없이 걷다가 하늘을 올려다보며 말했다.

"이 세상은 유원지 같은 걸지도 몰라. 제트코스터로 공포를 맛보고, 회전목마로 로맨스를 느끼고, 인생을 즐기기 위해 유원지에 온 게 아닐까?

부처님은 사람은 괴로워하기 위해 태어났으며, 인생은 고행의 연속이라고 하셨는데, 그것도 일리는 있어. 하지만 나는 사람은 웃기 위해 태어났다고 믿고 있어.

유원지에서 맘껏 즐기는 것이 인생의 참맛. 무서운 것도 괴로운 것도 전부 포함해서 경험 그 자체를 즐기는 것이지.

하지만 말이야, 누구나 반드시 유원지를 떠나야 하잖아. 어쩌면 그것이 세상의 유일한 규칙일지도 몰라. 유원지에서 얼마나 잘 즐기는지가 인생의 진짜 가치가 아닐까 하는 생각이 들어."

바바라 부인이 얘기하는 말 하나하나의 입자가 보석 같았다.

나와 큐피는 간접적으로 손을 잡고서, 바바라 부인으로부터의 소중한 메시지를 네 개의 손바닥으로 소중히 받아 들었다.

"그러니까 말이야, 두 사람 다 많이 웃고, 인생을 즐기세요."

바바라 부인이 잡고 있던 손에 힘을 꼭 주었다.

나는 왠지 울고 싶어졌다. 온 세상에 울려 퍼질 목소리로 사랑해요, 하고 외치고 싶었다.

지금 이렇게 여기서 살고 있는 것이 새삼 애틋하게 느껴졌다.

"다녀오세요. 조심하시고요."

일어서서 플랫폼 끝의 아슬아슬한 곳까지 나가 큰 소리로 외쳤다. 절대 들릴 리 없다는 걸 알면서도, 꼭 인사를 하고 싶었다.

나는 지금 에노덴 가마쿠라코코마에역에 있다.

아까 큐피와 미츠로 씨가 도로변에서 나를 향해 손을 흔들어주었다. 그때부터 줄곧 우카이(가마우지를 길들여서, 여름밤에 횃불을 켜놓고 은어 따위 물고기를 잡는 사람 - 옮긴이)가 된 마음으로 두 사람의 실루엣을 눈으로 좇고 있는데, 바닷속으로 들어가버린 뒤로는 어느 것이 큐피의 머리이고 어느 것이 미츠로 씨의 머리인지 알아볼 자신이 없다.

그래도 나는 필사적으로 주시하며 두 사람의 모습을 찾아냈다. 저 올록볼록하게 바다에 뜬 물개 같은 무리 어딘가에 내가 사랑해 마지않는 두 사람이 존재한다.

오늘은 큐피의 서핑 데뷔 날이다.

웨트슈트는 전에 지적인 야쿠자의 대필 일을 해서 받은 고액의 수수료로 고등학교 입학 선물로 사주었다. 보드는 열심히 아르바이트를 해서 사겠다고 한다.

그때까지는 미츠로 씨의 지인이 큐피에게 사용하지 않는 보드를 하나 빌려주었다고 한다.

나는 예전에 아카네 씨와 나란히 바다를 보면서 얘기한 벤치에 혼자 앉아서 바다를 보고 있다.

이제 어느 것이 큐피의 머리인지 정말 알 수 없다.

초여름 바다는 느긋하게 파도치며 사람들의 몸을 부드럽게 받쳐주고 있다.

바다를 바라보며 인간의 존재가 얼마나 작고 약한지 절실히 느꼈다. 예상치 못한 큰 파도가 닥치면 사람은 한순간에 삼켜지고 만다.

그럼에도 용기를 끌어모아 바다로 노를 저어 나가는 사람이 있다.

나는 가방에서 편지 한 통을 꺼냈다. 토마 씨의 의뢰로 부모님께 보낼 커밍아웃 편지를 쓴 것이 며칠 전이었다.

빛 속에서 나는 그 편지를 읽었다.

"고마워요."

나는 맑게 갠 파란 하늘을 향해 속삭였다.

지금 이곳에서 숨을 들이마시고 내쉬며 무사히 살아 있다는 사실에 대한 감사함이 밀물처럼 가슴 깊숙이 차올랐다.

행복은 어쩌면 날마다 몸부림치는 진흙탕 속에 있는 것인지도 모른다.

옆에서 보면 그 모습이 아무리 꼴사납고 우스꽝스러워 보여도, 나는 그런 나와 소중한 사람들이 사랑스럽다.

저를 키워주신 부모님께.

부모님의 외아들로 저는 이 세상에 태어났습니다.

부모님은 정말 저를 소중히 키워줬습니다.

그 사실에는 진심으로 감사드립니다.

저는 부모님의 기대에 부응하려고 나름대로 노력하며

살아왔습니다.

부모님께 칭찬받는 자랑스러운 아들이 될 수 있도록.

어릴 때는 부모님이 원하는 사람이 되는 것이

저의 목표였습니다.

부모님을 실망하게 하고 싶지 않았습니다.

하지만 언젠가부터 그 사실에 의문이랄까,

위화감을 느끼게 됐습니다.

부모님의 가치관과 관습 아래에서 저는 언제나

진짜 제 자신을 죽이고 있었습니다.

처음에는 그것이 당연하달까,

그 사실에 아픔을 느끼지 못했습니다.

내가 참아서 부모님이 행복하다면 그걸로 되었다고

생각했습니다. 나를 희생하는 건 아무것도 아니라고

생각했습니다.

하지만 성장하여 부모님 이외의 어른을 만나고, 우리 집과는

다른 세상을 알아가면서 제가 해왔던 것들에 고통을 느끼게

된 건 사실입니다.

류조 삼촌을 기억하세요?

해마다 여름방학이면 저는 이즈오시마섬에 갔었죠.

특별히 하는 일 없이 그저 함께 아침을 먹고

바다에 가서 수영하고 가끔 밤에 불꽃놀이를 하며 보내는

그런 날들이었습니다.

하지만 저는 하루하루가 정말 즐거웠습니다.

나 자신이 살아 있다는 걸 느낄 수 있는 시간이었습니다.

돌아보면 저는 늘 부모님의 시선을 의식하며 살았습니다.

내가 어떻게 하고 싶은지가 아니라, 부모님이 내게 무엇을

바라는지를 헤아려 그대로 따라 했습니다.

저는 부모님의 사랑이 끊어질까봐 두려워했는 지도 모릅니다.

최근에야 알게 되었지만, 류조 삼촌에게도 사랑하는 사람이 있었습니다.

일반적으로는 절대 환영받을 수 없는 관계였지만,

그래도 삼촌은 삼촌 나름대로 그 여성을 깊이 사랑하셨던 것 같습니다.

지금 저는 사랑하는 사람과 이즈오시마섬에서 살고 있습니다.

그 상대는 남성입니다. 이미 눈치채셨을 텐데,

절대 그 사실을 인정하려 하지 않으셨죠.

저는 부모님께 제 자신을 부정당하는 것이 정말로 고통스러웠습니다.

그래서 좀처럼 사실을 말할 용기가 나지 않았습니다.

부모님이 바라는 대로의 인생을 걷지 못해 죄송합니다.

부모님이 기대하신 손자의 얼굴을 보여드리지 못해 괴롭습니다.

하지만 그것만은 제 힘으로 어쩔 수 없는 영역입니다.

제게는 선택의 여지가 없었습니다.

제발 알아주셨으면 하는 것은, 이 사실이 부모님의 책임도 제 책임도 아니라는 점입니다.

부디 비탄에 빠지거나 화내지 마시고, 냉정하게 이 현실을 이해하고 받아들여주시길 바라며 이 편지를 씁니다.

다시 한번 말씀드리지만, 부모님이 저를 부모님 나름의
애정으로 키워주신 것에 정말 한 점 거짓 없이 감사드립니다.
다만, 저는 태어난 순간부터 부모님과는 다른 저만의 인생을
걸어가야 했던 것도 사실입니다.
소수자라 불리는 인생을 걷는 것은 솔직히 무척 불안합니다.
그래도 저는 어떻게든 제 인생을 개척해나가기 위해 파트너와
함께 길을 모색하고 있습니다.
태어난 곳도, 부모님도 선택할 수 없지만, 어떻게 살아갈지는
제게 주도권이 있다고 생각합니다.
저는 파트너를 만나 비로소 이 세상에 태어나길 잘했다고
생각하게 되었습니다. 비로소 진심으로 웃을 수 있게
되었습니다.
마음의 정리를 할 시간이 필요하실 테니 지금 당장은
받아들이기 어려우실지도 모릅니다.
하지만 언젠가 부모님과 웃는 얼굴로 다시 만나기를
바랍니다.
저를 이 세상에 낳아주셔서 진심으로 감사드립니다.

토마 드림

문득 얼굴을 들자, 어디선가 할머니의 웃음소리가 들려왔다.
이제야 할머니가 나를 어엿한 대필가로 인정해준 것일지도 모

른다.

언제나 지켜봐주셔서 고마워.

나는 파란 하늘을 향해 중얼거렸다.

후유, 하고 민들레의 솜털을 날리듯이 앞으로도 나는 희망의 씨를 이 세상에 계속 뿌리고 싶다.

나는 가마쿠라코코마에역 플랫폼에서 내려가, 바다에서 나온 두 사람을 웃는 얼굴로 끌어안았다.

처음에는 그저 젖은 몸을 닦아주려고 큐피의 몸에 목욕 수건을 감싸주었을 뿐이었는데, 무사히 만난 것이 기적처럼 고마워서 나도 모르게 눈물이 흘렀다.

나도 울고 있는 내가 부끄러웠다. 하지만 눈물은 여우비처럼 자꾸만 떨어졌다. 웃으려 하면 할수록 되레 더 눈물이 쏟아졌다.

"하토는 울보네."

미츠로 씨가 웃으며 차가운 손가락으로 내 눈물을 닦아주었다.

하지만 미츠로 씨도 실은 아까부터 나와 함께 울고 있다. 슬쩍 눈물을 훔치고 있는 그와 나는 어느새 눈물 많은 부부가 되었다.

부모의 눈물을 알아채지 못하는 것은, 아니, 알면서도 모르는 척하는 것은 큐피뿐이다.

큐피도, 그리고 이 자리에 없지만 코우메와 렌타로도, 햇빛을 받으며 무사히 쑥쑥 자라준다면 그것만으로도 충분히 행복하다.

설령 무슨 일이 생기더라도, 살아 있기만 하면 언젠가 어디선 가에서 다시 만날 수 있을 테니까.

포포를 따라 다시 걷는 가마쿠라

『츠바키 문구점』과 『반짝반짝 공화국』에 이어 포포짱 시리즈의
세 번째 작품인 『츠바키 연애편지』가 출간되었다. 이 작품은 오가
와 이토 씨가 처음으로 신문에 연재한 소설이기도 한데, 당시 연재
를 접할 기회가 없었던 나는 단행본 출간만을 손꼽아 기다려왔다.
드디어 일본 현지에서 책이 출간되고, 출간과 동시에 베스트셀러에
오른 것을 지켜보며 포포짱 시리즈의 3탄을 애타게 기다려온 독자
들과 한마음이 되었다. (참고로, '포포짱 시리즈'라는 타이틀은 신문 연재 당시
붙여진 것이다.)

더욱 기뻤던 것은, 일본 방문 시 개인적으로 오가와 이토 씨와 만
나기로 약속한 직후, 『츠바키 연애편지』 번역을 의뢰받았다는 사실
이다. 이렇게 절묘한 타이밍이 또 있을까. 들뜬 마음에 편집자에게
"이번에도 역자 후기로 가마쿠라 여행기를 쓸게요!"라고 약속해버

렸다.

오가와 이토 씨에게 이번 책도 번역을 맡게 되었다고 전하자, 이런 메일이 도착했다.

1. 가마쿠라에서 만나 식사하고 가마쿠라 한 바퀴 돌기
2. 저희 동네에서 만나 같이 식사하고, 집에 들러 유리네와 산책하기
이 중 어떤 것이 좋으세요?

오, 작가와 함께 소설의 배경이 된 마을을 돌아보는 건 판타지 같은 일이다. 한편 작가의 집을 방문하고, 그의 반려견과 산책하는 것도 꿈 같은 일이다. 독자님들이라면 어떤 선택을 하셨을까? 나는 후자를 선택했다. 가마쿠라는 언제든 다시 찾을 수 있지만, 유리네의 생명은 유한하니까.

역 앞에서 "남희 씨?" 하고 말을 걸어온 오가와 이토 씨를 보고 속으로 외쳤다. "아, 포포다!" 그는 재색의 긴 아우터에 클로슈 모자를 쓰고 라탄 바구니를 들고 있었다. 아우터의 팔 쪽에는 귀여운 헝겊 인형 브로치가 달려 있었다. 꾸미지 않은 자연스러운 모습인데 곱고 기품이 있었다. 외모도 외모지만, 대화를 나누는 동안 더욱 포포와 동일 인물로 느껴졌다. 나직한 목소리, 잔잔한 미소, 사소한 배려 등등. 자신과 같이 나이 들어가는 주인공이 있었으면 했다는 인

349

터뷰를 읽은 적이 있는데, 포포가 바로 그 인물이지 않을까. 나는 마치 츠바키 문구섬에 사연 가득 안고 대필을 의뢰하러 온 고객이 된 기분이 들었다.

점심은 일본요릿집에서 맛있는 가이세키 요리를 먹었다. 가이세키란 게 원래 눈과 입이 즐거운 요리지만, 유난히 예쁘고 맛있었다. 별다른 양념 없이 싱싱한 식재료로 본래의 맛을 그대로 살렸다. 기억에 남는 음식이었다. 식사를 마친 뒤 버스를 타고 오가와 이토 씨 집으로 갔다. 드디어 유리네를 만났다! 유리네는 하얀 비숑 프리제다. 개는 보호자를 닮는다고 하더니, 정말로 견공계의 작가 같은 분위기였다. 외출한 보호자를 그렇게 차분하게 반겨주는 강아지는 처음 본 것 같다. 내가 있는 동안 한 번도 짖지 않았다. 한국어로 "손"이라고 해도 귀엽게 손을 올려주는 사랑스러운 강아지. 한동안 유리네가 보고 싶어서 염치 불구하고 한 번 더 놀러 갈까, 생각했을 정도로 반하고 말았다.

"동네에 벚꽃이 만개할 무렵이니 벚꽃길을 산책해요" 하며 날짜를 맞춘 것인데, 안타깝게도 이상 저온 현상으로 벚꽃은 한 송이도 피지 않았다. 그러나 같이 식사를 하고, 차를 마시고, 유리네와 함께 보낸 시간이 즐거워서 벚꽃이 피었더라도 눈에 들어오지 않았을 것이다.

돌아갈 무렵, 나는 오가와 이토 씨에게 종이 한 장을 내밀며 말했다.

"『츠바키 연애편지』에 나오는 가게들을 적어봤어요. 가마쿠라에 가서 둘러볼 계획인데, 하루에 다 가기는 어려울 것 같아서요. 꼭 가야 할 곳을 추천해주시겠어요?"

그랬더니 다음과 같이 네 군데를 추천해주었다.

1. 파라다이스 앨리(니코니코 빵을 파는 빵집)
2. 붕붕 홍차점(포포가 할머니의 연애편지를 들고 온 낯선 남자를 만난 카페)
3. 옥시모론(포포와 큐피가 좋아하는 카레 가게)
4. 오시노 비스트로(포포와 큐피가 우연히 들렀다가 맛있는 저녁 식사를 한 식당)

길치에다 지도도 잘 볼 줄 모르고, 위도 작은 내가 과연 이곳들을 다 갈 수 있을지는 의문이었지만, 감사히 리스트를 받아 들고 유리네와 오가와 이토 씨의 배웅을 받으며 역으로 가는 버스에 올랐다. 버스 차창 너머로 보이는 오가와 이토 씨와 유리네의 모습도 츠바키 문구점 주변의 한 장면 같았다. 그 순간을 사진으로 남기지 못한 것이 못내 아쉬웠다.

가마쿠라에 간 것은 한창 번역 작업을 이어가던 4월 초였다. 포포가 초등학생 두 아이를 학교에 보내고, 와카미야대로의 벚꽃을 보며 오래간만에 육아에서 해방된 감격에 젖었던 딱 그 무렵이다.

만개하진 않았지만, 벚꽃이 제법 예쁘게 피어 있었다. 그러나 꽃보다 카레, 금강산도 식후경. 식사부터 하기로 하고, 리스트 3번에 있었던 카레 가게 옥시모론을 찾았다. 『츠바키 연애편지』에는 화해한 포포와 큐피가 옥시모론에 갔지만, 마감 시간이라 밥을 먹지 못하고 돌아서는 장면이 나온다. 나는 가마쿠라역에서 관광 안내도를 한 장 챙겨서, 바로 옥시모론이 있는 고마치거리로 갔다. 『츠바키 문구점』에서는 바바라 부인과 포포가 고마치거리에서 자전거를 타는 장면도 나오지만, 이제는 관광객이 너무 많아서 자전거는커녕 걸어서 지나다니기도 어려워졌다. 그럼에도 나는 자신만만하게 관광객 사이를 빠져나가 단번에 가게를 찾았다. 줄이 어마어마하게 길었다. 맛있는 카레 향을 맡으며 줄을 서 있다가 들어가 옥시모론의 시그니처 메뉴인 키마카레를 주문했다. 다진 고기와 쪽파와 수란이 올라간 드라이 카레로, 적당히 향신료 맛이 나는 것이 기대 이상으로 맛있었다. 오가와 이토 씨에게 라인으로 인증사진을 보냈다. 맥주 한 잔과 키마카레를 깨끗이 비우고 나오니, 그사이 라식이라도 받은 것처럼 하늘도, 동네도 선명하게 보였다.

미션을 한 가지 수행하고 뿌듯해져 씩씩하게 걸어가는데, '주후쿠사 400m'라는 이정표가 눈에 들어왔다. 망설임 없이 그쪽으로 발걸음을 옮겼다. 주후쿠사에서 포포는 고등학생이 된 큐피를 업어주며 이렇게 말했다.

"아빠가 있지, 벌써 몇 년 전이려나. 처음으로 큐피와 셋이 데이트했을 때, 이곳에서 나를 업어주며 말했어. 잃어버린 것을 찾아 헤매기보다 지금 손에 있는 것을 소중히 하는 게 좋다고.

그 말에 엄마, 굉장히 위로받았단다. 그리고 말이야, 누군가가 나를 업어주었으면 이번에는 내가 누군가를 업어주면 된다고 가르쳐주었어. 그 말에 엄마는 아빠를 정말 좋아하게 됐지. 그래서 이곳은 엄마에게도 정말 소중한 추억의 장소야."

이런 사연이 있기에, 주후쿠사는 포포짱 시리즈에 매번 등장한다. 중문까지만 개방되어 있어 볼거리는 별로 없지만, 참배길이 고즈넉하니 인상적이다. 아마도 미츠로 씨가 포포를 업고 걸었던 길도 이 길이었겠지. 포포가 다 큰 큐피를 업고 다정하게 속 얘기를 나누며 걸었던 길도 이 길이었을 테다. 업힐 사람도 업을 사람도 없이 혼자 온 사람에게는 명상하며 걷기에 좋아 보였지만, 갈 길 바쁜 관광객에게는 사치스러운 이야기다.

그다음으로 향한 곳은 와카미야대로였다. 와카미야대로는 가마쿠라역에서 쓰루오카하치만궁까지 이어진 긴 참배길이다. 이곳에 가면 작품 속에 등장하는 여러 장소를 둘러볼 수 있다. 가마쿠라역, 하토사브레를 파는 도시마야, 단카즈라, 유키노시타 우체국, 가마쿠라 우체국, 시마모리 서점, 쓰루오카하치만궁 등등. 단카즈라는 와

카미야대로 가운데에 도로보다 높게 올린 보행로로 양옆에 벚나무가 줄지어 서 있다. 벚꽃 명소에는 벚꽃만큼 사람도 많은 것을 감수해야 한다. 인파에 떠밀리듯이 걸어가다 오른쪽 도로변의 유키노시타(雪ノ下) 우체국을 발견했다!

포포는 츠바키 문구점 대필 재개를 알리는 편지를 유키노시타 우체국에서 보냈다.

여기서 보내면 하치만궁과 말 탄 무사 그림의 풍경 소인을 찍어준다. 와카미야대로에서 조금 더 가면 있는 가마쿠라 우체국의 풍경 소인은 바다와 대불이지만, 역시 내게 가마쿠라는 단연코 하치만궁이다.

평범한 동네 우체국이지만, 『츠바키 연애편지』 덕분에 이제 이곳은 가마쿠라의 작은 명소가 된 것 같다. 가마쿠라 8경 엽서 세트를 들고 창구에서 계산하며 "『츠바키 연애편지』라는 책에 이 우체국이 나와서 들러봤어요"라고 했더니, 직원이 "감사합니다. 그 책 덕분에 방문하시는 분들이 많아졌어요" 하며 웃었다. 내가 그 책을 한국어로 번역한다고 자랑하자, 직원은 깜짝 놀라며 "정말요? 오가와 이토 씨에게 감사하다고 꼭 전해주세요!"라고 답했다(잘 전했습니다).

우표를 사서 엽서에 붙이면 책에서 포포가 언급한 풍경 소인을 찍어준다. 나도 거기까지는 생각하지 못했는데, 『츠바키 연애편지』 독자들이 우체국에 와서 그렇게 한다고 직원이 가르쳐주었다. 소인에는 정말로 하치만궁과 말을 타고 활을 쏘는 무사의 그림이 있었다. 아, 이거였구나. 번역할 때 이미지가 그려지지 않아서 답답한 문장이었는데, 소인을 보니 속이 후련해졌다.

우체국에서 나와 다시 단카즈라를 걸어서 하치만궁으로 갔다. 하치만궁은 겐페이 연못가의 벚꽃들로 장관이었다.

하치만궁을 나와 이번에는 렌바이(가마쿠라시 농협 연합 판매소)에 갔다. 렌바이는 근교 농가에서 수확한 농산물을 생산자가 직접 판매하는 곳으로 이른 시간에 대부분의 판매가 끝난다. 오후에 가면 판매장은 썰렁하지만, 이곳에는 포포가 좋아하는 니코니코 빵을 파는 파라다이스 앨리가 있다. 오렌지색 조명에 오렌지색으로 쓴 가게 이름, 온갖 스티커가 붙어 있는 오래된 유리문이 정겹다. 『츠바키 문구점』 때부터 등장한 곳이라 나도 이미 단골인 듯한 느낌이 들어서 더 정겨운지도 모르겠다. 니코니코 빵은 사지 않았다. 그보다 더 먹어보고 싶은 것이 있었다. 포포가 몇 번이나 언급한 '하나'의 후토마키! 하지만 렌바이 주변을 아무리 둘러봐도 '하나'는 보이지 않았다. 분명히 여기일 텐데, 싶은 곳은 다른 이름의 반찬가게였다. 나중에 알고 보니 그곳이 '하나'였는데, 그새 없어진 것이었다. 이 글을 쓰면서 찾아보니 그 반찬가게도 최근 폐업했다.

포포가 가마쿠라에 친숙한 가게들이 없어지는 것을 쓸쓸해 하는 장면이 있었는데, 포포의 이런 한탄을 실제로 목격하다니. 이 책을 읽고 나서 가마쿠라에 가면 '하나'의 후토마키를 사 먹어봐야겠다고 마음먹는 분들이 많을 텐데, 내가 미리 허탕을 치고 돌아와 정보를 공유할 수 있음을 다행으로 여겨야겠다.

렌바이를 떠나 다음으로 간 곳은 '붕붕 홍차점'이었다. 구글맵에서는 가마쿠라역 서쪽 출구에서 도보 10분 거리라고 나온다. 가는 길도 직선거리다. 하지만 렌바이에서 출발한 나는 어김없이 헤맸다. 간신히 찾았나 싶었더니, 가게 쉬는 날! 화요일이 휴무일이라고 한다. 아, 오늘 박복하네, 하는 탄식이 절로 나왔다. '1977 붕붕 홍차점'이라고 쓰인 작은 나무 간판이 홍차 맛을 보장하는 것 같다. 포포가 먹은 스노우플레이크와 홍차를 마셔보고 싶었는데, 운 없는 길치는 다음 기회에.

하찮은 체력이 슬슬 바닥나서 리스트 4번에 있던 오시노 비스트로는 포기하고, 가마쿠라역으로 되돌아와 에노덴을 탔다. 다음 목적지는 가마쿠라코코마에역이었다. 작은 플랫폼이 있는 간이역 앞에 바다가 펼쳐진 예쁜 역이다. '금목서' 편에서 아카네 씨가 죽음을 앞두고 딸의 결혼식이 동시에 다가오는 상황에서 포포에게 대필을 의뢰한 곳이기도 하다. 포포는 플랫폼 의자에 나란히 앉아 아카네 씨의 이야기를 매주 들어주었다. 또 소설의 마지막 장면에서는 포포가 이 의자에 앉아 큐피의 서핑 데뷔를 지켜보며 행복의 눈물을 흘린다.

나도 그 의자에 앉아 바다를 바라보며 삶까지는 아니더라도, 포포를 만난 하루를 조용히 기록하고 싶었다. 하지만 언감생심. 좁은 플랫폼은 관광객으로 복작복작. 영화, 드라마, 만화, 소설에 자주 등장하여 이제 이 작은 간이역은 세계적으로 유명한 관광 명소가 되었다. 나는 사람들에게 걸리적거리지 않는 곳에 서서 바다를 보았다. 장소를 이동할 때마다 길치답게 매번 헤맸지만, 덕분에 더 많은 풍경을 보았고 이야기를 얻었다.

나중에 가마쿠라에 다녀온 얘기를 했더니 오가와 이토 씨가 이런 메일을 보내왔다.

가마쿠라에서 한 번 더 뵀으면 좋았을걸요!!!

저도 남희 씨와 함께 가마쿠라를 걸어보고 싶다고 생각했어요.

다음엔 그렇게 해요.

그러니 꼭 다시 일본에 와주세요.

아, 이 사람, 정말 포포다.

다시 포포를 만나길 기대하며…….

『츠바키 문구점』에서는 대필가의 길을 걸으며 과거의 상처를 치유하고, 『반짝반짝 공화국』에서는 새로운 가족과 함께 삶을 꾸린 포포가, 『츠바키 연애편지』에서는 학부모가 되어 돌아왔다. 대필 재개를 알리는 편지를 보내자마자 기다린 듯 찾아온 고객들의 사연은 여전히 찌릿하고 뭉클하고 따스하다. 사랑하는 시어머니에게 보내는 편지, 치매 초기인 자신에게 보내는 편지, 고령의 아버지에게 운전면허 반납을 권하는 편지, 부모에게 커밍아웃하는 편지. 여기에 사춘기여서 반항하는 줄 알았던 큐피의 속내가 담긴 편지에 감동했고, 그렇게 엄했던 할머니의 '연애편지' 등장은 충격적이기까지 했다. 하지만 생각해보니 할머니도 여자였고, 할머니도 젊은 여인이었을 터. 말썽꾸러기 딸이 낳아놓고 간 손녀 포포를 위해 희생한 삶에 단 한 번의 사랑이라도 있어서 다행이라는 생각이 들었다.

문자, 카톡, 라인, 이메일이 편지를 대신한 지 오래다. 포포네 츠바키 문구점에서만이라도 편지가 계속 이어졌으면, 하는 바람이 간절해진다. 포포짱 시리즈 1탄인 『츠바키 문구점』은 현재 15개국에서 번역되었거나 번역될 예정이라고 한다. 이 이야기를 전해준 오가와 이토 씨는 "편지를 좋아하는 사람은 전 세계에 있나 봐요"라고 덧붙였다. 아직도 전 세계에 편지를 사랑하는 사람들이 많다는 사실에 인류애가 느껴진다.

『츠바키 연애편지』 신문 연재를 시작할 때 오가와 이토 씨는 '작가의 말'에 이렇게 썼다.

"이것은 제가 독자에게 보내는 연애편지입니다."

설레는 마음으로 읽고 번역했다. 오가와 이토 씨의 연애편지가 더 많은 독자에게 배달되기를 바란다. 그리고 포포의 다음 이야기

가 나온다면, 그때는 작가와 함께 가마쿠라를 걸으며 새로운 이야
기를 발견하고 싶다. 그 순간을 독자 여러분께 전할 수 있기를 기대
하며.

2025년,

권남희

츠바키 연애편지

초판 1쇄 인쇄 2025년 2월 3일
초판 1쇄 발행 2025년 2월 12일

지은이 오가와 이토
옮긴이 권남희
펴낸이 최순영

출판1 본부장 한수미
컬처 팀장 박혜미
편집 박혜미
디자인 홍세연 강경신

펴낸곳 ㈜위즈덤하우스　**출판등록** 2000년 5월 23일 제13-1071호
주소 서울특별시 마포구 양화로 19 합정오피스빌딩 17층
전화 02) 2179-5600　**홈페이지** www.wisdomhouse.co.kr

ⓒ 오가와 이토, 2025

ISBN 979-11-7171-362-2 03830

ツバキ 文具店

포
포
의
편
지

お世話になった皆様へ

今年も、桜の季節が巡ってきました。

皆様、お元気でお過ごしですか?

補修工事を終えた段葛の桜が、今、美しく花を咲かせています。

ご報告が遅くなってしまいましたが、実は、わが家に新しい家族が増えました。

六年前に次女の小梅が、その翌年には長男の蓮太朗が誕生し、わが家は

めでたく五人家族となりました。

長女の陽菜(QPちゃん)は、この春、中学三年生になります。

妊娠、出産、育児という、人生における大きな出来事が二回も立て続けに起こり、

嬉しい反面、混乱する場面も多く、ただただ慌ただしい日々を過ごしてきました。

その間、代書業の方がおろそかになり、皆様にご不便をおかけしましたこと、

心よりお詫び申し上げます。

毎日毎日が宇宙旅行のような日々でしたが、先日、小梅と蓮太朗がそろって

小学校に入学しました。

p.11 참조

この間、私どもの成長を温かい目で見守ってくださった方々には、感謝の気持ちでいっぱいです。

長らくお休みをいただいておりました代書屋は、この春からの再開に向け、ただいま準備を進めております。

このお知らせが皆様の元に届く頃には、また代書のご依頼を承ることができるようになっているかと存じます。

ご用の際には、ぜひツバキ文具店にてお声がけくださいますよう、よろしくお願い申し上げます。

これからの季節、鎌倉の町にはますます緑があふれます。

輝くような美しいひとときを味わいに、ぜひ、こちらまで足を伸ばしていただけましたら、幸いです。

皆様にお会いできるのを、心から楽しみにしております。

ツバキ文具店店主

雨宮（守景）鳩子

大好きなゆっこママへ

　このところ、急に暑くなってきましたね。もうすでに、初夏
の空です。
　もう随分前にゆっこママにレシピを教えてもらったコーヒー
ゼリーが、今年も大活躍しそうな予感です。
　俊雄さんは、このコーヒーゼリーのぎりぎりの柔らかさが
たまらないのだそうです。
　私も、全くの同感です。ゆるゆるのゼリーに、はちみつと牛乳。
それを、スプーンでそっと崩しながら食べる幸せといったら！
もう、想像するだけで涼しげな気分になります。
　ふだん牛乳をあまり飲むことのない我が家ですが、夏だけ
は必ず牛乳を常備して、コーヒーゼリーはいつだって冷蔵庫
のスタメンです(笑)。
　食べ物の話ばかりで恐縮ですが、先日お邪魔した時に
いただいた今年初の冷やし中華の味が、忘れられません。
蒸し暑い日の冷やし中華、最高でした！ あの後、体がスーッ
と爽やかになりました。
　私、冷やし中華のタレを自宅で作れるなんて、思っても
みませんでした。

p.45 참조

ポン酢を使えばもっと簡単にできるわよ、なんてゆっこママ
がおっしゃっていたから、私、あの後自分で作ってみたんです。
でも、全然あんな風味豊かな味にはたどり着けませんでした。
　材料が同じでも、その分量というか、バランスが難しいですね。
ゆっこママに教わった通り、何度も何度も味見を繰り返しな
がら作ってみたのですが、調味料を足せば足すほど理想の味
からはどんどん遠ざかるばかりで、完全に迷走してしまいました。
　作り方を、ぜひまた教えてください！　というか、また
食べさせてください！（というのが本音です。）
　だって、あんなにおいしい冷やし中華、人生で初めて食べ
ましたから。
　ところで、今日は折り入って、ゆっこママにご報告です。
　このことをゆっこママにお伝えすべきかどうか、ずいぶん
長い間悩みました。
　もしかしたら、お伝えしない方がお互いのためなのでは
ないかと、こうしてこの手紙を書いている今も、迷っています。
　でも、もし自分がゆっこママの立場だったら、と考えて、
やっぱりお伝えしようという思いに至りました。気分を害され
てしまったら、本当にごめんなさい。
　実は、ゆっこママが前回作って届けてくださったパンプキン

プリンの中に、髪の毛が混入していました。そして、その前に
ご自宅でいただいたメンチカツにも、同じように髪の毛が
入っていたんです。

　私も以前、自分では気付かないうちに、息子のお弁当に髪
の毛を入れてしまっていて、言われて驚いたことがあります。

　以来、台所に立つ時は頭に手ぬぐいを巻くことにしました。
髪がぺしゃんこになってしまうのは難点なんですけど……。

　もしよかったら、試しに一度、ゆっこママも頭に手ぬぐいは
どうですか？

　先日、小町にある雑貨屋さんで素敵な手ぬぐいを見つけた
ので、よかったら使ってみてください。私とお揃いで月の満ち
欠けの模様だそうです。

　寮生活の息子が、毎回のように電話でゆっこママの料理
が恋しいと訴えてます。(ちなみに、私の料理が恋しいとは、
一度も言ってくれません！)

　ゆっこママがこれまでに作って食べさせてくれたおいしい
料理を挙げたら切りがありませんが、もしひとつだけ選ぶ
とするなら、本当に苦渋の選択ですが、私はおでん、俊雄
さんはビーフシチュー、息子は肉巻き卵だそうです。

　いつも、おなかをすかせた私達に愛情たっぷりの料理

を作って食べさせてくださり、本当に本当にありがとうござい
ます！
　これからますます暑さが厳しくなりますが、どうぞ夏バテ
には気をつけてお過ごしくださいね。
　ゆっこママの次のお料理を、首を長く長ーく伸ばして、
楽しみにしております。

　　　　　　　　　　　　　　　舞より

かえちゃんへ

初めて手紙を書きますね。

かえちゃん、まずは結婚、おめでとう。

お母さん、本当にうれしいです。

かえちゃんがお嫁に行ってしまうのが寂しくないっていったら嘘になるけど、でもその寂しさの何倍も、何十倍も、うれしいです。

人生の良きパートナーに巡り会えるというのは、最高に幸せなことだと思います。しかもかえちゃんの場合は、それが初恋の人だなんて、素敵なことです。

大ちゃんと、これからいい家庭を築いてください。

月並みなことしか言えないけれど、お母さん、心から応援

p. 89 参照

しています。

かえちゃんのこと、いつもちゃんと見守っているから。安心して、前を向いて歩いてね。

最近よく、かえちゃんが生まれた日のことを思い出します。

かえちゃんは、未熟児ではなかったけれど、とても小さな体で生まれた赤ちゃんでした。

予想はしていたけれど、初めてかえちゃんを見た時、お母さん、あんまり小さすぎて抱っこするのも怖くなったのを覚えています。

それでも、かえちゃんは小さな体で、必死に生きようとしてました。

お母さんのおっぱいを探し当てて、ちゅっと吸い付いてくれた時、お母さんね、本当に本当に、うれしくて、幸せで、この子の母親になれて

本当によかった、って思いました。今も、その気持ちは全く変わっていません。

小さい頃のかえちゃんは、よく男の子に間違えられました。髪の毛がなかなか伸びなくて。しかもお父さんもお母さんもブルーが好きだから、よく青い服を着せていたの。かえちゃんも、青い色がとっても似合ってたし。かえちゃんを連れて歩いてると、よく、男前ですねえ、なんて褒められて。いえ、この子は女の子なんです、って伝えると、みなさん、目を丸くしてましたっけ。

「楓」っていう名前は、最初にお父さんが考えて、お母さんもそれに一票を投じた形で決まりました。木のように地に足をつけて、風のように軽やかに生きてほしい、そんな願いを込めた名前です。

難しいことだけれど、かえちゃんならきっとそれができる、ってお父さんもお母さんも信じてます。

結果的に、かえちゃんは一人っ子になったね。

かえちゃんと共に過ごした十九年間は、本当にあっという間でした。

かえちゃんが高熱を出して、おでこに牛肉を貼りつけたこととか、

お父さんがそのお肉をもったいないからって後日ステーキにして食べたこととか、かえちゃんが小学生の頃は毎夏、キャンプに行ったことか、どれかひとつなんて選ぶのは無理で、すべての毎日に宝物が埋まっていた。そんな気がするのです。

これまでかえちゃんとはずっと仲良し親子だったけど、お母さん

蛙屋主筆

が病気になってから、何回か本気で喧嘩しましたね。あの時、意固地になっちゃってごめんね。かえちゃんの気持ちをわかってあげられなくて、未熟なお母さんだったこと、許してください。

かえちゃん、どんなことがあっても、お願いだから、予定通り、式を挙げてね。かえちゃんの幸せを願うお母さんの気持ちは、お母さんがそこにいようがいまいが、全く変わりません。

平均的な親子より、一緒にいる時間は短いかもしれないけれど、でもね、人生は生きた時間の長さじゃないって、お母さん、最近になってそのことに気づきました。負け惜しみを言ってるんじゃないよ。本当に、人生は濃さだと思うから。

かえちゃん、ありがとう。

お母さんのおなかに来てくれたこと、お母さん、かえちゃんに心から
感謝しています。

きっとかえちゃんは優しいから、お母さんがいなくなったら、もっとお
母さんにああしてあげればよかったとか、あんなこと言わなきゃよかっ
たとか、くよくよしちゃうかもしれない。

でも、そんなふうに思う必要は、全くないよ。

かえちゃんがお母さんとお父さんの子供として生まれてきてくれた
こと、それだけでもう、かえちゃんは十分、お母さんに恩恵をもたらし
てくれているのです。

かえちゃんに会って、お母さんの人生は変わりました。
考え方や行動も変化しました。もちろん、いい方に、です。

かえちゃん、これから先も、思う存分、自分の人生を生きてください。

笑顔で、わが人生を楽しんでください。人生ってね、自分が思っているよりもあっという間だから。やりたいこと、全部やって謳歌してください。

これを、お母さんからのはなむけの言葉として贈ります。

もう一度、繰り返します。

結婚、おめでとう。

幸せになってください。

母より

かえちゃんへ

初めて手紙を書きますね。

かえちゃん、まずは結婚、おめでとう。

お母さん、本当にうれしいです。

かえちゃんがお嫁に行ってしまうのが寂しくなっていたら嘘になるけど、でもその寂しさの何倍も、何十倍も、うれしいです。

人生の良きパートナーに巡り会えるというのは、最高に幸せなことだと思います。しかもかえちゃんの場合は、それが初恋の人だなんて、素敵なことです。

大ちゃんと、これからいい家庭を築いてください。

p. 94 参照

月並みなことしか言えないけれど、お母さん、心から応援してます。

かっえちゃんのこと、いっつまちゃんと見守っているから。

安心して、前を向いて歩いてね。

最近よく、かっえちゃんが生まれた日のことを思い出します。

かっえちゃんは、未熟児ではなかったけれど、とても小さな体で生まれた赤ちゃんでした。

予想はしてりたけれど、初めてかっえちゃんを見た時、お母さん、あんまり小さすぎて抱っこするのも怖くなった、のを覚えています。

それでも、かえちゃんは小さな体で、必死に生きようとしてました。お母さんのおっぱいを探し当てて、ちゅっと吸り付いてくれた時、お母さん（ね、本当にうれしくて、本当にうれしくて、

事実で、この子の母親になれて本当によかった、って思いました。

今も、その気持ちは全く変わっておりません。

小さい頃のかえちゃんは、よく男の子に間違えられました。髪の毛がなかなか伸びなくて、しかもお父さんもお母さんもスカイブルーが好きだから、よく青い服を着せてたの。かえちゃんも青い色がとっても似合ってたし。かえちゃんを連れて歩いてると、よく、男前ですねえ、なんて褒められて。いえ、この子は女の子なんです、って伝えると、みなさん、目を

丸くなってましたっけ。

「楓」っていう名前は、最初にお父さんが考えて、お母さん
もそれに一票を投じた形で決まりました。木のように地に
足をつけて、風のように軽やかに生きてほしい、そんな願いを
込めた名前です。難しいことだけれど、かえちゃんならきっと
それができる、ってお父さんもお母さんも信じています。

結果的に、かえちゃんは一人っ子になったね。
かえちゃんと共に過ごした十九年間は、本当にあっと
いう間でした。

かえちゃんが高熱を出して、あでこに牛肉を貼りつけた
こととか、お父さんがそめお肉をもったいないからって

後日ステーキにして食べたこととか、かえちゃんが小学生の頃は毎夏、キャンプに行ったこととか、どれかひとつなんて選ぶのは無理で、すべての毎日に宝物が埋まっていた、そんな気がするのです。

それまでかえちゃんとはずっと仲良し親子だったけど、お母さんが病気になってから、何回か本気で喧嘩しましたね。

あの時、意固地になっちゃってごめんね。かえちゃんの気持ちをわかってあげられなくて、未熟なお母さんだったこと、許してください。

かえちゃん、どんなことがあっても、お願いだから、予定通り、

式を挙げてね。かえちゃんの幸せを願うお母さんの気持ちは、お母さんがそこにいようがいまいが、全く変わりません。

平均的な親子より、一緒にいる時間は短いかもしれない

けれど、でもね、人生は生きた時間の長さじゃなくて、お母さん、最近になってそのことに気づきました。負け惜しみを言ってるんじゃないよ。本当に、人生は濃さだと思うから。

かえちゃん、ありがとう。

お母さんのおなかに来てくれたこと、お母さん、かえちゃんに心から感謝してります。

きっとかえちゃんは優しいから、お母さんがいなくなったら、きっとお母さんにもあしてあげればよかったとか、

あんなこと言わなきゃよかったとかって、くよくよしちゃうかもしれない。

でも、そんなふうに思う必要は、全くないよ。

かえちゃんがお母さんとお父さんの子供として生まれてきてくれたンと、それだけでもう、かえちゃんは十分、お母さんに恩恵をもたらしてくれてるのです。

かえちゃんに会って、お母さんの人生は変わりました。

考え方や行動も変化もました。もちろん、いい方に、です。

かえちゃん、これから先も、思う存分、自分の人生を生きてください。

涼風拝

笑顔で、わが人生を楽しんでください。人生ってね、自分が思っているよりもあっという間だから。やりたいこと、全部やって謳歌してください。

これを、お母さんからのはなむけの言葉として贈ります。

もう一度、繰り返します。

結婚、おめでとう。

幸せになってください。

母より

退職届

このたび、業績不振に伴う部門縮小のため、
令和四年十二月三十一日をもって退職いたします。　私儀

令和四年十月一日

株式会社　光和
代表取締役社長　佐藤　博　殿

第二営業部

神田川　武彦

p. 121 참조

　このたびは、たくさんのペットフードの中から
私どもの商品をお選びくださり、心からの感謝を
申し上げます。
　ところで、医食同源という考え方をご存じですか?
　病気を治す薬と食べ物は、本来の根源は同じもの。
日頃から栄養バランスのとれた食事をすることで、
病気を防ぎ、治療しようという考えです。
　わたくしどものペットフードは、まさにこの
医食同源の考えのもと、最高にいい食材を使い、
まごころを込めて手づくりしております。
　わんちゃんやねこちゃんが、日々、食べる楽しみや
生きる喜びを感じながら、幸せに生きてほしい。
そんな願いを込めて、お届けします。
　ご家族であるわんちゃんねこちゃんと、どうか
素敵な時間をお過ごしになってくださいね。
　もし、フードに関してのご質問やご要望などが
ございましたら、いつでもご連絡ください。
インターネットサイトへのレビュー投稿も、お待ち
申し上げております!

p. 127 참조

小森蔦子さん

お元気ですか？　体調は、どうですか？

あなたの名前は、小森蔦子です。

両親は、もういません。あなたはひとりっ子で、結婚もしませんでした。

けれど、心配しなくても大丈夫ですよ！

あなたの両親は、あなたに、とても強くて明るい心を残してくれました。

あなたは、いつだって勇敢に戦う戦士です。あなたは、とても前向きです。

あなたには、世界中にたくさんの友達がいます。

あなたは、決してひとりぼっちじゃありません。

あなたの好きな花は、ラベンダー。

あなたの好きな色は、緑。

p. 136 参照

あなたの誕生日は9月15日。

あなたの好きな食べ物は、ビスケット。

あなたの好きな言葉は、友愛。

あなたの好きな果物は、シャインマスカット。

あなたの好きな動物は、アルパカ。

あなたの好きな作曲家は、バッハ。

あなたの好きな楽器は、チェンバロ。

あなたは、若い頃、とても仕事のできる優秀な人でした。

働くことも遊ぶことも大好きで、自分の人生を心から楽しんでいました。

あなたは、忘れん坊の病気です。

忘れずに、きちんとお薬を飲んでくださいね。

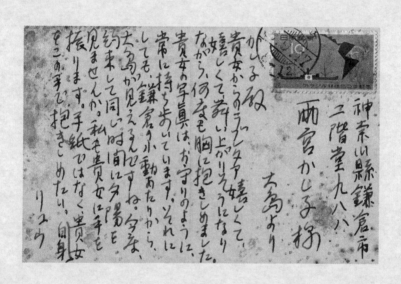

神奈川縣鎌倉市
二階堂九八八
雨宮かしこ様

大為より

かしこ殿

貴女からのラブレター嬉しくて、
嬉しくて舞い上がりそうになり
ながら、何度も胸に抱きしめました。
貴女の写真は、お守りのように、
常に持ち歩いています。それに
しても、鎌倉って小動あたりから、
大島が見えるんですね。今度、
釣来して同じ時間に夕陽と
見ませんか。私も貴女に手を
振ります。手紙ではなく、貴女
をこの手で抱きしめたい。

自身
りこり

p. 151 참조

ゾウさん

お元氣ですか。この間のお手紙に風邪をひいて熱っぽいと書かれ

てましたけど、もう大丈夫かしら。一日に何度も、ゾウさんのことを

考えます。いえ、正直にいえば、一日中、ゾウさんのことばかり考えて

います。

本当はね、海にざぶんと勢いよく飛び込んで、ゾウさんのいる大島

まで泳いで会いに行きたいのです。大島までの距離が、かし子には

憎らしくてたまりません。

手を長く長ーく伸ばして、ゾウさんのお顔に触れられ

たらいいのにね。

こないだ、おみかんを食べていたら、ふいにゾウさんの唇の感触を

想像して、たまらない氣持ちになりました。毎日毎日、朝、昼、晩、

p. 154 参照

ゾウさんと唇を重ねることができたらどんなに幸せでしょう。そんなこと、望んではいけないとわかっていても、想像して欲情する自分がいるみたいです。

ゾウさん、また、夢の中でかし子を抱いてくださいネ。

かし子は、ゾウさんに抱かれている時が、いちばん幸せなのですから。

ゾウさんの前でなら、どんなに不格好な自分もさらけだすことができます。

本当に不思議なのですが、恥ずかしく感じないのです。

それよりも、ゾウさんに近づきたい。もっとそばに寄りたくて、ただ、体を重ねているだけで満たされます。

ゾウさんに抱かれる夢を見るたび、かし子は嬉しくて、その日一日、幸せになれます。

どうか、夢が現実になりますように。

今夜も、ゾウさんと会えますように。

かし子

あなた、長い間、本当にお世話になりました。あなたと共に歩んだ、六十年。楽しい思い出が圧倒的に多いのは、あなたのおかげです。

あなたは、最高にすばらしい伴侶であり、最高にすばらしい父親でした。

だから尚更、私はこのような形であなたとお別れすることが、悲しくてなりません。あなたとは、生涯を添い遂げるつもりで生きてきました。

けれど、残念ですが、あなたは私より、車を愛していらっしゃるようです。

p. 172 참조

あなたが、医者として、多くの命を助け、人の幸せに貢献してきたことは、本当に、私にとっても大きな誇りです。それなのに、あなたは、自分が運転する車で誰かを傷つけてしまっても、いいのですか？

あなたが事故を起こし、あなたが傷つき、最悪の場合命を落としても、それは自業自得で済まされます。

けれど、誰かを傷つけ、その人の人生を奪ってしまったら、せっかくあなたが大勢の人々の命を救ったことが、台無しになってしまうのです。

本当に、そんな人生の終わり方でいいのですか？

私は、加害者の妻として人生を終えるのは、断固お断りします。

ですから、あなたが車の運転を止めない以上、私はあなたと別れるしか方法がありません。

私を選ぶのか、それとも車を選ぶのか、どっちになさるのか、今すぐこの場で結論を出してください。

両方というのは、ありえません。

私は本気です。

あなたと別れても、これから先の人生、もうそれほど長くはないですから、手元にあるものだけで十分生きて

いけます。

離婚届を同封します。

この先も車を運転なさりたいのであれば、まずはこの

離婚届を提出してからにしてください。

目先の便利さとプライドで、人の命を奪うなど、言語道

断です。

事故が起こってからでは遅いのです。

人の命の重さを、あなたは誰よりも知っていらっしゃるはず。

ただ、もしもあなたが、車よりも私を選んでくださるので

あれば、今度、ゆっくりと鉄道で巡る旅をしましょう。

私、九州新幹線にもまだ乗ったことがありませんし、もう一度、ハネムーンにでかけるつもりで、楽しい旅をご一緒しませんか？

列車の旅も、いいものです。私の車椅子、押してくれますよね？

私は、あなたのご判断を尊重します。

今一度、これから先の人生をどういう形で歩んでいきたいのか、そしてどういう顔で自らの人生を終えたいのか、冷静になって考えてください。

もし、結婚記念日に車で来てお祝いしようなんてお考

えでしたら、それは私の方から先にお断りします。大きな危険をおかしてまで、来ていただかなくて結構です。

もしかすると、これが、あなたに書く最後の手紙になるかもしれませんので、もう一度、同じ言葉を繰り返します。

長い間、本当にお世話になりました。

神奈川県鎌倉市
二階堂九八八

雨宮かしる子様

あけましておめでとうございます。今年は吉谷神社で正月祭が行われます。二原、山の噴火を神の業として、舞を奉納する数年に一度のお祭りです。今朝は貴女が隣にいてくれたらどんなに喜ぶだろうと思いながら、初日の出を拝みました。海から昇る太陽、キレイだったな。

かしる子さん今年こそは僕と鎌倉へいらっしゃいませんか。ぼくが案内します。この一年も、君と健やかに過ごせることを祈りつつ。

リュウ

p.181 참조

神奈川県鎌倉市前回届いた貴女からの
二階堂九八八

雨宮かし子様

かし子さん、お元気ですか。
手紙、何度も何度も読み
ました。貴女の気持ちは
しっかりと受け止めます。
受け止めますが、でも受け
入れることはできません……。
にも愛し合っているのに……。
そんな悲しいこと、想像する
だけで苦しくなります。次は
もっと、未来へ向けての楽しい
話を聞かせてください。どうか、
どうか、お願いします。
リュウ

前略。ごめんくださいませ。

ご無事ですか？

テレビのニュースで、三原山が噴火しそうだと知り、ここ数日、テレビ画面にかじりついて状況を見守っておりましたが、ついに夕方、大噴火を起こしたようです。

もう何年も、いや十年以上もご無沙汰してしまっているのに、いきなりえな手紙を送りつける不躾を、どうかお許しください。けれど、私は美村さんのことが心配で心配で、いてもたってもいられません。

地震も続いているとのこと。鎌倉でも少し、揺れを感じました。

黒い煙が舞い上がって、赤々とした炎が大地から吹き出す映像に、震えが止まりません。あの映像を繰り返し見るたび、あなたが無事であるよう、祈るような気持ちでおります。

p. 184 参照

引き続き、噴火活動が活発化しているそうです。元町に向かって、溶岩が流れている様子です。元町って確か、あなたが私を迎えに来てくれた港ですよね。

知り合いが、神奈川県内の高台からも噴火が見えると話してました。一刻も早く自衛隊への出動要請が出ないものかと、気が気でなりません。

そしてついに、全島避難の指示が出たそうです。

とにかく、溶岩が来る前に逃げてください。お願いします。

真っ暗な中、着の身着のまま東海汽船の船に乗る人々の中はあなたがいないか、目を皿のようにして探しております。けれど、まだ見つけることができません。

どうか、あなたも、あなたのご家族も、ご無事でありますように。船に乗れますように。

ただただ、それだけを念じております。

雨宮　かし子

美村龍三様

前略。

島に取り残された犬や猫が多数いるとのこと。あなたのお宅で飼われていた牛のことが気がかりです。

大島の海面の温度が上がり、海水が赤くなっている様子が、映像から見てわかりました。地震もまだ続いているようです。地下活動は、収まる様子がありません。

さっき崖崩れの様子を見ていたら、涙が出て止まらなくなってしまいました。あなたと手をつないで歩いた椿のトンネルや、あなたの好きな波治加麻神社、海を前にして焚き火をした砂の浜、あなたが案内してくれた樹齢八百年の椿の大木。

色々なことを思い出し、胸が苦しくて苦しくてなりません。まるでわたしとあなたが過ごした時間までが、溶岩に飲み込まれてしまうようで……。

三原山のことを、あなたは御神火様とおっしゃってましたけど、本当に

東京もいち製

そうなのだと納得しました。

島民の方々は、避難先の稲取から、東京都が用意した施設に移られたとのことですが、あなたも、ご家族と共にスポーツセンターに移られたのでしょうか。

そこに行けば、あなたにお会いできますか。

一目でいいから、あなたの無事をこの目で確かめたいと思っております。

伺っても、よろしいですか？

どうか、大変な状況とは思いますが、お体もお気持ちも、健やかでありますよう。

　　　　　　　　　　　　　かし子

前略、失礼します。

本当に恐ろしいですね。全島避難が無事に済んでいたことだけが不幸中の幸いです。地面から勢いよく立つ火柱を呆然と見つめながら、あなたと過ごした時間を思い出しています。

この先、伊豆大島はどうなってしまうのでしょう。

島民の方々は、また大島に戻りたいとおっしゃっていると聞きました。

着の身着のまま、取るものも取りあえず命からがら避難されてこられたことを思うと、本当に気の毒でなりません。

避難所での生活、いかがですか？何か足りないものや、必要なものはないですか？

少しでも、私が何かのお役に立てればと思うですが、もしか

p. 187 참조

すると、私が駆けつけることで逆にあなたにご迷惑をおかけして
しまうのではないかと、そんなことを想像すると、なかなか身動きが
とれなくなってしまいます。意気地なしで臆病な自分が、本当に
情けない限りです。

たった一言でいいから、あなたからご無事だという声を聞きたい。

かしる

QPちゃんへ

　受験勉強、お疲れさまでした。毎晩毎晩、本当に遅くまで
勉強して、よくがんばったと思います。
　眠いはずなのに、朝もきちんと起きて一日も遅刻せずに
登校して、本当にえらいなぁ、って、お母さんはいっつも
そう感心して見てました。
　なんだか、あなたに急に手紙を書きたくなったのです。
　あなたが今これを読んでいるってことは、多分お弁当の
時間ですね。もしまだお弁当に手をつけていなかったら、
これを読む前にまずお弁当を食べてください。腹ごしらえ
は、大事ですから。
　QPちゃんと家族になって、この家で一緒に暮らすように
なって、もう何年が経つんだろう？
　小学一年のQPちゃんにはまだランドセルが大きかった
のを、まるで昨日のことのように思い出します。
　QPちゃんは、大きな怪我をすることもなく、病気で入院
することもなく、すくすくと大きくなってくれました。

p. 197 参照

それが、何よりの親孝行だとお母さんは思っています。
　健やかに育ってくれて、どうもありがとう。
QPちゃんと家族になれて、お母さん、本当に本当に
幸せです。
　この入学試験を無事に突破して、QPちゃんの人生が
また一歩、夢に近づくことを祈ってます。午後の試験も、
全力を出し切ってくださいね。応援してます！

　P.S.
　試験が終わったら、お母さんと伊豆大島にふたりで
　旅行しませんか？
　お母さん、どうしても行かなくちゃいけない用事が
　できました。
　よく考えたら、QPちゃんとふたりだけで旅をしたこと、
　まだないしね。卒業記念旅行です。
　詳細は、また後でお知らせします。

　　　　　　　　　　　　　　　母より

ゾウさん、あれから、長い月日が流れました。時間が経てば経つほどに、あなたと過ごした記憶が鮮明になっていくというのは、不思議な現象です。

今さらこんな手紙をあなたに送りつける無礼を承知で、私はこの手紙を書いています。だって、もう何十年も前ですもの。あなたはもう、私のことなど、名前も顔も忘れているかもしれませんね。

私は今、病院のベッドでこの手紙を書いています。もう、長くはありません。

あなたに手紙を出そうか出すまいか、随分と逡巡しました。病院の中庭に、夏椿の木が植えられているのですが、それが見事な花を咲かせています。その姿を見ていると、つい、あなたのことを思い出してしまいます。そして、今、あなたはどうしているのだろう。

p. 204 参照

どこで、どんな景色を見ているのだろう、とそんなことばかり考えてしまうのです。

（痛み止めのお薬が効いてきたのか、ちょっと眠くなってきたので、ここで一回、休憩しますね。目覚めたら、また続きを書くことにします。）

失礼しました。

先ほど、伊豆大島で、あなたがわたしにどうしてもクサヤを食べさせたかったことを、急に思い出しました。あなたは、家でクサヤを焼いて、海苔巻きにして宿まで持ってきてくれましたね。でもわたしは、頑として口を開きませんでした。

臭くて食べたくなかった、というのもありましたけど、でもあなたが家族と暮らす家の台所で作ってきたものなど、私は口にしたくなかったのです。あの時、わたし達は珍しく、ちょっとケンカっぽくなり

ましたっけ。でもふたりとも、そんな時間がいかにもったいないかに気づいて、

簡単に仲直りしたよね。

あなたもわたしも、共に二十代の若さでした。

あなたのことを、わたしは好きになりすぎてしまったのかもしれません。

あなたとは、何もかも、相性が良かった。良すぎて怖くなるほど、身も

心も、あなたにぴったりとはまりました。

けれど、あなたとの縁を、わたしは自らの手で断ち切りました。

断ち切るために、身ごもり、出産しました。

あれから、あなたとは一度も会っていません。

昭和の終わりに三原山が大噴火した時は、さすがにあなたのこと

が心配でたまらず、手紙を書いた記憶があります。けれど、結局

その手紙は出せませんでした。

あなたにはあなたの人生があって、わたしにもわたしの人生がある。

今さらわたしが、のこのこと顔を出したところで、どうなるというので
しょう。過ぎ去った時間を取り戻そうなんて、野暮なことだと思い
ました。だって、そんなことはできっこありませんから。

わたしたちは、とにかく前に進んでいくしかないんです。前に進み、
そしていつか死を迎える。それが、生きるということなのだと思います。

今、こうしてあなたに手紙を書いているわたしは、往生際が悪いと
しか言いようがありませんね。わたしは、本当に自分を未熟な人間だと
思っています。

最近、病床で、いろは歌を書いています。最初は、ただのテナグサミ
というか、暇つぶしになんとなく書いていた人です。

でも、ある日、その意味の深さにハッとしました。

なんという深い歌なのでしょうか。

花は、どんなに美しく咲き誇っても、必ず散ってしまうんですね。

このベッドから夏椿の木を見ていると、つくづく諸行無常を身にしみて

実感します。

望むことは、もう何もありません。

ただ、ひとえにあなたへの感謝の気持ちを伝えたいだけ。

全体で見たら、あなたと過ごした時間はほんの一瞬の光に過ぎなかっ

たかもしれません。けれどわたしは、その一瞬の光を燻にして、こうして

ここまで、人生を生ききることができました。

あなたに出会えたことに、心から感謝します。

どうか、最後の最後まで、良き人生を歩んでください。

美村龍之様

雨宮かしる子

色は匂へど 散りぬるを

我が世誰ぞ 常ならむ

有為の奥山 今日越えて

浅き夢見じ 酔ひもせず

お母さんへ
　普段、手紙なんて書かないので、なんだかすごく緊張
してます。今日は、母の日です。だから、お母さんに
手紙を書こうと思うんだけど、何を書いたらいいのか
な？さっぱりわかりません。うまく書けなくて、ごめ
んなさい。
　お母さん、伊豆大島に誘ってくれて、どうもありが
とう。
　島旅、最高に楽しかったですね。よく考えたら、
江ノ島には何度か行ったことがあるけど、ちゃんと
した島に船で渡ったのは、初めてかも。私、すっかり
島が好きになっちゃった。
　馬、かわいかったなあ。
　馬の目って、なんであんなに優しいのかな？馬の体
を手でなでさせてもらっていたら、なんだか馬が私の
ことをなぐさめてくれているような気持ちになりまし
た。そしたら、ずっと落ち込んでいた気持ちがふわ
って消えて、心が柔らかくなりました。
　お母さん、覚えてますか？
　一年ちょっと前、蓮太朗と小梅が小学校に入学

p. 287 参照

して、夕方、お花見しようって段葛に四人で行ったでしょ。
あの時、お母さんが私に言ったこと。
　QPちゃんは美人さんになったねぇ。美雪さんに
似てよかったね、って。
お母さんは、なんでもないようにサラッと言ったけど
さ、私、ものすごくショックでした。
　だって、私のお母さんは、お母さんなんだよ。私、
お母さんの子だよ。それなのに、お母さんに似なくて
よかっただなんて、ひどすぎるよ。
　お母さん、レンとコウと手をつないで歩いてたけど、
私はその後ろをついて歩きながら、涙が出て止ま
らなかったの。自分だけ仲間はずれにされたみ
たいで、悲しくて悲しくて、絶望的な気持ちに
なったの。
　だって、私だってお母さんに似てるって思ってるし
周りもそう言ってくれる。
　もちろん、わかってる。わかってるよ。ちゃんと、事実
は知ってるよ。
　でも、私だってさ、お母さんのおなかから生まれ
たかったなって、思っちゃうんだもん。レンとコウは

お母さんと血がつながってていいなぁってうらや
ましくなっちゃうんだもん。
　それで私、お母さんを傷つけるような言葉を
言ってしまったの。
　本当にごめんなさい。許してください。
　でもね、伊豆大島で、馬をなでてたら、そんな
ことは大したことじゃないんだ、ちっぽけなことな
んだよ、ってね、お馬さんが、教えてくれたんだ。
大丈夫、って私に言ってくれてるような気がしたの。
　馬に感謝です。
　だから、お母さん、私はもう大丈夫だよ。
　反抗期は卒業しました。
　反抗するのは反抗するので、すごく疲れるっ
てこともよくわかったし。
　ムダにエネルギーを浪費するより、せっかく高
校生になったんだから、これからは高校生活
をエンジョイしたいと思っています。
　だからまた、前みたいに私と仲良くしてくだ
さい。

どうか、よろしくお願いします。
　お母さん、いつも本当にどうもありがとう。
　お母さんのこと、やっぱり大好き。
　嫌いになんかなれませんでした。
　どうか、長生きして、いつまでもそばにいて
ください。
　　　　　　　　　　　QPより

PS
　お母さんとふたりで、また伊豆大島に行き
たいなー。今度はもっとゆっくりハブカフェで
朝ごはん食べて、鵜飼商店のコロッケも食
べようね。今度こそ、大島名物のべっこう寿司
も食べたい！でも、またあのラーメン屋さんも
行きたいな。

おとなりさんへ。

「こうめちゃん」のたんじょうかいのとき、ぼくたち、うるさくしてしまいました。ごめんなさい。なおりしてもらえますか？。もりかげれんたろう

p. 314 참조

こんにちは。

　このまえの日よう日に、はじめて、いえでたんじょう会をしてもらいました。おともだちもたくさんきてくれて、うれしかったです。お母さんが、サンドイッチを作ってくれて、お父さんが、ケーキをやいてくれました。お父さんがやいてくれたのは、イタリアのパンドーロというおかしで、ほんとうは冬にたべるらしいのですが、わたしが大すきなおかしなので、お父さんがとくべつにやいてくれました。一口たべたとき、わたしはものすっごくうれしくなって、ぴょんぴょんジャンプしてしまいました。きゃーって、大

p. 316 참조

ごえを出してしまったのもわたしです。

でも、おとなりさんが、わたしたちがうるさ

くしたせいで、よる、ねむれなくなってしまった

ときいて、とてもかなしくなりました。

ごめんなさい。すごく、はんせいしています。

ゆるしてくれますか？

ときどき、おうちの出まどのところにねているねこ

ちゃん、かわいいですね。わたしも、ねこが大

すきです。

字かげ小梅

僕を育ててくれた両親へ。

あなた達のひとり息子として、僕はこの世界に誕生しました。

あなた達は、本当に僕を、大切に育ててくれたと思います。そのことには、心から感謝をしています。

僕は、あなた達の期待に応えようと、僕なりに努力して生きてきました。

あなた達に褒められ、自慢の息子になれるようにと。

幼い頃は、あなた達が望むとおりの人物になることが、僕の目標でした。

あなた達に、がっかりされたくなかった。

でも、いつからかそのことに疑問というか、違和感を覚えるようになりました。

あなた達の価値観や習慣の下で、僕はいつも、本当の自分を殺していました。

最初はそれが当たり前というか、そのことに痛みなど感じていなかったと

p. 342 참조

思います。僕さえ我慢すれば、両親が幸せを感じるのであれば、それでいいと思っていました。自分を犠牲にすることなんて、なんとも思っていなかったのです。

でも、僕自身が成長し、両親以外の大人に出会い、生まれ育った家とは別の世界を知るうちに、自分のやっていることに苦痛を感じるようになったのは事実です。

龍三おじさんを、覚えていますか？

毎年夏休みになると、僕は伊豆大島に行きました。

何も特別なことはせず、ただ一緒に朝ご飯を食べて、海に行って泳いで、たまに夜花火をして、そんな毎日でした。

でも僕は、毎日が、本当に本当に楽しかった。自分自身が、生きていると思える時間でした。

振り返ると、僕は常に、両親の目を気にしていました。

自分がどうしたいかではなく、両親が僕に何を望んでいるのかを推測

して、それを実行していました。

僕は、両親からの愛情が途切れることを恐れていたのかもしれません。

最近になってわかったことですが、龍三おじさんには、愛する人がいました。

世間的には決して歓迎されるような関係ではなかったかもしれません

が、でも彼は彼なりに、その女性を深く愛していたのだと思います。

今、僕は愛する人と伊豆大島で暮らしています。

相手は男性です。

あなた達はとっくに気づいていたのではないかと思いますが、決してそのこと

を認めようとはしませんでした。

僕は、両親から自分を否定されることが、本当に本当に辛かった。

だから、なかなか真実を言えませんでした。

あなた達が望む通りの人生を歩めなかったことを、申し訳なく思います。

あなた達が期待していた孫の顔を見せてあげることができず、心苦しい限りです。

でも、それに関しては、僕自身どうすることもできない領域です。そのことに、僕の選択できる余地はないのです。

留意していただきたいのは、このことは、あなた達の責任でも、僕自身の責任でもない点です。

どうか、悲嘆に暮れたり怒ったりせず、冷静にその現実を理解して、受け入れていただけたらと思って、この手紙を書きました。

繰り返しになりますが、あなた達が、あなた達なりの愛情を持って僕を育ててくれたこと、そのことには本当に一点の曇りもなく、感謝しています。

ただ、僕は生まれた瞬間から、もうあなた達とは別の、僕自身の人生を歩んでいるというのもまた、事実なのです。

世間的に、マイノリティーとされる人生を歩むことは、正直、とても不安になります。それでも、僕は、なんとか自らの人生を切り開こうと、パートナーと共に模索しています。

生まれる場所も両親も選ぶことはできませんが、どう生きるかの主導権は、誰もが、自分の手に握っているのだと思います。

僕は、パートナーと出会って、ようやく、この世界に生まれてよかったと思えるようになりました。ようやく、心の底から笑えるようになりました。

心の整理をする時間が必要だと思いますので、今すぐにというのは無理かもしれません。

でもいつか、あなた達と笑顔で再会できることを願っています。

僕をこの世に誕生させてくれたことに、感謝の言葉を贈ります。

どうもありがとう。

冬馬より